A ARTE
e seus objetos

RICHARD WOLLHEIM

A ARTE
e seus objetos

TRADUÇÃO:
Marcelo Brandão Cipolla

martins fontes
selo martins

© 1993, 2015 Martins Editora Livraria Ltda., São Paulo, para a presente edição.
Publicado por Press Syndicate of the University of Cambridge
© Cambridge University Press, 1980
Esta obra foi originalmente publicada em inglês sob o título
Art and its Objects

Publisher *Evandro Mendonça Martins Fontes*
Coordenação editorial *Vanessa Faleck*
Produção editorial *Susana Leal*
Revisão *Carlos Eduardo Silveira Matos*
Maurício Balthazar Leal
Márcio Della Rosa
Julio de Mattos
Diagramação *Megaarte Design*

Dados Internacionais de Catalogação na Publicação (CIP)
(Câmara Brasileira do Livro, SP, Brasil)

Wollheim, Richard
 A arte e seus objetos / Richard Wollheim ; tradução Marcelo Brandão Cipolla. – 2. ed. – São Paulo : Martins Fontes - selo Martins, 2015.

 Título original: Art and its Objects.
 Bibliografia
 ISBN 978-85-8063-225-5

 1. Arte 2. Ensaios 3. Estética - Discursos, ensaios, conferências 4. Literatura - Estética I. Título.

15-02787   CDD-700.1

Índices para catálogo sistemático:
1. Arte : Ensaios   700.1

Todos os direitos desta edição reservados à
Martins Editora Livraria Ltda.
Av. Dr. Arnaldo, 2076
01255-000 São Paulo SP Brasil
Tel.: (11) 3116 0000
info@emartinsfontes.com.br
www.emartinsfontes.com.br

Em memória de Adrian Stokes
1902-1972

SUMÁRIO

Prefácio à segunda edição 1

A discussão 3
A arte e seus objetos 9
Ensaios suplementares:
   I. A teoria institucional da arte 141
   II. Os critérios de identidade para obras de arte são
      relevantes para a estética? 151
   III. Uma nota sobre a hipótese do objeto físico 161
   IV. A crítica como resgate 169
   V. Ver-como, ver-em e a representação pictórica 187
   VI. Arte e avaliação 207

Bibliografia 219

PREFÁCIO À SEGUNDA EDIÇÃO

Esta é uma versão ampliada de um ensaio originalmente escrito para o *Harper Guide to Philosophy,* organizado por Arthur Danto. Para a segunda edição, conservei o texto original e acrescentei, em apêndice, seis ensaios suplementares. A bibliografia sofreu modificações e acréscimos. Na redação do texto original, fiquei profundamente grato a Arthur Danto, Michael Podro, Adrian Stokes, Bernard Williams e Margaret Cohen por seus conselhos e estímulos. Na preparação da nova edição, tirei grande proveito das críticas, sugestões e da assistência que recebi de David Carrier, Richard Dammann, Hidé Ishiguro, Jerrold Levinson, Charles Rosen, David Wiggins, Bruno Wollheim e Henri Zerner; tenho uma dívida especial de gratidão para com Antonia Phillips. Dois dos ensaios suplementares nasceram de um simpósio realizado durante a V Conferência de Filosofia de Bristol, em 1976, com Nelson Goodman e David Wiggins, cujos comentários me foram instrutivos. Devo muitíssimo a Katherine Backhouse, que datilografou e redatilografou o manuscrito de ambas as edições. Sou grato a Jeremy Mynott e a Jonathan Sinclair-Wilson por seus conselhos e assistência editorial.

A DISCUSSÃO

1-3   Propõe-se a questão: O que é a Arte? Ceticismo quanto a poder-se dar uma resposta geral; tal ceticismo a ser, ele mesmo, ceticamente ponderado.

4   Apresenta-se a hipótese do objeto físico, isto é, a hipótese de que as obras de arte sejam objetos físicos.

5-8   Em certa ordem de artes, p/ex. a literatura e a música, a hipótese do objeto físico é evidentemente insustentável: não há ali qualquer objeto físico com o qual a obra de arte poderia, *prima facie*, ser identificada. Afirma-se, contudo, que a insustentabilidade da hipótese no que diz respeito a tais artes não cria problemas sérios para a estética. Promete-se um retorno posterior àquelas artes. (Promessa cumprida nas seções 35-7.)

9-10   Examina-se agora a hipótese do objeto físico em referência às artes, p/ex. a pintura e a escultura, em que há um objeto físico com o qual a obra de arte poderia, *prima facie*, ser identificada. Examinam-se dois obstáculos à hipótese.

11-14   O obstáculo criado pela Representação ou pelas propriedades de representação. Um debate sobre a representação, a semelhança e o ver-como, e a sugestão de que a semelhança possa ser compreendida em termos do ver-como, e não vice-versa; a introdução da intenção em qualquer análise desse tipo.

15-19 O obstáculo criado pela Expressão ou pelas propriedades expressivas. Rejeitam-se duas visões causais grosseiras da expressão. Expressão natural e "correspondências".

*

20 A hipótese do objeto físico a ser reforçada por um exame de hipóteses alternativas acerca da obra de arte; especificamente, naquelas áreas da arte onde a hipótese do objeto físico consegue tomar pé (cf. 9-10).

21 Apresentam-se a Teoria Ideal, isto é, a teoria de que as obras de arte sejam entidades mentais, e a Teoria da Apresentação, isto é, a teoria de que as obras de arte só tenham propriedades imediatamente perceptíveis.

22-3 Examina-se a Teoria Ideal. Duas objeções levantadas: a de que a teoria faria da arte algo de particular, privativo; e a de que ela não leva em consideração o veículo. (Apresenta-se o problema do *bricoleur*, ou o problema da diversidade ou arbitrariedade da arte.)

24 A Teoria ideal e a Teoria da Apresentação contrapostas. As objeções à Teoria da Apresentação a serem examinadas sob dois títulos: aquelas que contestam o caráter exaustivo da distinção entre propriedades imediata e mediatamente perceptíveis, e as que insistem em que as obras de arte possuem outras propriedades além das imediatamente perceptíveis.

25-31 Examina-se o primeiro conjunto de objeções à Teoria da Apresentação. Os problemas da distinção exaustiva entre propriedades imediata e mediatamente perceptíveis são propostos pelas propriedades-de-significado e propriedades-de-expressão. O Som e o Significado na poesia e a chamada "música da poesia"; a representação do movimento; a representação do espaço (*valores táteis*). O argumento de Gombrich relativo à expressão. (No decorrer deste debate, é sucintamente apresentada a noção de Iconicidade.)

31-4 Examina-se o segundo conjunto de objeções à Teoria da Apresentação. Os problemas propostos pelas propriedades que, indubitavelmente, não são perceptíveis de imediato, mas inerentes à arte. Os gêneros e o *radical de apresentação*; as expectativas do espectador e as intenções do artista; o conceito de arte como algo que o espectador deve trazer consigo. O debate é interrompido para um parêntese.

*

35-7 Cumpre-se agora a promessa de examinar aquelas artes onde é evidente que a obra de arte não pode ser identificada com um objeto físico. Os tipos e amostras, e a afirmação de que os tipos podem possuir propriedades físicas. Como consequência, as artes onde a hipótese do objeto físico evidentemente não se sustenta são menos problemáticas para a estética.

38-9 Interpretação. Interpretação crítica e interpretação através da execução. Afirma-se que não se pode eliminar a interpretação. Não se deve considerar com estreiteza o contraste entre descrição e interpretação.

*

40 Reexamina-se o conceito de arte, e a afirmação de que as obras de arte intrinsecamente enquadram-se nesse conceito. A insinuação, a que essa afirmação dá origem, de que a pergunta "O que é a arte?" possa encontrar sua melhor resposta numa consideração da atitude estética.

41-4 A atitude estética e suas distorções. Arte e natureza falsamente assimiladas. O nexo entre ver-se algo como obra de arte e esse algo ter sido feito como obra de arte. Amorfia do conceito "arte", e o caráter difuso e impregnador da própria arte.

*

45 A arte como *uma forma de vida*; apresenta-se a analogia entre arte e linguagem.

46-9 Examina-se o conceito de arte como uma forma de vida a partir do ponto de vista do artista. A intenção artística e as intenções atribuídas a obras de arte individuais: a analogia com a linguagem, propriamente compreendida, não exige que sejamos capazes de identificá-las dissociadas da arte e seus objetos. A chamada "heresia de paráfrase".

50 Arte e fantasia contrapostas: reafirma-se o erro fundamental da Teoria Ideal à luz das seções 46-9.

51-3 Examina-se agora o conceito de arte como uma forma de vida a partir do ponto de vista do espectador. A compreensão das obras de arte: reapresenta-se a Iconicidade, e examinam-se mais uma vez as condições de expressão na arte.

54 A obra de arte como um objeto autossubsistente; ressalvas a esta concepção. A *atração na arte* e *o transcendental*.

55 Apresenta-se para consideração um terceiro ponto de vista sobre a concepção da arte como uma forma de vida. A arte, e como é aprendida. Nada além de uma sugestão descartada.

56 A analogia seguida até aqui (seções 45-55) foi entre arte e linguagem, e não entre arte e código: duas contraposições contrapostas. Estilo e redundância.

57-8 Duas limitações da analogia entre arte e linguagem. O fato de algumas obras de arte se realizarem numa linguagem (natural), e a ausência de qualquer coisa que, na arte, se compare à ausência de uma gramática ou à incoerência.

*

59 A última questão propõe um exame da tradicional exigência de unidade numa obra de arte. Examinam-se a unidade e três objeções a qualquer explanação estrita ou formal da noção.

60-63 O exame da unidade leva, por sua vez, a um exame da arte como fenômeno essencialmente histórico. Examina-se a historicidade da arte. A determinação social da arte. Reexamina-se, por fim, o problema do *bricoleur*.

64 A estética: e como poderia dividir-se entre o aparentemente substancial e o aparentemente insignificante. A importância do aparentemente insignificante na estética para a arte em si: a autoconsciência perene e inextirpável da arte.

65 Registra-se uma omissão.

A ARTE E SEUS OBJETOS

"O que é a arte?" "A arte é a soma ou a totalidade das obras de arte." "O que é uma obra de arte?" "Uma obra de arte é um poema, uma pintura, uma peça musical, uma escultura, um romance. ..." "O que é um poema? uma pintura? uma peça musical? uma escultura? um romance? ..." "Um poema é..., uma pintura é..., uma peça musical é..., uma escultura é..., um romance é..."

Seria natural supor que, se pudéssemos preencher o que falta à última linha desse diálogo, obteríamos uma resposta a um dos mais evasivos problemas tradicionais da cultura humana: a natureza da arte. A suposição é, evidentemente, a de que o diálogo, tal como o temos acima, possa chegar a um fim. Isso é algo que, por enquanto, continuarei a supor.

2

No entanto, seria possível objetar que, mesmo que conseguíssemos preencher os espaços em branco com que termina esse diálogo, ainda assim não obteríamos uma resposta para a pergunta tradicional, ao menos como esta tem sido tradicionalmente entendida. Essa pergunta sempre buscou uma resposta unitária, uma resposta segundo a forma "A arte é..."; ao passo que o máximo que agora poderíamos esperar seria uma pluralidade de respostas, tantas, com efeito, quantas fossem as artes ou veículos que distinguíssemos de início. E caso se retrucasse que sempre seria possível extrair uma resposta unitária daquilo que então teríamos, através da reunião de todas as respostas específicas numa grande disjunção, isso deixaria intocada a questão. Pois a busca tradicional certamente pretendia, embora nem sempre de modo explícito, excluir qualquer coisa que se assemelhasse a uma resposta dotada desse grau de complexidade: o uso da palavra *unitária* serve precisamente para mostrar que o que não se deseja é algo da forma "A arte é (o que quer que seja um poema), ou (o que quer que seja uma pintura), ou...".

Mas por que seria preciso supor, como agora parece acontecer, que, se concebermos a Arte como algo essencialmente explicável em termos dos diferentes tipos de obras de arte ou das diferentes artes, deveremos abandonar as esperanças de obter qualquer coisa que não uma concepção altamente complexa da Arte? Pois não estamos fechando os olhos à possibilidade de que as várias respostas específicas, respostas às perguntas "O que é um poema?, uma pintura?, etc.", possam, quando obtidas, vir a ter algo (ou mesmo bastante) em comum, na medida em que as coisas que definem ou descrevem – isto é, as obras de arte segundo seus tipos – compartilham de muitas propriedades. Se isso ocorresse, não estaríamos obrigados a lançar mão da mera disjunção, ou, no mínimo, não ficaríamos limitados a ela. Naquilo que viesse a constituir a área de superposição, teríamos a base para uma resposta de tipo tradicional, mesmo que depois se evidenciasse que não poderíamos avançar muito a partir dessa base, na medida em que, além de certo ponto, as diferentes artes permanecessem irredutivelmente específicas. O que isto demonstraria é que a busca tradicional não poderia ser satisfeita em sua totalidade, e não que o fato de tê-la empreendido fosse um erro.

3

Nesse ponto, um procedimento acode ao espírito: o que deveríamos fazer é tentar e, de saída, estabelecer as diversas definições ou descrições específicas – o que é um poema, o que é uma pintura, etc. – para depois, tendo-as à nossa frente, procurar ver se têm qualquer coisa em comum, e, se tiverem, o que é. Mas esse procedimento não é muito prático, embora possa ser recomendável em termos de minúcia e completude (mais à frente, talvez tenhamos de colocar isso em questão); é improvável que chegássemos sequer a completar a parte inicial ou preparatória da tarefa.

Devo, assim, ceder ao menos neste ponto – em termos de procedimento – às objeções do tradicionalista: começarei com aquilo que chamei de superposição. Em vez de aguardar as respostas específicas para depois ver o que têm em comum, tentarei antevê-las e projetar aquela área sobre a qual é provável que coincidam. E se forem feitas objeções a isso, sob a alegação de que é invertida a ordem correta de investigação, por estarmos sendo convidados a apreciar e passar julgamento sobre hipóteses antes de examinar as provas sobre as quais elas supostamente se fundamentam, responderei que na verdade já temos, dentro de nós, as provas necessárias. Necessárias, digo, para o propósito relativamente limitado que nos interessa agora: todos possuímos, da poesia, da pintura, da música, etc., uma experiência tal que, se não somos capazes de dizer, fundamentando-nos nela, o que essas coisas são (e estou certo de que não somos capazes), somos ao menos capazes de reconhecer quando nos dizem que elas são algo que de fato não são. Já se afirmou que a experiência humana é suficiente para a refutação, mas nunca para a confirmação de uma hipótese. Sem dar ou negar meu apoio a tal afirmação enquanto tese filosófica geral, penso que é suficientemente verdadeira neste campo, e é sobre a assimetria sustentada por ela que se fundamenta o procedimento que me proponho a seguir.

Este procedimento nos colocará em contato, em muitos momentos, com certas teorias tradicionais da arte. Vale a pena reafirmar que não é minha intenção, agora, produzir eu mesmo uma tal teoria nem examinar como tais as teorias existentes. Há uma diferença importante entre perguntar o que é a Arte e perguntar o que há de comum (se algo houver) entre os diferentes tipos de obras de arte ou as diferentes artes, mesmo que a segunda pergunta (a minha pergunta) seja feita, primariamente, como um prelúdio ou um prefácio à primeira.

4

Comecemos com a hipótese de que as obras de arte sejam objetos físicos. Para maior brevidade, chamá-la-ei *hipótese do objeto físico*. Tal hipótese representa um ponto de partida na- tural, ao menos pela razão de que é aceitável supor que as coisas sejam objetos físicos, salvo se obviamente não o forem. É claro que certas coisas não são objetos físicos. Ora, posto possa não ser evidente que as obras de arte sejam objetos físicos, elas não parecem ter seu lugar junto dessas outras coisas. Isto é, não se agrupam de pronto ao lado dos pensamentos, ou períodos da história, ou números, ou miragens. Além disso, e mais substantivamente, essa hipótese concorda com muitas concepções tradicionais da Arte e de seus objetos, e do que estes sejam.

5

Não obstante, a hipótese de que todas as obras de arte sejam objetos físicos pode ser contestada. Para nossos propósitos será útil, e instrutivo, dividir essa contestação em duas partes, correspondendo essa divisão, convenientemente, a uma divisão dentro das próprias artes. Pois, no caso de certas artes, a alegação é a de que não há objeto físico que possa, admissivelmente, ser identificado como a obra de arte: não há objeto existente no espaço e no tempo (como é necessário que ocorra para os objetos físicos) que possa ser distinguido e concebido como uma peça musical ou um romance. No caso de outras artes – de modo mais notável, a pintura e a escultura –, alega-se que, embora haja objetos físicos de tipo normal e aceitável que possam ser (e geralmente são) identificados como obras de arte, tais identificações são incorretas.

A primeira parte dessa contestação é de longe, como veremos, a mais difícil de enfrentar. Felizmente, porém, não é ela, mas a segunda parte da contestação, que potencialmente cria grandes problemas para a estética.

6

A existência de um objeto físico que possa ser identificado com *Ulysses* ou *Der Rosenkavalier* é uma opinião incapaz de sobreviver por muito tempo à exigência de que distingamos ou apontemos tal objeto. Existe, evidentemente, o exemplar de *Ulysses* que agora tenho à minha frente sobre a mesa, existe a apresentação de *Der Rosenkavalier* a que assistirei esta noite, e ambos podem (com alguma latitude, é certo, no caso da apresentação) ser vistos como objetos físicos. Além disso, é habitual nos referirmos a esses objetos dizendo coisas tais como "O *Ulysses* está sobre minha mesa", "Assistirei ao *Rosenkavalier* esta noite"; de onde seria tentador (mas incorreto) concluir que *Ulysses* é apenas o exemplar que possuo, *Rosenkavalier* apenas a apresentação de hoje à noite.

Tentador, mas incorreto, e há várias maneiras sucintas de expor o erro em questão. Por exemplo, se eu perdesse meu exemplar de *Ulysses*, daí decorreria que *Ulysses* se tornaria uma obra perdida. Do mesmo modo, se os críticos desgostassem da apresentação do *Rosenkavalier* nesta noite, daí decorreria que não gostavam do *Rosenkavalier*. Claramente, ambas as inferências são inaceitáveis.

Temos aqui duas locuções, ou maneiras de descrever os fatos: uma, em termos de obras de arte; outra, em termos de exemplares, apresentações, etc., de obras de arte. O fato de haver contextos em que essas duas locuções são intercambiáveis não significa que não haja contextos, e, ademais, contextos de caráter substantivo, em que não são intercambiáveis. É evidente que tais contextos existem – e a hipótese do objeto físico, para grande desabono de si própria, pareceria não os levar em conta.

7

Mas, seria possível sustentar, certamente é absurdo identificar *Ulysses* com o exemplar que possuo, ou *Der Rosenkavalier* com a apresentação de hoje à noite, mas disso nada decorre, de caráter geral, que diga respeito à incorreção de identificar-se obras de arte com objetos físicos. O incorreto, nesses dois casos, foi o objeto físico que foi escolhido e com o qual se fez, depois, a identificação. A validade da hipótese do objeto físico, como a de qualquer outra hipótese, não é atingida pelas consequências advindas de sua má aplicação.

Por exemplo, é sem dúvida incorreto dizer que *Ulysses* é o exemplar que possuo. Não obstante, há um objeto físico, pertencente exatamente à mesma categoria de seres a que pertence meu exemplar – embora, de maneira significativa, não seja chamado *exemplar* –, e com o qual tal identificação seria perfeitamente correta. Esse objeto é o manuscrito do autor: em outras palavras, aquilo que Joyce escreveu quando escreveu *Ulysses*. Mais adiante terei algo a acrescentar sobre o íntimo nexo que sem dúvida existe entre, de um lado, um romance ou um poema e, de outro, o manuscrito do autor. Mas a ligação não nos autoriza a afirmar que um simplesmente seja o outro. Com efeito, essa afirmação parece vulnerável a objeções bastante semelhantes às que vínhamos examinando. O crítico que admira *Ulysses*, por exemplo, não admira necessariamente o manuscrito. E o crítico que viu ou teve nas mãos o manuscrito não está, por isso, em posição privilegiada para fazer uma avaliação do romance. E afinal – chegamos a uma objeção imediatamente paralela àquela que pareceu fatal para a identificação de *Ulysses* com o exemplar que possuo – seria possível que o manuscrito se perdesse e *Ulysses* subsistisse. Nada disto pode ser admitido pela pessoa que pensa serem *Ulysses* e o manuscrito uma e a mesma coisa.

A esta última objeção, alguém poderia retrucar que existem casos (p/ex., *Love's Labour Won*, o *Robert Guiscard* de Kleist) em que o manuscrito está perdido e a obra está perdida, e mais, a obra está perdida porque o manuscrito se perdeu. É claro que não há aqui nenhum argumento real, pois não se afirma nada a não ser que existem *alguns* casos assim. Não obstante, trata-se de uma réplica em cujo encalço vale a pena seguir, uma vez que o significado de tais casos é exatamente o oposto do que se pretendia. Em vez de reforçar, eles na verdade enfraquecem o status do manuscrito. Pois, se agora perguntarmos em que casos a obra se perde quando o manuscrito se perde, a resposta será:

Somente quando o manuscrito é único e sem par. Mas isso seria verdadeiro em relação a qualquer exemplar da obra, fosse ele único e sem par.

Ademais, é significativo que, no caso de *Rosenkavalier*, não seja sequer possível elaborar uma linha de argumentação correspondente à argumentação sobre *Ulysses*. A identificação de uma ópera ou qualquer outra peça musical com a partitura do compositor, o que pareceria ser a coisa correspondente a se fazer, não é aceitável, porque (por exemplo), uma ópera pode ser ouvida, e não podemos ouvir uma partitura. Como consequência, é comum que, a esta altura da discussão, quando se leva em consideração a música, se introduza uma nova noção, a da apresentação ideal, e se identifique com ela a peça musical. Existem aqui várias dificuldades; no presente contexto, é suficiente salientar que este passo não poderia satisfazer, de modo concebível, o propósito que o motivou: o de salvar a hipótese do objeto físico. Pois uma apresentação ideal não pode ser um objeto físico, nem mesmo naquele sentido diluído que demos ao termo para que incluísse as apresentações rotineiras.

8

Um último e desesperado expediente para salvar a hipótese do objeto físico consiste em propor que todas as obras de arte que não podem razoavelmente ser identificadas com objetos físicos sejam idênticas a classes de tais objetos. Um romance, do qual existem exemplares, não é o meu ou o teu exemplar, mas a classe de todos os seus exemplares. Uma ópera, da qual se fazem apresentações, não é a apresentação de hoje ou de ontem à noite, e nem mesmo a apresentação ideal, mas a classe de todas as suas apresentações. (É evidente que, a rigor, esta proposição não salva a hipótese de modo algum, visto que uma classe de objetos físicos não é necessariamente ela mesma um objeto físico, e, na verdade, é muito pouco provável que o fosse. Mas a proposição salva algo como o espírito da hipótese.)

Todavia, não é difícil levantar objeções a ela. Habitualmente, concebemos um romancista como alguém que está escrevendo um romance, ou um compositor como alguém que está terminando uma ópera. Mas ambas as ideias implicam algum momento no tempo em que a obra esteja completa. Suponhamos agora que os exemplares de um romance ou as apresentações de uma ópera continuem sendo produzidos por um período indefinido (o que não é improvável): segundo a proposição em causa, não haveria um tal momento de conclusão, e muito menos durante a vida do criador das obras. Assim, não poderíamos dizer que *Ulysses* foi escrito por

Joyce, ou que Strauss compôs *Der Rosenkavalier*. Há, também, o problema da sinfonia que nunca foi executada, ou do poema do qual não existe sequer um manuscrito: em que sentido poderíamos agora dizer que tais coisas sequer *existem*?

Talvez uma objeção mais séria, e certamente mais interessante, seja a de que, nessa proposição, o que fica totalmente inexplicado é o porquê de os vários exemplares de *Ulysses* serem ditos exemplares de *Ulysses* e não de outra coisa, o porquê de todas as apresentações de *Der Rosenkavalier* serem consideradas apresentações dessa ópera específica. A explicação comum de como chegamos a considerar exemplares ou apresentações como sendo deste livro ou daquela ópera é a de que o fazemos com referência a alguma outra coisa, alguma coisa diferente deles mesmos, com a qual mantêm alguma relação especial. (Exatamente em que consiste essa outra coisa, e qual a relação especial que mantêm com ela, é algo que, sem dúvida, ainda somos totalmente incapazes de dizer.) Mas o efeito, e, na verdade, a finalidade da proposição em causa é precisamente a de eliminar a possibilidade de qualquer referência desse tipo: se um romance ou uma ópera simplesmente são os seus exemplares ou apresentações, não podemos, para fins de identificação, referir os segundos aos primeiros.

A possibilidade que resta é a de que os vários objetos particulares, exemplares ou apresentações, estejam reunidos como estão, não por referência a alguma coisa com a qual se relacionam, mas em virtude de alguma relação existente entre eles: mais especificamente, em virtude da semelhança.

Mas, em primeiro lugar, nem todos os exemplares de *Ulysses*, e certamente nem todas as apresentações de *Der Rosenkavalier* são perfeitamente iguais. E caso agora se diga que as diferenças não importam, seja porque os vários exemplares ou apresentações assemelhem-se entre si em todos os aspectos relevantes, seja porque se assemelhem mais entre si do que se assemelham aos exemplares ou apresentações de qualquer outro romance ou ópera, nenhuma das duas respostas é suficiente. A primeira incorre em petição de princípio, pois a menção a aspectos relevantes pressupõe que saibamos como, digamos, os exemplares de *Ulysses* agrupam-se entre si; a segunda resposta foge da questão, pois, embora nos possa dizer por que não identificamos quaisquer apresentações de *Der Rosenkavalier* como apresentações de, por exemplo, *Arabella*, não nos dá qualquer indício do motivo pelo qual não reunimos algumas delas num grupo separado, como apresentações de uma terceira ópera.

Em segundo lugar, parece estranho fazer referência à semelhança entre os exemplares de *Ulysses* ou as apresentações de *Rosenkavalier* como se esse fosse um fato bruto: um fato, ademais, que pudesse ser usado para explicar por que eles seriam exemplares ou apresentações do que são. Seria mais natural conceber esse *fato* como algo que em si mesmo necessitasse de explicação; mais ainda, como algo que encontrasse sua explicação exatamente naquilo que ele é aqui chamado a explicar. Em outras palavras, dizer que certos exemplares ou apresentações são de *Ulysses* ou *Rosenkavalier* porque se assemelham entre si parece, precisamente, uma inversão da ordem natural do pensamento: a semelhança, pensaríamos, decorre de, ou deve ser entendida em termos do fato de serem do mesmo romance ou ópera.

9

Os que não hesitam em admitir que algumas obras de arte não sejam objetos físicos podem todavia insistir em que outras o são. Talvez *Ulysses* e *Der Rosenkavalier* não sejam objetos físicos, mas a *Donna Velata* e o *São Jorge* de Donatello certamente o são.

Já afirmei (na seção 5) que a contestação à hipótese do objeto físico pode ser dividida em duas partes. Ficará claro que estou agora me preparando para entrar na segunda parte da contestação: a que admite haver (alguns) objetos físicos que poderiam, razoavelmente, ser identificados como obras de arte, mas insiste em que seria inteiramente incorreto fazer-se essa identificação.

(A alguns, um tal curso de ação pode parecer supérfluo, uma vez que já se disse o suficiente para refutar a hipótese do objeto físico. É verdade; mas o argumento que vem a seguir possui o seu interesse intrínseco, e, por essa razão, é digno de ser levado adiante. Aqueles para quem o interesse de todo argumento filosófico é essencialmente polêmico, e foram convencidos pela discussão precedente, talvez prefiram pensar naquilo que vem a seguir como referindo-se a uma versão revista ou enfraquecida da hipótese do objeto físico: a de que algumas obras de arte são objetos físicos.)

10

No Pitti há uma tela (nº 245) de 85 cm x 64 cm: no Museo Nazionale, em Florença, há uma peça de mármore de 209 cm de altura. É com estes objetos físicos que os que afirmam serem objetos físicos a *Donna Velata* e o *São Jorge* naturalmente os identificariam.

Essa identificação pode ser contestada de duas maneiras (*grosso modo*). Pode-se afirmar que a obra de arte possui propriedades que são incompatíveis com certas propriedades do objeto físico; alternativamente, pode-se dizer que a obra de arte possui propriedades que nenhum objeto físico poderia possuir. Tanto num caso como no outro, a obra de arte não poderia ser o objeto físico.

Uma contestação do primeiro tipo se desenvolveria assim: Dizemos do *São Jorge* que ele é movido pela vida (Vasari). Contudo, o bloco de mármore é inanimado. Logo, o *São Jorge* não pode ser aquele bloco de mármore. Uma contestação do segundo tipo se desenvolveria assim: Dizemos da *Donna Velata* que ela é elevada e digna (Wölfflin). Ora, não é concebível que uma tela do Pitti possa ter essas qualidades. Logo, a *Donna Velata* não pode ser aquela tela.

Sou de opinião que esses dois raciocínios não são apenas exemplos dessas duas maneiras de argumentar, mas sim casos característicos. Pois a alegação de que há uma incompatibilidade de propriedades entre as obras de arte e os objetos físicos caracteristicamente fixa a atenção nas propriedades de representação das obras de arte. O argumento de que as obras de arte possuem propriedades que os objetos físicos não poderiam possuir caracteristicamente se concentra nas propriedades expressivas das obras de arte. Os termos *de representação* e *expressivas* são usados aqui num sentido muito lato, o qual, espera-se, se tornará claro à medida que avançarmos na exposição.

11

Vamos começar pela argumentação relativa às propriedades de representação. Nesse ponto, uma dificuldade inicial consiste em ver exatamente como se supõe que o raciocínio conforma-se aos fatos. Pois, como vimos pelo exemplo do *São Jorge*, sua tática é a de tomar alguma propriedade de representação que atribuímos a uma obra de arte e depois salientar a existência de alguma propriedade que o objeto físico em questão possui e que é incompatível com ela, por exemplo *ser penetrado de vida* e *ser inanimado*. Mas, se examinarmos o modo como de fato falamos ou pensamos acerca das obras de arte voltadas para a representação, veremos que, em grande medida, atribuímos propriedades de representação a elementos ou partes da pintura: é só de modo periférico que fazemos uma tal atribuição à obra em si mesma, isto é, à obra como um todo.

Tomemos, por exemplo, as descrições, legitimamente famosas, que Wölfflin nos dá das *Stanze* de Rafael em *Arte Clássica:* em particular, a da *Expulsão de Heliodoro*. Wölfflin é geralmente considerado um crítico formalista. Mas, se o for, é apenas num sentido muito restrito: mesmo quando se aplica com mais diligência a usar o vocabulário da geometria para descrever artifícios de composição, é significativo o modo como identifica as figuras ou formas cujos arranjos analisa. Invariavelmente, identifica-as com referência aos personagens ou acontecimentos que elas retratam. Quando seu objetivo é o de trazer à luz o conteúdo dramático de uma pintura, como nas descrições de Rafael, ele fica sempre muito próximo do seu aspecto de representação. O que, em tais ocasiões, o vemos mencionar? O movimento dos jovens: Heliodoro caído, tendo a vingança a abater-se sobre si; as mulheres e crianças amontoadas; os dois jovens agarrados à coluna à esquerda, que equilibram o Heliodoro prostrado à direita e conduzem os olhos de volta ao centro, onde está a orar o Sumo Sacerdote. Ora, todos esses elementos particulares, que parecem ser os itens naturais do discurso na descrição de uma pintura de representação – ou melhor, talvez, de uma pintura em sua função de representação –, não constituem casos em que o argumento em questão possa ser obviamente aplicado. Pois seria necessário que, em correspondência a cada um desses elementos, houvesse um objeto físico do qual pudéssemos perguntar se possuía alguma propriedade incompatível com a propriedade de representação que atribuímos ao elemento.

Seria possível objetar, porém, que não apresentei a situação em sua integridade: mesmo na descrição da *Expulsão de Heliodoro*, há atribuições de representação não-particulares, ou globais. Wölfflin fala, por exemplo, de "um grande vazio" no meio da composição.

Isso é verdade. Mas parece que o argumento exige mais que isso. Exige não só que existam tais atribuições, mas que elas sejam essenciais para a noção de representação: exige, por exemplo, que seja através delas que venhamos a saber em que consiste o fato de algo ser uma representação de alguma outra coisa. Pretendo defender a ideia de que essas atribuições, ao contrário, são periféricas. Primeiro, num sentido mais brando, na medida em que não têm prioridade sobre as atribuições mais particulares ou específicas. As atribuições muito gerais provêm de um grupo bastante amplo de atribuições, e certamente não parece que possamos compreendê-las sem compreender os outros juízos referentes ao grupo. É difícil ver, por exemplo, como alguém poderia "ler" o vazio no meio do afresco de Rafael se não fosse ao mesmo tempo capaz de distinguir as relações espaciais existentes entre Heliodoro e os jovens que avançam para açoitá-lo, ou entre o Papa e a cena que ele sobrevigia em sereno distanciamento. Segundo, seria possível elaborar uma linha de argumentação mais forte – embora fosse demasiado minuciosa para figurar aqui – a fim de mostrar que a atribuição de representação que fazemos a respeito da pintura como um todo é dependente das atribuições específicas, ou pode ser analisada em termos dessas atribuições. A maneira mais clara de demonstrá-lo seria tomar atribuições globais mais simples que as de Wolfflin: que uma pintura, por exemplo, possui profundidade, ou possui grande movimento, ou uma recessão diagonal; e depois mostrar como estas podem ser plenamente explicadas com referência às relações espaciais existentes entre, por exemplo, uma árvore em primeiro plano e o horizonte, ou o corpo do santo e a multidão de anjos entre os quais ele se eleva aos céus. Um modo mais dramático de evidenciar esse aspecto consistiria em salientar que não podemos mostrar uma folha de papel em branco e dizer que se trata de uma representação do Espaço Vazio. Embora, evidentemente, o que pudéssemos fazer seria pegar a folha em branco e conferir-lhe o título "Espaço Vazio"; e não se trataria de um título injustificado.

12

Na seção anterior, fez-se referência à larga gama de atribuições de representação que fazemos. É muito importante perceber a sua amplitude. Ela sem dúvida se estende muito além do domínio da arte puramente figurativa, abrangendo coisas tais como os desenhos geométricos ou certas formas de ornamentação arquitetônica. Sugiro agora que, se olharmos, nesse leque, para o extremo oposto àquele ocupado, por exemplo, pelas *Stanze* de Rafael, poderemos ver nosso problema sob uma nova luz.

Conta-se que Hans Hofmann, o decano da pintura nova-iorquina, costumava pedir a seus alunos, quando ingressavam em seu ateliê, que fizessem um traço preto sobre uma tela branca e depois observassem como o preto estava sobre o branco. Evidentemente, aquilo que os alunos de Hofmann deviam observar não era o fato de um pouco de tinta preta estar fisicamente sobre uma tela branca. Modificarei um pouco o exemplo para evidenciar melhor esse aspecto, e suporei que se pedisse aos jovens pintores que fizessem um traço azul sobre a tela branca e depois observassem como o azul estava atrás do branco. O sentido em que se empregaram os termos *sobre* no primeiro exemplo e *atrás* no exemplo revisto nos dá, sob uma forma elementar, a noção do que é ver algo como uma representação, ou do que significa que algo possui propriedades de representação. Conformemente, se vamos aceitar a alegação de que as obras de arte não podem ser objetos físicos porque possuem propriedades de representação, parece que ficamos obrigados a encarar o convite a ver o azul atrás do branco como algo que se assemelhe a uma incitação a negar o caráter físico da tela. (Isto é impreciso; mas o capítulo anterior nos terá mostrado como é difícil utilizar com precisão o argumento que estamos considerando.)

Caso seja possível demonstrar que é totalmente incorreto encarar dessa maneira o convite, e que, ao contrário, não há incompatibilidade entre ver-se um traço sobre a tela como estando atrás de outro e ao mesmo tempo se insistir que ambos os traços e a tela sobre a qual se encontram são objetos físicos, desvanece-se esta objeção à hipótese do objeto físico. Para estabelecer este ponto, porém, seria necessária uma argumentação minuciosa. Entretanto, talvez fosse possível evitar a necessidade de uma tal argumentação pela demonstração de como é comum e difundida essa espécie de visão a que Hofmann convocou seus alunos (vamos chamá-los de *visão de representação*). Na verdade, não seria exagero dizer que essa visão está sempre presente na visão que temos de qualquer objeto físico cuja superfície apresente um grau suficiente de diferenciação. Uma vez admitido este fato, certamente passa a parecer absurda a insistência em que a visão de representação, e os juízos a que ela caracteristicamente dá origem, pressuponham de maneira implícita uma negação do caráter físico tanto da própria representação quanto daquilo em que ela se assenta.

Numa famosa passagem do *Trattato*, Leonardo da Vinci aconselha o aspirante a pintor a "despertar o espírito de invenção" olhando para paredes manchadas pela umidade ou para pedras de cores irregulares e encontrando, nelas, paisagens divinas, cenas de batalha e estranhos personagens em ação violenta. Este trecho tem muitas aplicações tanto na psicologia como na filosofia da arte. Aqui, cito-o pelo testemunho que fornece da universalidade da visão de representação.

13

Nas seções precedentes, associei muito de perto a noção de representação à do ver-como – ou, como a chamei, à "visão de representação" –, a ponto de dizer que a primeira noção podia ser explicada em termos da segunda. Nesta seção, quero justificar essa associação. Mas, antes, uma palavra acerca dos dois termos entre os quais se estabelece a associação.

Deixei claro que uso o termo *representação* num sentido extensivo: de modo que, por exemplo, a figura que aparece num compêndio comum de geometria à testa do Teorema XI de Euclides poderia ser descrita como uma configuração de linhas que se intersecionam, mas também poderia ser concebida como a representação de um triângulo. Em contraposição, uso a expressão "ver-como" num sentido estrito: somente no contexto da representação. Em outras palavras, desejo excluir da discussão, aqui, casos tão heterogêneos quanto aquele em que vemos a lua do tamanho de uma moeda de seis pence, ou a Dama de Copas como a Dama de Ouros, ou (como o jovem Schiller) o *Apolo do Belvedere* como pertencente ao mesmo grupo estilístico do *Laocoonte de Rodes* – embora eu esteja certo de que tais casos sejam semelhantes aos que desejo examinar, e que tal semelhança possa ser demonstrada pela análise.

Esclarecidos esses pontos, volto à explicação da representação em termos do ver-como. Consigo antever duas objeções: uma, *grosso modo*, no sentido de que esta explicação é mais complexa do que precisa ser, e a outra, no sentido de que é uma supersimplificação do assunto.

Seria possível sustentar que, digamos, se nos mostram uma representação de Napoleão, é claro que a vemos como Napoleão. Mas seria tortuoso evocar este segundo fato, o qual é na verdade apenas uma consequência contingente do primeiro fato, como uma explicação deste: particularmente quando temos à mão uma explicação mais direta. Pois a explicação fundamental de por que uma coisa é representação de outra repousa sobre o fato simples da semelhança: uma pintura ou um desenho é uma representação de Napoleão porque assemelha-se a Napoleão – e é também por esta razão que chegamos a vê-la como Napoleão (isto é, quando o fazemos), e não vice-versa, como sustentaria a argumentação deste ensaio.

Mas essa versão mais direta de o que significa uma coisa representar outra coisa ou ser de outra coisa não é suficiente: pelo menos tão logo ultrapassamos os casos mais simples, como os diagramas de um livro de geometria. Pois o conceito de semelhança é notoriamente elíptico, ou, pelo menos, dependente do contexto; e é difícil ver como a semelhança existente entre uma pintura ou desenho e aquilo que representa poderia ser manifesta, ou mesmo apontada a alguém que ignorasse totalmente a instituição ou a prática da representação.

É verdade que, às vezes, dizemos de um desenho, "Como se parece com A!". Mas este não é, como à primeira vista poderia parecer, um exemplo vindo para contrariar meu argumento. Pois se procuramos ampliar o "isto" de que em tais casos predicamos a semelhança é provável que nos encontremos muito mais próximos de "Esta *pessoa* é exatamente igual a A" do que de "Esta *configuração* é exatamente igual a A". Em outras palavras, a atribuição de semelhança ocorre dentro da linguagem da representação, e por esse motivo não pode ser usada para explicá-la. Este ponto é confirmado ainda pelo fato de que, embora habitualmente se afirme que a relação de semelhança é simétrica, podemos dizer, a propósito de um desenho, que "Isto se parece com Napoleão", mas não podemos dizer, a não ser num contexto especial, que "Napoleão é exatamente igual a este desenho", ou que "Napoleão se assemelha a este desenho": o que parece lançar alguma luz sobre como se deve encarar o "isto" empregado anteriormente.

Uma segunda objeção poderia insistir em que minha explicação da representação, longe de ser demasiado elaborada, é na verdade mais superficial do que o assunto exigiria. Pois omito um elemento vital: a intenção por parte da pessoa que faz a representação. Para que um desenho represente Napoleão, é necessário que o desenhista tenha a intenção de que seja um desenho de Napoleão; mais ainda, se ele tem a intenção de que o desenho seja de Napoleão, isto é suficiente para que seja de Napoleão.

Ora, é evidente que a noção de intenção tem um importante papel a desempenhar em qualquer análise completa da representação. Se a omiti até agora, é porque não tenho em vista uma análise completa – de fato, nem mesmo uma análise mais ampla do que a exigida por meus propósitos imediatos. Não sei se objetaria caso se dissesse que a intenção é uma condição necessária, ou mesmo suficiente, da representação. Mas esta suposição não faz a diferença radical que de início poderia parecer. Mais especificamente, eu diria que ela não derruba a noção do ver-como da posição em que a coloquei na análise da representação.

Com efeito, só se tomássemos a intenção segundo uma concepção completamente errônea é que o ingresso da mesma na análise da representação poderia ser considerada radical por suas implicações. De acordo com essa falsa concepção, a intenção é, ou identifica-se com, um pensamento que acompanha (ou precede imediatamente) uma ação, afirmando que "estou agora fazendo (ou estou a ponto de fazer) tal e tal coisa..."; onde, além disso, aquilo que o agente efetivamente faz não acarreta restrições ao tipo de intenção que ele atribui a si mesmo: aquilo que a pessoa realmente faz não limita de modo algum aquilo que ela pode dizer que está fazendo. Não é difícil perceber que, se aceitamos tal conceito de intenção, o modo segundo o qual estamos dispostos a ver o desenho, ou o modo como o vemos, torna-se totalmente irrelevante para aquilo de que o desenho é uma representação. Se a intenção é independente daquilo que o agente faz, deve ser, *a fortiori*, independente de como vemos aquilo que ele fez, depois de terminado.

Mas, embora a correspondência entre intenção e ação não precise ser exata (é possível que um homem tenha a intenção de fazer outra coisa que não aquela que faz), não é plausível que admitamos haver entre elas uma relação de total acidentalidade. Se, por exemplo, um homem desenhasse um hexágono e ao mesmo tempo pensasse consigo mesmo, "Vou desenhar Napoleão", poderíamos dizer que esse pensamento nos mostra algo acerca do homem, mas não mostraria nada, evidentemente, acerca daquilo que ele tinha a intenção de desenhar naquele momento e naquele lugar. A questão geral sobre o que faz um pensamento acompanhante ser uma intenção é muito complexa; mas no campo que nos interessa, o da representação, o que transparece com certeza é que se um pensamento expressa a intenção que subjaz ao ato de, digamos, desenhar, que acompanha, tal pensamento não é independente de como pode ser visto o resultado da ação, no caso, o próprio desenho. Tal suposição é confirmada ainda pelo fato de não podermos imaginar que um homem forme a intenção de representar alguma coisa sem que possa também prever qual aparência teria o desenho. Se isto for verdade, fica evidente que a introdução da intenção numa análise da representação, a qual vinha sendo realizada unicamente com referência ao ver-como, não subverte a análise: a própria intenção está intimamente ligada ao ver-como. Poderíamos dizer que a intenção antecipa a visão de representação.

Apresentei, e argumentei contra, duas objeções à minha opinião de que há uma relação intrínseca entre a representação e o ver-como. Mas não disse nada em favor dessa opinião. Creio, porém, que, uma vez combatidas as objeções, o atrativo óbvio do meu ponto de vista se autoafirmará: atrativo que repousa, suponho, sobre algum fato banal mas inegável, como o de que uma representação de algo é um sinal visual, ou uma lembrança, desse algo.

Espero fique claro que não disse nada que lance dúvidas sobre o fato de que o que conta como uma representação de alguma coisa, ou o modo de representarmos as coisas, serem questões culturalmente determinadas.

14

Ter-se-á observado que apresentei o problema das propriedades de representação e a aparente dificuldade que apresentam para a hipótese do objeto físico como se fosse um problema que surgiu, ao menos de início, apenas em relação a algumas propriedades de representação. Isto é, existem casos em que atribuímos à obra de arte uma propriedade de representação que entra claramente em conflito com outra propriedade ou propriedades que o objeto físico correspondente possui. Por exemplo, dizemos que uma natureza-morta tem profundidade, mas a tela é plana; que um afresco tem um vazio no meio, mas a parede sobre a qual foi pintado está intacta. É só quando ocorre um tal conflito que, como o apresentei, ocorre um problema. Foi por esta razão que alterei o exemplo de Hofmann para o caso de um mestre que pedisse a seus discípulos que pusessem tinta (azul) *sobre* a tela (branca) de uma maneira tal que vissem o azul (= cor da tinta) *atrás* do branco (= cor da tela). Pois, embora seja claro que poderiam surgir conflitos se o exemplo original de Hofmann fosse minimamente aprofundado (por exemplo, se alguém perguntasse, "A que distância o preto encontra-se à frente do branco?"), no exemplo retificado o conflito surge de imediato.

Ao apresentar desse modo o problema, fi-lo coincidir, penso, com a maneira segundo a qual é geralmente concebido. Em outras palavras, em geral, não se considera que as propriedades de representação sejam problemáticas. Mas o quadro se altera quando nos voltamos do problema das propriedades de representação para o das propriedades expressivas e de que modo estas se relacionam com a identificação das obras de arte com objetos físicos. Pois a questão não parece ser: "Como pode uma obra de arte, enquanto objeto físico desta ou daquela espécie, expressar esta ou aquela emoção?", mas sim: "Como pode uma obra de arte, enquanto objeto físico, expressar emoção?".

(Evidentemente, existe um problema, na verdade muito debatido recentemente, e com o qual lidaremos mais adiante [seções 28-31], acerca de como uma determinada obra de arte pode expressar uma determinada emoção. Mas é importante perceber que esse problema não é o de que estamos tratando. Ele nada tem a ver com a identidade entre objetos físicos e obras de arte; surge independentemente da posição que tomemos quanto a esta questão.)

Se eu estiver certo em afimar a diferença entre as maneiras pelas quais as propriedades de representação e expressivas revelam-se problemáticas – e aqui não tenho nenhuma vontade de insistir –, é bem possível que a explicação resida no fato de que, embora não haja nada que não seja um objeto físico e tenha propriedades de representação, existe alguma coisa que não é um objeto físico, ou pelo menos um objeto puramente físico, e que possui propriedades expressivas: o corpo humano e suas partes, em particular o rosto e certos membros. É o caso de nos perguntarmos: "Como pode qualquer coisa que não essa ser expressiva?". Mais especificamente: "Como pode qualquer coisa puramente física ser expressiva?".

15

Podemos começar pelo exame de dois pontos de vista falsos acerca de como as obras de arte adquirem sua expressividade: não simplesmente para deixá-los para trás, mas porque cada um deles, a seu modo, aponta o caminho para a verdade. Nenhuma das duas opiniões exige a suposição de que as obras de arte sejam qualquer coisa além de objetos físicos.

A primeira opinião é a de que as obras de arte são expressivas porque foram produzidas em um determinado estado mental ou sentimental por parte do artista; e a esta noção muitas vezes se vincula o adendo de que é essa condição mental ou emocional a expressada por elas. Mas se, antes de mais nada, examinarmos tal opinião juntamente com seu adendo ficará aparente sua falsidade. Isso porque é ocorrência comum um pintor ou um escultor modificar ou até mesmo rejeitar uma obra sua, por achar que ela não corresponde ao que viveu na época. Se, porém, abandonarmos o adendo, o ponto de vista parecerá arbitrário ou, talvez, incompleto, pois não parece haver razão para que uma obra seja expressiva simplesmente por ter sido produzida numa condição exaltada, caso se admita, ao mesmo tempo, que a obra e a condição não precisam ter a mesma natureza. (Seria como tentar explicar por que uma pessoa com rubéola está doente referindo-se ao fato de ela ter entrado em contato com outra pessoa que também estava doente, sendo que essa outra pessoa não estava doente de rubéola ou qualquer coisa relacionada à rubéola.) Deve-se compreender que não critico essa perspectiva por ela admitir que um artista possa expressar em sua obra uma condição diferente daquela em que se encontrava na época; sustento antes que o erro da opinião consiste em admitir este fato e ao mesmo tempo insistir em que a expressividade da obra possa ser explicada exclusivamente em termos da condição do artista.

Mas é provável que a objeção mais fundamental a esta opinião, o ponto que tem sido enfatizado em numerosos trabalhos filosóficos, é a de que a expressividade da obra passa a ser uma característica puramente exterior desta. Já não é algo que possamos ou pudéssemos observar, é algo que inferimos a partir daquilo que observamos: foi destacada do objeto tal como este se nos apresenta e colocada em sua história, de modo que passa a pertencer mais à biografia do artista que à crítica da obra. E isto parece incorreto. Pois as qualidades de gravidade, doçura, medo, que invocamos ao descrever obras de arte, parecem essenciais para a compreensão que temos destas; e, nesse caso, não podem ser extrínsecas às obras em si mesmas. Isto é, não podem ser meros atributos das vivências ou atividades de Masaccio, de Rafael, de Grünewald – antes, são inerentes aos afrescos de Brancacci, à *Madonna* de Granduca, ao *Retábulo de Isenheim*.

O segundo ponto de vista é o de que as obras de arte são expressivas porque produzem ou têm a capacidade de produzir um certo estado mental ou sentimental no espectador; mais ainda (e, no caso desta opinião, é difícil imaginar o adendo em separado), é esta condição mental ou emocional que elas expressam. Tal ponto de vista se presta a objeções em estreito paralelismo às que acabamos de considerar.

Em primeiro lugar, a opinião parece evidentemente falsa. Mesmo perante obras dotadas da mais extrema intensidade emocional, como a *Santa Teresa* de Bernini ou as pinturas negras de Goya, é possível permanecer mais ou menos intocado pela emoção que elas reconhecidamente expressariam. Existem, com efeito, muitas teorias que propõem como atributo distintivo ou característico da arte o fato de ela ser vista com desprendimento, de haver uma separação, por parte do espectador, entre aquilo que a obra expressa e o que ele sente; embora convenha notar, de passagem, que os teóricos que estiveram mais certos de que as obras de arte não provocam emoção também ficaram incertos, e às vezes confusos, quanto ao modo pelo qual isso se realiza: às vezes atribuindo-o ao artista, às vezes ao espectador, isto é, às vezes afirmando que o artista exime-se de dar à obra a necessária potência causal, às vezes dizendo que o espectador abstém-se de reagir a essa potência.

Mas a principal objeção a essa perspectiva, assim como à anterior, é a de que ela elimina dentre as propriedades manifestas da obra de arte aquela que normalmente consideramos uma de suas características essenciais, localizando-a, desta vez, não em seu passado, mas entre seus dotes ocultos ou inscritos em sua disposição. E caso agora se diga que esta é uma diferença pertinente, na medida em que o segundo caso é, ao menos em princípio, passível de verificação pessoal de uma maneira que o primeiro nunca poderia ser, isto foge da questão. Sem dúvida podemos atualizar a disposição, fazendo com que a obra produza em nós aquela condição que se presume ela expresse, e, evidentemente, não há um modo correspondente pelo qual possamos atualizar o passado. Mas, embora isto seja verdade, ainda assim não faz da disposição em si mesma – e é com esta, afinal, que a expressividade da obra é identificada – uma propriedade que possamos observar.

16

E, não obstante, parece haver alguma substância nas duas opiniões, como poderá ficar claro pelo exame de alguns casos hipotéticos.

Imaginemos que deparamos com um objeto físico – por enquanto não vamos supor que seja uma obra de arte ou considerado tal – a cujo respeito se afirma, de modo a suscitar nossa séria atenção, que ele expressa uma certa emoção: a dor, por exemplo. Depois ficamos sabendo que o objeto foi produzido de maneira bem despreocupada, como uma diversão ou como parte de um jogo; e vamos supor, além disso, que ele não desperte em nós, ou em qualquer outra pessoa, nada além de um prazer moderado. À luz desses fatos, podemos aceitar a afirmação acima? É concebível que sim – se tivermos certas razões especiais.

Mas suponhamos agora que a afirmação não se faça a respeito de um objeto único ou isolado, mas de toda uma classe de objetos da qual nosso primeiro exemplo era apenas um espécime; o que era verdadeiro para ele é igualmente verdadeiro para todos eles, tanto no que toca a como foram produzidos quanto ao efeito que produzem em nós. É certamente impossível imaginar quaisquer circunstâncias em que admitíssemos *esta* afirmação.

O que devemos concluir disso? Devemos dizer que as duas opiniões são verdadeiras de maneira geral, e que o erro só surge quando as concebemos como aplicáveis a todo e qualquer caso? O argumento parece apontar nessa direção, mas, ao mesmo tempo, este parece ser um estado bastante insatisfatório para se deixar o assunto. (É verdade que certos pensadores morais contemporâneos parecem achar perfeitamente confortável uma situação análoga em sua área de atuação, quando dizem que uma ação específica pode ser correta mesmo que não atenda ao critério utilitário, desde que esse tipo de ação, ou essa ação em geral, atenda ao critério; em outras palavras, o critério utilitário aplica-se ao todo, mas não a todo e qualquer caso.)

O problema aqui é o seguinte: supondo-se que abandonemos a condição necessária no caso particular porque essa condição é atendida em geral, com que direito continuamos a considerar necessária essa condição que é atendida em geral? De ordinário, a demonstração de que uma condição é necessária é a de que não possa haver, ou ao menos não exista, qualquer coisa do tipo exigido que não a atenda. Mas este argumento, aqui, não está aberto para nós. De acordo com isso, precisaríamos no mínimo estar preparados para dar alguma explicação de como surgem as exceções; ou, alternativamente, do motivo pelo qual insistimos tanto na condição geral. Para voltar ao exemplo, parece inaceitável dizer, a um só tempo, que um único objeto pode expressar dor embora não tenha sido produzido nessa emoção e nem a produza, mas que uma classe de objetos não pode expressar dor a menos que a maioria deles, ou boa parte deles ou alguns deles atendam a essas condições – a menos que possamos explicar por que discriminamos dessa maneira.

Nesse ponto, o que podemos fazer é voltar e examinar aquelas razões especiais, como as chamei, que poderíamos ter para admitir que um objeto individual pudesse expressar dor embora não atendesse às condições que valem em geral. *Grosso modo*, parece haver duas linhas de pensamento que, se fossem seguidas, poderiam dar margem à admissão da expressividade. Poderíamos pensar: "Embora a pessoa que fez este objeto não tenha sentido dor quando o fez, este é o tipo de coisa que eu faria se sentisse dor...". Alternativamente, poderíamos pensar: "Embora eu não sinta dor ao olhar para isto, aqui e agora, tenho certeza de que, em outras circunstâncias, sentiria...". Ora, se eu estiver correto em pensar que estas sejam as considerações relevantes, poderemos começar a ver alguma razão para a discriminação que fizemos entre o caso particular e o caso geral. Pois há uma dificuldade evidente para que se veja como essas considerações poderiam se aplicar a toda uma classe de objetos: isto é, dado que a classe seja razoavelmente grande. Nossa confiança em que um certo tipo de objeto seria aquilo que produziríamos se vivenciássemos a dor seria abalada pelo fato de nenhum dos objetos (ou muito poucos) ter sido efetivamente produzido em condições de dor; do mesmo modo, nossa confiança de que em outras circunstâncias sentiríamos dor ao olhar para eles dificilmente sobreviveria ao fato de ninguém (ou quase ninguém) tê-la sentido. Quando as razões especiais deixam de operar, reafirmam-se as condições necessárias.

17

Todavia, não se deve tomar a discussão precedente como uma simples reafirmação das duas opiniões sobre a natureza da expressão que foram apresentadas e criticadas na seção 15. Esta seria uma interpretação errônea – ainda que se pudesse imaginá-la como sugerida pelo próprio argumento, nos termos em que foi apresentado.

É verdade que as duas coisas – tanto a nova alegação quanto as opiniões precedentes – fazem referência aos mesmos critérios de expressividade: por um lado, o estado psíquico do artista, e, por outro, o do espectador. Mas o uso que fazem desses critérios é muito diferente nos dois casos. Num deles os critérios são afirmados de maneira categórica; no outro, quando muito, o são hipoteticamente. Antes se afirmou que as obras de arte expressam um certo estado se e somente se forem produzidas nesse estado e sejam capazes de suscitá-lo. Agora abandonou-se essa afirmação, e o vínculo postulado entre a obra, de um lado, e, de outro, o estado psíquico do artista ou do espectador só é válido numa suposição: "Se eu estivesse nesse estado...", "Se eu estivesse em outras circunstâncias...".

Existem, porém, duas maneiras pelas quais pode ser estreitada a brecha entre a velha e a nova versão do problema, mesmo que essa brecha não possa (e de fato não pode) ser fechada. A primeira consiste na introdução dos sentimentos inconscientes. A segunda consiste numa concepção mais generosa das diferentes relações que podem existir entre uma pessoa e os sentimentos conscientes que ela tem. Pois é um fato da natureza humana, a ser levado em conta em qualquer análise filosófica da mente, que, mesmo quando os sentimentos penetram na consciência, podem permanecer relativamente cindidos ou dissociados; ocorrendo tal dissociação, às vezes, em concordância com as exigências da realidade, como na memória ou na contemplação, ou, em outros casos, de maneiras mais patológicas.

Ora, é claro que boa parte do caráter grosseiro – e, por isso, da vulnerabilidade – das duas primeiras opiniões acerca da expressão adveio do menosprezo ou da ignorância desses dois fatores.

Por exemplo, a asserção de que certa peça musical é triste devido ao que o compositor sentiu é às vezes igualada – pelos que a propõem, bem como pelos que a criticam – à asserção de que, na época, o compositor estava sofrendo de um acesso de amargura. Ou, também, a afirmação de que certa estátua é aterrorizante devido às emoções que desperta nos espectadores é por vezes interpretada como significando que todo aquele que olhar para ela sentirá medo. Em outras palavras, pensa-se que, para refutar toda essa concepção da expressão, basta mostrar que o compositor não estava à beira das lágrimas ou que o espectador médio não tem nenhum desejo de fugir correndo. Mas há sentimentos que um homem tem e dos quais não está consciente, e existem outras maneiras pelas quais pode entrar em contato com os sentimentos que tem, e que não se identificam com a vivência primária dos mesmos. Uma reformulação mais realista das duas opiniões originais não exigiria mais do que o fato de o estado expressado pela obra de arte ser incluído entre aqueles estados, conscientes ou inconscientes, com os quais o artista e o espectador mantêm algum tipo de relação possessiva.

Tal reformulação não se limitaria a incrementar o realismo dessas novas opiniões: também as aproximaria bastante da nova explicação pela qual as substituímos. Pois enquanto nos limitamos aos sentimentos conscientes ou àqueles que vivenciamos de modo primário há evidentemente uma brecha substancial entre a suposição de que isto ou aquilo seria o que sentiríamos se houvéssemos feito certo objeto e a asserção de que é isso que sentiu a pessoa que o fez; e também entre a suposição de que, em outras circunstâncias, nos sentiríamos desta ou daquela maneira perante certo objeto e a afirmação de que é isso que realmente sentimos perante ele. Mas alargue-se a concepção dos sentimentos humanos de modo a incluir toda a gama de estados psíquicos e a situação modifica-se consideravelmente. Sem dúvida, existe ainda uma brecha, mas esta diminui de tal modo que às vezes é possível imaginá-la como não tendo uma largura superior à que pode ser transposta por um salto dos indícios comprovantes para a conclusão. Em outras palavras, uma especulação acerca do que eu teria sentido na situação de outra pessoa ou em diferentes circunstâncias pode ser, sob condições favoráveis, uma garantia suficiente para uma asserção sobre o que a pessoa realmente sente ou sobre nossas emoções ocultas.

Seria possível, porém, levantar agora a questão: suponha-se que os dois critérios, até agora considerados tão intimamente ligados, se separem (pois isso poderia ocorrer); como resolver o problema? A dificuldade aqui não é apenas a de não haver uma resposta simples à questão, mas a de que, aparentemente, qualquer resposta seria arbitrária. Será que isso significa que os dois critérios são completamente independentes, e que todo o conceito de expressão – se é que se constitui como o sugeri – é uma conjunção contingente de dois elementos, que tanto poderiam estar juntos quanto separados?

Afirmarei que o conceito de expressão, ao menos no que se aplica às artes, é de fato complexo, na medida em que repousa sobre a interseção de duas noções constituintes de expressão. Podemos obter algumas pistas sobre essas noções a partir dos dois pontos de vista acerca da expressão que estivemos a considerar, pois ambas são refletidas, embora também distorcidas, por esses pontos de vista. Mas, ao passo que estes parecem vinculados de modo bastante contingente, sem um ponto claro de união, assim que entendermos o que são essas noções poderemos ver como e por que interagem. Através delas, poderemos vir a contemplar melhor o conceito de expressão como um todo.

Em primeiro lugar, e talvez do modo mais primitivo, consideramos uma obra de arte expressiva naquele sentido segundo o qual um gesto ou um grito seriam expressivos: isto é, concebemo-la como saída tão direta e imediatamente de um determinado estado emocional ou mental que traz sobre si vestígios inequívocos desse estado. Neste sentido, a palavra permanece muito próxima de sua etimologia: *exprimere*, espremer ou extrair pela pressão. A expressão é uma secreção de um estado interior. Chamarei isto de "expressão natural". Ao lado dessa noção existe outra, a qual aplicamos quando consideramos que um objeto expressa determinada condição porque, quando nos encontramos nessa condição, ele parece irmanar-se ou corresponder ao que vivenciamos interiormente, e, talvez, quando a condição passa, o objeto também sirva para nos lembrar dela de maneira especialmente tocante, ou para revivê-la para nós. Para que um objeto seja expressivo segundo este sentido, não há exigência de que se origine daquela condição que expressa, e nem qualquer determinação que incida sobre sua gênese; para estes fins, ele é simplesmente uma porção do ambiente da qual nos apropriamos devido ao modo pelo qual ele parece reafirmar algo dentro de nós. À expressão tomada nesse sentido chamarei *correspondência* (seguindo um costume consagrado do século XIX).

Podemos agora ligar isto à discussão precedente, afirmando que a consideração do que o artista sentiu, ou poderia ter sentido, reflete uma solicitude pela obra de arte enquanto exemplo de expressão natural, ao passo que a consideração do que o espectador sente, ou poderia sentir, reflete uma solicitude pela obra de arte enquanto exemplo de correspondência.

Embora essas duas noções sejam logicamente distintas, na prática, porém, estão fadadas a interagir: de fato, pode-se dizer que a suposição de uma delas sem a outra ultrapassa os limites legítimos da abstração. Isto pode ser percebido pela consideração da noção de pertinência ou ajustamento, concebida como uma relação existente entre a expressão e o que é expressado. Poderíamos pensar que essa relação só tem lugar no que toca às correspondências. Pois, no caso da expressão natural, o elo entre o interior e o exterior é certamente demasiado forte ou demasiado íntimo para ser mediado. Não é porque as lágrimas parecem-se com a dor que vemo-las como expressão de dor; e nem o homem que derrama lágrimas o faz porque elas representem sua condição. Assim poderíamos pensar. Mas na realidade, em qualquer nível acima do nível mais primitivo, a expressão natural será sempre temperada ou influenciada por algum sentido do que é pertinente; haverá uma retroinformação da razão para os gestos ou exclamações, por mais rudimentar ou inconsciente que seja esse processo. E, quando nos voltamos para a correspondência, pode parecer que nela somos guiados inteiramente pela pertinência ou ajustamento: isto é, recorremos apenas às aparências ou características dos objetos, as quais têm para nós, sem muita reflexão, um significado emocional. Não comparamos (poderíamos pensar) essas reações a quaisquer correlações observadas. Mas, novamente, trata-se de uma simplificação. A não ser em alguns casos primitivos, nenhuma percepção fisionômica será independente daquele que é para nós o supremo exemplo de relação entre interior e exterior: o corpo humano enquanto expressão do psiquismo. Quando dotamos um objeto natural ou um artefato de significado expressivo, tendemos a vê-lo corporalmente; isto é, tendemos a atribuir-lhe um aspecto particular que se situa em analogia marcante com algum aspecto que o corpo humano pode assumir e que é sempre associado a um estado interior.

19

Parece que agora podemos, com base na explicação da expressão fornecida acima, dar uma resposta afirmativa à questão: pode uma obra de arte ser um objeto físico se ela também é expressiva? Aquela explicação foi elaborada tendo-se em mente, de modo específico, as artes nas quais é mais plausível pensar na obra de arte como um objeto físico. Mas pode parecer que, nas duas noções de expressão que procurei formular, reste ainda um resíduo não examinado ou problemático. E nos dois casos o problema é bem parecido.

Pode ser formulado assim: Uma vez que em ambos os casos o processo que descrevi é perfeitamente compreensível, como chegamos, ao fim dele, a atribuir uma emoção humana a um objeto? Nos dois casos, o objeto tem certas características. Num deles, essas características refletem certos estados de nosso interior; no outro, são causadas por eles. Por que, a partir disso, as designações dos estados interiores são transpostas para os objetos?

O problema desta objeção pode ser definido afirmando-se que ela trata uma reconstrução filosófica de uma parte de nossa linguagem como se fosse um relato histórico. Pois não é de modo algum evidente que, nos casos em que atribuímos emoções a objetos segundo os modos que tentei descrever, tenhamos qualquer outra maneira de falar a respeito dos próprios objetos. Não existe necessariamente uma descrição anterior, em termos não emotivos, sobre a qual seja superposta a descrição emotiva. Ou, para dizer a mesma coisa em termos não linguísticos, nem sempre ocorre que as coisas que vemos como sendo expressivas possam ou pudessem ser vistas por nós de qualquer outra maneira. Em tais casos, o que precisamos não é de uma justificativa de nossa linguagem, mas de uma explicação da mesma. E isso eu espero ter fornecido.

20

Acabamos de completar nosso exame da hipótese do objeto físico, e este é um bom momento para uma pausa e recapitulação da situação.

Mostrou-se claramente que a hipótese é falsa, quando tomada em sentido literal: em algumas esferas das artes é impossível encontrar objetos físicos que tenham uma possibilidade razoável de ser identificados com obras de arte (seções 6-8). Todavia, no que toca àquelas artes onde é possível encontrar tais objetos físicos, os argumentos contrários à identificação – argumentos fundamentados no fato de as obras de arte terem propriedades que não são atributos dos objetos físicos – pareceram menos convincentes (seções 9-19). Tenho agora de justificar a asserção que fiz logo no início da discussão (seção 5), de que era só na medida em que se relacionasse com essas últimas artes que a contestação a esta hipótese teria uma importância fundamental para a estética.

A questão geral levantada, a de saber se as obras de arte são objetos físicos, parece compreender dois tópicos; a diferenciação entre eles pode ser evidenciada dando-se relevo primeiro a uma e depois à outra das duas palavras constituintes da expressão utilizada. As obras de arte são objetos *físicos*? As obras de arte são *objetos* físicos? A primeira seria uma pergunta acerca da matéria ou da constituição das obras de arte, sobre aquilo de que são feitas, no mais amplo sentido. Mais especificamente: as obras de arte são mentais? são físicas? são construtos da mente? A segunda pergunta diz respeito à categoria a que pertencem as obras de arte, aos critérios de identidade e individuação que lhes são aplicáveis. Mais especificamente: as obras de arte são universais, dos quais existem casos? ou classes, das quais existem membros? são particulares? *Grosso modo*, a primeira pergunta pode ser vista como metafísica e a segunda como uma pergunta lógica – e, para confirmar, ambas podem ser formuladas como uma pergunta referente a que tipo de coisa é uma obra de arte.

Aplicando esta distinção à discussão precedente, podemos agora ver que o método em que se fundamentou a refutação da hipótese de que todas as obras de arte sejam objetos físicos foi o de provar que há algumas obras de arte que de modo algum são objetos (ou particulares); ao passo que não foi verificada a segunda parte da questão, que depende de que se prove que aquelas obras de arte que são objetos não sejam físicas. Para justificar minha primeira asserção, é necessário que demonstre agora que o importante para a estética é o caráter físico das obras de arte, e não sua particularidade.

21

Quando se diz que uma obra de arte é um particular mas não é física, o passo seguinte consiste em postular um outro objeto, além e acima do objeto físico em questão, que seja depois encarado como a obra de arte. Sendo ele mesmo não físico, tal objeto situa-se, não obstante, numa relação muito especial com o objeto físico que (digamos) teria sido a obra de arte se as obras de arte fossem, ou pudessem ser, físicas. De modo geral, existem duas versões teóricas diferentes quanto à natureza desse objeto.

De acordo com um tipo de teoria, a obra de arte não é física porque se trata de algo mental ou mesmo etéreo. Localiza-se na mente ou em algum campo espiritual, ou, ao menos, numa região onde não há corpos físicos: daí não termos acesso sensível direto a ela, embora presuma-se que sejamos capazes de fazer inferências a seu respeito, intuí-la ou recriá-la imaginariamente a partir do objeto no mundo que é o seu vestígio ou encarnação. De acordo com o outro tipo de teoria, a obra de arte não difere dos objetos físicos por ser imperceptível, mas por ter apenas propriedades sensíveis: não possui propriedades (por exemplo, de disposição, ou históricas) que não se abram à observação direta ou imediata. O fato de, nesta versão, encararmos as obras de arte como sendo públicas ou particulares vai depender da nossa opinião a respeito da natureza dos campos sensoriais, os quais são, agora, a sua localização.

Ao negar que as obras de arte sejam objetos físicos, o primeiro tipo de teoria as subtrai inteiramente da experiência, ao passo que o segundo tipo as vincula a experiências inelutavelmente e em todos os aspectos. Direi que o primeiro tipo faz das obras de arte objetos *ideais*, e o segundo, objetos *fenomenais* ou *de apresentação*. Tenho agora de provar que ambas as teorias, a Ideal e a da Apresentação, acarretam distorções fundamentais em sua consideração do que seja a arte.

22

Comecemos com a Teoria Ideal. É costumeiro, hoje em dia, identificá-la como a teoria de Croce-Collingwood e considerá-la na forma ampliada que lhe deram esses dois filósofos, os quais, além disso, só divergem em questões de detalhe ou de ênfase. Seguirei esse uso, embora remodelando os argumentos originais quando o impuserem as necessidades deste ensaio (como já fiz em outros casos).

A Teoria Ideal pode ser formulada em três proposições. A primeira é a de que a obra de arte consiste num estado ou condição interior do artista, chamado de intuição ou expressão; em segundo lugar, esse estado não é imediato ou dado, mas sim o produto de um processo, que é particular ao artista e envolve articulação, organização e unificação; finalmente, a intuição assim desenvolvida pode ser exteriorizada numa forma pública, caso em que temos o artefato que, frequente mas erroneamente, é tomado pela obra de arte: mas, com o mesmo direito, a intuição pode não se exteriorizar.

A origem desta teoria, que devemos entender antes de iniciarmos a crítica, reside numa consideração séria da questão: O que distingue – ou antes, melhor, o que é distintamente *arte* em – uma obra de arte?, e na atribuição a ela de uma resposta dotada de um aspecto positivo e um aspecto negativo.

No verbete "Estética" que escreveu para a *Encyclopaedia Britannica*, Croce nos pede que tomemos, como exemplo de uma arte ao mesmo tempo comum e elevada, a descrição feita por Virgílio do encontro de Enéas e Andrômaca às margens do rio

Simois *(Eneida,* III, linhas 294 ss.). A poesia aqui, diz ele, não pode consistir em nenhum dos detalhes que a passagem contém – os lamentos e a vergonha de Andrômaca, a superação do infortúnio, as muitas decorrências trágicas da guerra e da derrota –, pois tais coisas poderiam igualmente ocorrer em obras de história ou crítica, e, assim, devem ser em si mesmas *não poéticas*; o que precisamos fazer é olhar para além delas, para aquilo que faz a poesia a partir delas, e desse modo somos necessariamente conduzidos a uma vivência humana. E o que é verdadeiro para a poesia é verdadeiro para as demais artes. Para chegar ao distintamente estético, precisamos ignorar os elementos superficiais, os quais podem ser encontrados também em contextos não artísticos ou práticos, e ir direto para a mente, que os organiza. Tendo assim identificado a obra de arte a um processo interior, há mais alguma coisa que possamos dizer a respeito desse processo?

É neste ponto que o aspecto negativo da teoria entra em cena. Aquilo que o artista caracteristicamente faz pode ser melhor compreendido se contraposto àquilo que o artesão caracteristicamente faz – e isto talvez seja mais de Collingwood do que de Croce. Visto que o que caracteriza o artesão é a feitura de um artefato, ou *fabricação*, podemos estar certos de que a forma de fazer do artista, ou *criação*, não consiste em nada desse tipo.

A contraposição entre arte e ofício, que é ideia essencial dos *Princípios da arte* de Collingwood, fundamentar-se-ia em três características distintivas do ofício. Em primeiro lugar, todo ofício envolve a noção de um meio e um fim, cada um dos quais distintamente concebidos, o fim sendo o que define o ofício particular e o meio sendo o que quer que se empregue para a consecução daquele fim; em segundo lugar, todo ofício envolve a distinção entre planejamento e execução, onde planejamento consiste numa previsão do resultado desejado e no cálculo de como melhor obtê-lo, enquanto a execução consiste na realização desse plano; por fim, todo ofício pressupõe um material sobre o qual se exerça e que no processo é transformado em alguma coisa diferente. Nenhuma dessas características, segundo a teoria, é pertinente à arte.

A prova de que a arte não possui um fim é estabelecida, talvez um pouco especiosamente, pela rejeição daquelas teorias que propõem para a arte um objetivo obviamente extrínseco, como o despertar da emoção, o estímulo do intelecto ou a incitação a alguma atividade prática: isso porque tais objetivos dão origem ao entretenimento, à mágica, à propaganda etc. Mas, poder-se-ia insistir, por que o fim da arte não seria, digamos, a simples produção de um objeto expressivo? Uma resposta a isto seria a de que não se trataria, no sentido apropriado, de um caso de meio e fim, visto que os dois não seriam concebidos separadamente. Outra resposta, e mais demolidora, seria a de que isso envolveria uma assimilação da arte ao ofício em sua segunda característica. O artista seria agora imaginado como alguém que trabalha segundo um plano preconcebido, ou que tem uma previsão daquilo que pretende produzir; e isso é impossível.

O problema com este argumento – e também com o argumento epistemológico mais geral, do qual este pode ser visto como um caso especial, isto é, o de que o conhecimento atual de acontecimentos futuros, *tout court*, é impossível – é que ele só ganha plausibilidade porque não sabemos o grau de especificidade a ser atribuído ao que se diz impossível. Caso se tenha em mente um grau muito alto de especificidade, o argumento é obviamente convincente. O artista não poderia conhecer os mínimos detalhes daquilo que vai produzir. No entanto, se baixamos o grau de especificidade, é certo que o artista pode ter previsão. Não é falso nem ofensivo dizer, por exemplo, que houve muitas ocasiões em que Verdi sabia que iria compor uma ópera, ou que Bonnard sabia que iria pintar um retrato de seu modelo. E, afinal, muitas vezes o conhecimento prévio do artesão não terá sido mais completo que esse.

Que todo ofício tenha a sua matéria-prima, e a arte não – o terceiro critério distintivo – é ideia defendida pela demonstração de que não há um sentido uniforme segundo o qual possamos atribuir às artes um material sobre o qual o artista trabalha. Não há nada a partir do que se possa dizer que o poeta faz sua poesia, no sentido em que seria possível afirmar (embora falsamente, pela teoria) que o escultor faz sua escultura a partir da pedra ou do aço.

Gostaria agora de voltar-me para a crítica da Teoria Ideal. Pois é necessário que se entenda que nada do que se disse até agora pode ser considerado um argumento contra a teoria. Na melhor das hipóteses, tivemos alegações dirigidas contra argumentos historicamente apresentados a favor da teoria.

23

Existem dois argumentos bastante difundidos contra a Teoria Ideal. O primeiro é o de que, ao fazer-se da obra de arte algo interior ou mental, rompe-se o vínculo entre artista e público. Não há mais um objeto único ao qual ambos possam ter acesso, pois ninguém, a não ser o próprio artista, pode conhecer o que ele mesmo produziu.

Contra isto, poder-se-ia retrucar que essa conclusão extremamente cética ou solipsista só se justificaria caso se dissesse que as obras de arte não poderiam jamais ser exteriorizadas, ao passo que tudo o que afirma a Teoria Ideal é que elas não precisam sê-lo. Há um paralelo no modo pelo qual podemos saber o que um homem está pensando, muito embora seus pensamentos sejam uma coisa particular, pois que ele pode nos revelar seus pensamentos. Esta resposta, pode-se sentir, mesmo que evite o ceticismo, ainda nos deixa desconfortavelmente próximos a ele. Mesmo Collingwood, preocupado em evitar as consequências céticas de sua teoria, teve de admitir que, de acordo com ela, o espectador só pode ter uma evidência *empírica* ou *relativa* da vivência imaginativa do artista, vivência que, evidentemente, para Collingwood, é a própria obra de arte. Isso parece não se conformar com nossas opiniões comuns – e igualmente, espero demonstrar, com nossas opiniões mais refletidas – acerca do caráter público da arte.

O segundo argumento é o de que a Teoria Ideal ignora totalmente a importância do veículo: é característico das obras de arte o fato de estarem num veículo ou meio, ao passo que as entidades postuladas pela Teoria Ideal são livres ou não-mediadas. Uma primeira reação a este argumento poderia ser a de considerá-lo um exagero. No mínimo, precisamos traçar uma distinção no âmbito das artes. Na literatura e na música, podemos sem dúvida imaginar que a obra de arte esteja completa antes de ser exteriorizada, sem que isso acarrete quaisquer implicações negativas referentes ao veículo. Um poema ou uma ária poderiam existir na cabeça do artista antes de serem escritos; e, embora possa haver embaraços no caso de um romance ou de uma ópera, podemos conceber adaptações de pequenos detalhes da teoria que a levariam a acomodá-los. Mas será que isso preserva a teoria, mesmo nesse campo? Se a ocorrência de certas vivências (por exemplo, o ato de dizer certas palavras para si próprio) nos justifica em postular a existência de um certo poema, isso não equivale a dizer que o poema seja tais vivências. Seria mais justo (posto que não mais claro) dizer que o poema é o objeto de tais vivências. E o objeto de uma vivência não precisa ser algo interior ou mental.

De qualquer maneira, não precisamos nos ocupar de tais casos. Isso porque (para voltar ao ponto de partida de toda a discussão) não são as obras de arte desse tipo que constituem provas decisivas para a Teoria Ideal. O que essa teoria deve primariamente explicar são aquelas obras de arte que são objetos particulares. Surge, por conseguinte, a questão: se nos é pedido que pensemos em, digamos, pinturas ou esculturas como intuições que existem na mente do artista e só são exteriorizadas de modo contingente, será isso compatível com o fato de tais obras serem intrinsecamente feitas num veículo?

Fez-se uma tentativa de defender a teoria quanto a esse ponto recorrendo-se à distinção entre *veículo físico* e *veículo concebido*: o veículo físico seria a matéria mundana, e o veículo concebido, o pensamento desta na mente. A defesa consiste em afirmar que todo o processo de elaboração interior, ao qual a teoria dá tanto peso e que Croce identifica explicitamente com a expressão (*l'identità di intuizione ed espressione*), se desenvolve num veículo, na medida em que se desenvolve no veículo concebido. Por exemplo, quando Leonardo da Vinci escandalizou o prior de Sta. Maria delle Grazie ao ficar por muitos dias em frente à parede que devia pintar, sem sequer tocá-la com seu pincel – incidente que Croce aponta como prova desse processo *interior* de expressão –, podemos supor que os pensamentos que ocuparam sua mente foram pensamentos de superfícies pintadas, talvez imagens cada vez mais articuladas daquilo que ele iria realizar. Assim, criou-se uma obra de arte existente ao mesmo tempo na mente do artista e num veículo.

Mas subsistem duas dificuldades, a primeira das quais referente à natureza das imagens mentais. É difícil acreditar que as imagens mentais possam ser articuladas a ponto de prognosticar em todos os aspectos as pinturas físicas a serem realizadas sobre uma parede ou tela. Isso envolveria não só a antevisão, mas também a solução de todos os problemas que viriam a surgir, necessária ou acidentalmente, no trabalho sobre o veículo. E isso não é apenas implausível; pode-se mesmo dizer que a legitimação de determinados processos materiais como veículos da arte está associada a sua inerente imprevisibilidade; é exatamente porque esses materiais apresentam dificuldades que só podem ser contornadas durante o trabalho que de fato se faz sobre eles que se mostram tão adequados como processos expressivos. Mais uma vez – tomando emprestado um argumento da filosofia da representação – existe clareza quanto ao significado que devemos vincular à suposição de que a imagem prognostica totalmente a pintura? Pois, a menos que a pintura possua uma complexidade mínima, caso em que poderíamos formar a um só tempo uma imagem inteira da mesma, deveremos atribuir à imagem propriedades outras além daquelas de que temos consciência. Mas isso, a não ser em certos casos-limite, se abre a objeções: com que direito determinamos o que sejam essas outras propriedades? (Sartre relevou este tópico ao falar da "pobreza essencial" da imagem.)

A segunda dificuldade é a seguinte: se admitimos que o processo interior se dá num veículo concebido, isso parece desafiar a suposta primazia da vivência mental sobre o artefato físico, sobre a qual a Teoria Ideal tanto insiste. Pois nesse caso a vivência parece derivar seu conteúdo da natureza do artefato: é porque o artefato é feito neste ou naquele material que a imagem ocorre neste ou naquele veículo concebido. O problema do por que certos materiais ou processos identificados de modo aparentemente arbitrário deverem ser os veículos da arte – ao que chamarei problema do *bricoleur*, em referência à surpreendente comparação, feita por Lévi-Strauss, da cultura humana com um *bricoleur* ou *faz-tudo*, que improvisa objetos apenas parcialmente úteis a partir de sucata – é um problema bastante real: mas a resposta a ele não pode ser a de que esses sejam apenas os materiais ou processos em que por acaso os artistas pensam, ou que concebem na mente. É mais admissível acreditar que o pintor pense em imagens de tinta, ou o escultor em imagens de metal, porque esses são, independentemente, os veículos da arte: seu pensamento pressupõe que certas atividades do mundo exterior, como a de colocar tinta sobre a tela ou soldar metais, já se tenham tornado os processos legítimos da arte. Em outras palavras, não poderia haver *intuições* croceanas se não houvesse, primeiro, obras de arte físicas.

24

Todavia, dentre as duas teorias que pretendem explicar as obras de arte a partir da suposição de que elas não possam ser objetos físicos, é a Teoria da Apresentação, que hoje tem maior probabilidade de ser considerada aceitável: se não por outra coisa, porque sua explicação é menos abstrusa.

Seria possível dizer da Teoria Ideal que seu caráter particular é derivado da maneira pela qual se concentra exclusivamente num aspecto da situação estética: o processo de criação artística. A Teoria da Apresentação alimenta-se segundo uma dieta não menos unilateral: no seu caso, é a situação do espectador, ou, talvez, mais especificamente, a do crítico, que vem dominar a explicação que ela fornece quanto ao que seja uma obra de arte. Poderia parecer tautológico dizer que tudo aquilo em que o espectador de uma obra de arte pode confiar (isto é, enquanto espectador) são as evidências que lhe vêm dos olhos e dos ouvidos; mas ela vai mais longe, ao afirmar que isso é tudo em que o crítico pode ou deve confiar, enquanto crítico, uma segunda afirmação justificada por um apelo à *autonomia da crítica*. A ideia é que, tão logo recorramos a dados acerca da biografia ou personalidade do artista, ou da cultura dominante, ou da situação estilística, tenhamos nos desviado daquilo que é dado na obra de arte e tenhamos corrompido a crítica pela história, psicologia, sociologia etc. (O fato de remeter deste modo as duas teorias ao estudo de aspectos diferentes da situação estética não quer dizer, evidentemente, que cada uma das teorias dê uma explicação correta daquele aspecto do qual se ocupa, e nem significa admitir que os dois estudos possam ser realizados adequadamente isolados e abstraídos um do outro.) A teoria diante de nós é a de que a obra de arte possui aquelas propriedades, e somente aquelas, que podemos perceber diretamente ou que são imediatamente dadas. Como tal, a teoria parece convidar a uma crítica em dois níveis. Em primeiro lugar (pode-se dizer), a distinção sobre a qual ela repousa – a distinção entre as propriedades que percebemos imediatamente e aquelas que são inferidas ou percebidas de modo mediado, indireto – não é uma distinção que possa ser formulada de modo claro e, em alguns campos, nem mesmo de modo aproximado. Em segundo lugar, naqueles casos em que a distinção pode ser feita, é errôneo negar à obra de arte qualquer coisa a não ser o imediatamente perceptível; o que se segue daí é uma ideia diminuída ou esvaziada da arte. Tratarei do primeiro tipo de objeção nas seções 25-30, e do segundo tipo, nas seções 32-4.

A teoria contemporânea do conhecimento está cheia de argumentos voltados contra a distinção, entronizada no empirismo tradicional, entre o que é e o que não é dado na percepção, e não seria adequado fazer aqui um resumo desses argumentos gerais. Assim, limitarei meu exame da distinção a duas grandes classes de propriedades, que já tivemos de considerar ao supor que fossem intrínsecas às obras de arte, e que parecem oferecer um grau particularmente alto de resistência à distinção: falo das propriedades de significado, ou semânticas, e das propriedades expressivas. Se esses dois conjuntos de propriedades realmente forem irredutivelmente indeterminados no que diz respeito a essa distinção, decorreria daí que a Teoria da Apresentação, que pressupõe a distinção, deve ser inadequada.

25

Comecemos com as propriedades-de-significado.

No *Alciphron* (Quarto Diálogo), Berkeley diz que, quando ouvimos uma pessoa falando, os objetos imediatos do sentido são determinados sons, a partir dos quais inferimos o que ela quer dizer. A asserção poderia ser formulada dizendo-se que o que imediatamente ouvimos são sons, e não palavras, sendo estas algo intrinsecamente dotado de sentido. Se unirmos essa asserção à Teoria da Apresentação, chegaremos à conclusão de que um poema é, essencialmente, sons concatenados: e esta é de fato a opinião (e o argumento) que, implícita em grande parte da estética simbolista, encontrou sua formulação mais explícita na doutrina da *poésie pure* do Abbé Bremond. Sem querer verificar se esta doutrina fornece ou não uma explicação ou um programa aceitável para a poesia, pretendo examinar um de seus pressupostos: o de que possamos (não que o façamos, e nem que o devamos fazer) escutar as palavras como sons puros.

Há um argumento evidente em favor disso: imagine-se que seja lido para nós um poema numa língua que não compreendemos. Nesse caso, devemos ouvi-lo como som puro: se, por exemplo, admirarmos o poema, deveremos admirá-lo tão somente por seu som, pois não há mais nada pelo que possamos admirá-lo. Se pudermos ouvir assim um poema numa língua desconhecida, é de presumir que possamos ouvir do mesmo modo um poema em qualquer língua.

Mas o argumento não tem força. A expressões vocais que não entendemos, podemos reagir de muitos modos que nos seriam impossíveis se as entendêssemos: poderíamos, por exemplo, ficar sentados sem nenhuma ponta de raiva enquanto nos fosse dirigida uma ladainha de ultrajes numa língua desconhecida. Caso se responda que poderíamos fazer o mesmo ainda que conhecêssemos a língua, contanto que não fizéssemos uso desse conhecimento, isso parece incorrer numa petição de princípio: pois não é nada claro o que se quer dizer com ouvir uma língua que conhecemos sem fazer uso desse conhecimento; o único significado possível seria ouvi-la como puro som. Assim, não há argumento, apenas afirmação.

Eis uma consideração complementar: se pudéssemos ouvir como som puro uma expressão vocal que compreendêssemos, e dado que pudéssemos reproduzi-la de algum modo, certamente seríamos capazes de reproduzi-la por imitação – isto é, sem referência ao sentido, mas procurando simplesmente imitar os sons originais. Tal possibilidade parece estar contida no conceito de ouvir algo enquanto som. Mas conseguir realizar tal imitação com uma palavra que entendemos não só parece impossível na prática, como também absurdo.

Outro tipo de alegação que se poderia invocar em apoio à opinião de que podemos ouvir poesia como som puro é o de que frequentemente admiramos as poesias por suas propriedades auditivas. É verdade. Mas quando nos detemos para investigar tais casos fica evidente que não podem sustentar o tipo de interpretação que o argumento gostaria de lhes atribuir. Encontramos toda uma gama de casos: num extremo as (chamadas) propriedades auditivas de ritmo, etc., são efetivamente identificadas por referência ao sentido da poesia, como no soneto de Wyatt *"I abide, and abide, and better abide"*; no outro extremo, as propriedades auditivas podem ser identificadas de modo puramente fonético, mas pressupõem, para que tenham efeito, (no mínimo) uma não-interferência por parte do sentido, ou uma certa trama entre este e o som, como no famoso verso de Poe: *And the silken, sad, uncertain rustling of each purple curtain*, ou em grande parte da poesia de Swinburne. Faz-se uma extrapolação ilegítima deste segundo tipo de caso para o caso hipotético em que as propriedades auditivas do poema seriam avaliadas com total indiferença em relação ao sentido.

Certamente, existem poesias em que as palavras não se concatenam de acordo com o sentido, mas puramente segundo seu som. São exemplos disso algumas das canções de Shakespeare, alguns poemas de Rimbaud e de Smart, a maior parte da poesia *nonsense* ou burlesca. Mas do fato de a *iniciativa lírica* (expressão de Coleridge) sustentar-se dessa maneira não decorre que ouçamos a poesia e ignoremos o sentido. Ao contrário: parece que, em tais casos, o próprio fato de o sentido ser sacrificado ou tornar-se fragmentado é algo de que precisamos ter consciência para que possamos apreciar o poema. A poesia *nonsense* não é das modalidades mais acessíveis da literatura de uma língua.

26

Se nos voltarmos para as artes visuais, o análogo das propriedades de significado, ou semânticas, são as propriedades de representação. A questão geral de saber se estas são diretamente perceptíveis ultrapassa o âmbito deste ensaio. É certo que muitos filósofos negaram que fossem; do que decorreria, em combinação com a tese de que as obras de arte sejam *de apresentação*, que, digamos, as pinturas, na medida em que são arte, nada representassem, e seu conteúdo estético consistisse exclusivamente em superfícies coloridas planas e suas justaposições. De fato, é a isso que chegou grande parte da chamada estética *formalista*: e se nas críticas efetivamente feitas por tais formalistas encontramos referências a formas sólidas, por exemplo cubos, cilindros, esferas, como constituindo parte do conteúdo da pintura, isso parece inconsistente, visto que é só pela representação que volumes podem figurar numa pintura bidimensional. Por outro lado, Schopenhauer, que também sustentava que as obras de arte fossem essencialmente perceptivas, afirmou que só olhamos legitimamente, ou como deveríamos, para uma pintura, por exemplo o *Gênio da Fama* de Annibale Carracci, quando vemos nela um belo jovem alado rodeado de belos meninos, mas que o fazemos ilegitimamente – isto é, *renunciamos à percepção* quando procuramos seu significado alegórico ou meramente *nominal*. Presume-se que para ele, portanto, as propriedades de representação *eram* diretamente perceptíveis.

Nesta seção, ater-me-ei a uma parte do problema: a saber, se o movimento representado é diretamente perceptível, ou se o movimento pode ser figurado. Mas esta questão limitada possui, além de seu interesse intrínseco, um grande interesse histórico. Pois foi uma resposta negativa dada à questão, combinada a algo semelhante a uma teoria da apresentação, que deu origem a uma das mais fortes dentre as doutrinas estéticas tradicionais, a doutrina de Shaftesbury-Lessing dos "limites da poesia e da pintura" (para citar o subtítulo de *Laocoonte*). O argumento de Lessing, em suma, consiste em que a pintura, cujos meios, isto é, as figuras e as cores, coexistem no espaço, possui seus próprios corpos-sujeitos; ao passo que a poesia, cujos meios, isto é, os sons, sucedem-se uns aos outros no tempo, possui suas próprias ações-sujeitas.

Examinemos agora a questão em si mesma. Imagine-se que estejamos contemplando o *Combat du Giaour et du Pacha*, de

Delacroix. O que vemos diretamente? Há um argumento óbvio em favor da tese de que não percebemos (diretamente) o movimento dos dois cavaleiros, que é o de que aquilo para o que estamos olhando, isto é, uma tela em que estão representados os dois cavaleiros, não está em movimento. (Este foi, com efeito, o próprio argumento de Lessing.) Mas o princípio sobre o qual se fundamenta esta alegação é evidentemente inaceitável: a saber, o de determinar as propriedades que vemos diretamente por referência às propriedades que o objeto visto possui. Pois o objetivo da introdução da percepção direta foi justamente o de poder contrapor dois conjuntos de propriedades: *percebemos diretamente* um galho dobrado, por exemplo, quando vemos imerso na água um galho que na verdade é reta.

Outro argumento igualmente óbvio, posto que inverso, isto é, em favor de dizermos que percebemos (diretamente) o movimento dos cavaleiros, é o de que os cavaleiros estão em movimento. Mas este argumento, *mutatis mutandis,* é vulnerável à mesma objeção do precedente; pois, aqui, determinamos as propriedades que percebemos diretamente não por referência às propriedades daquilo que vemos, mas às propriedades daquilo cuja representação vemos. E isto parece, no mínimo, uma mistura de erros.

Mas será mesmo uma mistura de erros? Pensar que sim parece fundamentar-se num raciocínio como este: quando dizemos "Vejo a representação de dois cavaleiros em movimento", isto pode ser decomposto em "Vejo a representação de dois cavaleiros numa certa posição, *e* esta é uma posição que pode ser assumida por cavaleiros em movimento". Se aceitarmos esta análise, será evidentemente mais plausível considerarmos como propriedades que vemos as propriedades da representação estática, e não as propriedades dos cavaleiros em movimento: pois, naquela parte do conjunto que trata daquilo que vemos, não há referência aos cavaleiros em movimento.

Mas por que julgamos correta essa análise conjuntiva de "Vemos a representação de dois cavaleiros em movimento"? A resposta presumivelmente deve ser: porque o fato de vermos a representação dos cavaleiros e o fato de os cavaleiros representados estarem em movimento são independentes; em outras palavras, a representação que vemos poderia ser, por exemplo, de dois cavaleiros posando cuidadosamente de modo a dar a impressão de estarem em movimento. A representação, por assim dizer, é neutra em relação àquilo que os cavaleiros estão fazendo, se é que estão fazendo alguma coisa.

Isto talvez significasse simplesmente que Delacroix poderia ter pintado seu quadro a partir de um modelo em escala dos dois cavaleiros, o qual seria, evidentemente, estático, e não a partir de dois cavaleiros em movimento. Mas, se ele tivesse agido assim, isso não teria sido suficiente para fazer de sua pintura uma representação de um grupo a posar. Pois talvez não fôssemos minimamente capazes de ver a pintura dessa maneira: assim como, por exemplo, não vemos as últimas paisagens de Gainsborough como representações das pedras quebradas, pedaços de lentes e ervas secas a partir das quais ele as pintou – e, aliás, assim como o próprio Delacroix poderia não ter visto o modelo em escala a partir do qual pintou (segundo a suposição em questão) como sendo de dois cavaleiros a posar.

Isso não significa que não haja representações de coisas ou pessoas em movimento que sejam neutras em relação a estarem ou não em movimento: seria possível citar muitos exemplos desse tipo tirados das formas hieráticas da arte. Significa, porém, que nem todas essas representações são desse tipo. Para citar um exemplo extremo: que espécie de objeto poderia existir, que pudéssemos imaginar a estroboscópica representação que Velásquez fez da roda de fiar em *Las Hilanderas* como uma representação do mesmo em repouso?

Afirmei que erramos ao atribuir à representação em si própria ou à coisa representada a faculdade de nos proporcionar o critério seguro de quais são as propriedades que percebemos diretamente. Mas isso não nos levou a postular, à guisa de critério, alguma imagem ou pintura mental, a qual seria então chamada de objeto direto da percepção, como a teoria tradicional geralmente faz. Se existir algo como um critério daquilo que percebemos diretamente, parece que poderia ser encontrado naquilo que naturalmente diríamos ao ver o exterior de uma pintura. Mas, se for assim, parece haver pouca esperança de que possamos, sem incorrer em circularidade, definir ou identificar as propriedades de uma pintura com referência àquilo que percebemos diretamente.

27

Antes de me voltar para o segundo grande conjunto de propriedades que, na seção 24, afirmei constituir um sério desafio à distinção sobre a qual repousa a Teoria da Apresentação – isto é, as propriedades expressivas –, gostaria de fazer uma digressão e examinar, nesta seção, um conjunto especial de propriedades também problemáticas para a teoria. Seria difícil negar que tais propriedades constam das obras de arte visual, mesmo que por vezes se tenham feito afirmações bastante exageradas a seu respeito. Ao mesmo tempo, não seria fácil encaixar essas propriedades na dicotomia entre dado e inferido, postulada pela teoria: embora, mais uma vez, já tenham sido feitas tentativas nesse sentido. O vínculo que possuem com a representação faz com que seja adequado discuti-las aqui. As propriedades a que me refiro podem ser apresentadas através daquela expressão extremamente versátil: "valores táteis".

O uso essencial ou nuclear que se faz dessa expressão (para transmiti-lo primeiro) ocorre no âmbito de uma teoria muito geral sobre as artes visuais. Esta teoria, que é amplamente associada ao nome de Berenson, embora possua uma história mais comprida, toma como ponto de partida uma tese filosófica. A tese é a teoria da visão de Berkeley. Segundo essa teoria, que atribui a cada sentido ou modalidade perceptiva humana os seus próprios objetos, a visão tem como "objetos próprios" manchas coloridas ou texturizadas distribuídas em duas dimensões: altura/profundidade e esquerda/direita. Disso decorre que não podemos ver diretamente a "qualidade de estar fora" ou a tridimensionalidade. A tridimensionalidade é algo que aprendemos por meio do tato, o qual tem como objetos próprios as coisas distribuídas no espaço. E se habitualmente pensamos que somos capazes de ver as coisas a distância, não apenas na medida em que conseguimos ver coisas que estão a distância, mas no sentido de podermos ver que as coisas estão a distância, isso deve ser atribuído às correlações constantes que se dão entre certas sensações visuais e certas sensações táteis. Em virtude dessas correlações, somos imediatamente capazes de inferir, a partir das sensações visuais que recebemos, as sensações táteis associadas que estamos a ponto de receber, ou que receberíamos caso (digamos) nos movimentássemos ou estendêssemos a mão.

E se agora perguntarmos: como ocorre que, nas artes visuais ou *arquitetônicas*, tenhamos uma consciência da tridimensionalidade, embora as pinturas e esculturas sejam direcionadas (irrelevâncias à parte) ao sentido da visão, não apenas em princípio, mas exclusivamente?, a resposta mais uma vez recorrerá à associação. Desta vez, na verdade, faz-se um duplo recurso. Na medida em que se assegura a representação do espaço ou da terceira dimensão, isso ocorre porque a pintura ou a escultura produz em nós certas sensações visuais, as quais, lembrando-nos daquelas outras sensações visuais que receberíamos se estivéssemos diante dos objetos representados, lembram-nos além disso das sensações táteis correlatas. O poder que uma obra de arte visual possui de produzir em nós sensações visuais dotadas desse duplo conjunto de associações é denominado seus *valores táteis*: e é exclusivamente aos valores táteis que se atribui a capacidade que as artes visuais têm de representar o espaço. (Podemos agora dizer quais são as irrelevâncias que mencionei mais acima. Elas incluem qualquer referência ao fato de a pintura e a escultura serem também objetos tangíveis: isso é completamente irrelevante, segundo a teoria, para o fato de elas poderem representar objetos tangíveis.)

Não é, porém, esse uso forte para o qual pode servir a noção de valores táteis que me interessa em primeiro lugar, embora o uso que me interessa possa ser melhor apresentado por essa via. Já disse o suficiente para indicar por que considero insustentável qualquer coisa que se aproxima da teoria precedente. Interessa-me o sentido mais fraco ou local da noção, definido primeiramente por Wölfflin, segundo o qual apenas certas obras de arte visual podem ser explicadas, ou ter sua eficácia enquanto representações analisada em termos de valores táteis. Em *A arte clássica*, e de novo em *Conceitos fundamentais da história da arte*, Wölfflin propôs uma divisão muito geral das obras de arte visual em dois tipos ou estilos. Essa divisão, ele a efetuou de acordo com o modo como o espaço é representado. Não foi pressuposta nenhuma teoria filosófica particular relativa à consciência que temos do espaço: e, com efeito, o que ocorre é que, agora, só as obras de arte de um dos dois grandes estilos têm como característica o fato de o espaço ser representado por alusão a como as coisas revelar-se-iam ao sentido do tato. Trata-se de uma característica associada unicamente ao estilo linear; ao passo que, dentro do estilo pictórico, isso é rejeitado e a representação espacial é assegurada tão somente fazendo-se recurso ao olho e à sensação visual.

É possível que queiramos ir além de Wölfflin, muito além dele, no que diz respeito às distinções que faríamos quanto às maneiras pelas quais pode ser representada a terceira dimensão. Não obstante, é certo que parece haver um lugar, aqui ou ali, para o fenômeno que, por razões teóricas, é universalizado na versão extrema: a invocação das sensações táteis. Poderíamos dizer, estando à frente de um Giotto, de um Signorelli ou de um *Atelier* de Braque (mas não à frente, digamos, dos mosaicos de S. Apollinaire Nuovo, de um Tintoretto ou de um Gainsborough), que podemos ou poderíamos sentir nosso caminho através do espaço. E surge a questão: Este tipo de percepção do espaço é direto ou indireto?

A reflexão mostrará que ele não pode ser colocado, sem prejuízo, em qualquer uma dessas duas categorias. Chamá-lo percepção direta consistiria precisamente em deixar de lado a diferença que, desde o princípio, nos fez concebê-lo como um tipo *especial* de percepção: isto é, a diferença entre o modo de representação do espaço a que ele caracteristicamente pertence e o outro modo ou outros modos de falar a mesma coisa, os quais poderiam ser concebidos como de apelo mais diretamente visual. Pois, se há uma maneira de representar o espaço que não faz referência às sensações de tato efetivas ou relembradas, é certo que qualquer maneira que envolva a mediação do tato deva dar origem a um tipo de percepção que se situaria do lado indireto, e não do direto.

Todavia, se pensarmos a percepção do espaço através dos valores táteis como sendo indireta, estaremos deixando de lado outra diferença. Deixamos de lado exatamente o que nos faz pensar nisso como uma forma de *percepção*. Assim como conceber tal percepção como imediata a assimila ao tipo de percepção associado aos modos mais pictóricos de representação, quando a consideramos indireta torna-se impossível distingui-la dos casos em que o espaço não é representado de modo algum, mas indicado de maneira esquemática ou não esquemática. A característica essencial do modo de representação que estamos considerando consiste em que ele nos leva a ver o espaço por meio da manipulação de sinais táteis. A terminologia da percepção direta ou indireta não nos deixa brecha para fazermos justiça a ambos os aspectos da situação: isto é, ao fato de os sinais serem *táteis*, e ao fato de, através deles, *vermos* alguma coisa.

Este problema se reflete naquela expressão particularmente infeliz que às vezes se invoca, neste contexto ou em outros análogos, para caracterizar o tipo de percepção que temos quando contemplamos obras de arte que representam o espaço desse modo. O que temos, querem nos fazer crer, são "sensações ideadas". Esta expressão parece não ser mais que um tributo à tentativa de condensar, em uma só, duas noções que haviam sido inicialmente consideradas incompatíveis entre si: a percepção direta e a percepção indireta. Tudo leva a crer que o que está errado é a determinação inicial.

Wittgenstein, no *Livro azul*, menciona o caso do prospector de água que nos diz, que, quando segura a sua varinha, sente que a água está um metro e meio abaixo da superfície. Ao manifestarmos nosso ceticismo, ocasionamos a resposta: "Você conhece todos os sentimentos que existem? Como sabe que não existe um tal sentimento?". É possível que o relato feito por Wittgenstein acerca do que o prospector diria, bem como daquilo que nos deixaria satisfeitos, não seja totalmente convincente e nem coerente com alguns de seus ensinamentos posteriores; mas é evidentemente correto no que diz respeito ao essencial. O homem precisa explicar a gramática da frase. E a explicação da gramática da frase não consiste simplesmente em decompor a frase em seus elementos constituintes e explicar cada um deles por sua vez. O exemplo de Wittgenstein salienta muito bem esta última questão, pois já conhecemos o significado de "sentir" e de "água um metro e meio abaixo da superfície". Precisamos entender como a frase é usada, como se prende a outras vivências e às maneiras como as descrevemos. Uma coisa que nos pode impedir de vir a entender isso é um tipo qualquer de teoria apriorística acerca do que podemos ou não podemos sentir ou perceber (diretamente).

28

Agora estou pronto para voltar-me às propriedades expressivas. Nas seções 15-19, defendi o ponto de vista de que não há absurdo em atribuir-se expressividade, enquanto tal, a objetos físicos. A questão que desejo examinar aqui é se podemos atribuir propriedades expressivas específicas a objetos físicos fundamentando-nos somente naquilo que é dado. Em anos recentes, apresentou-se um argumento forte e sutil para demonstrar que isso não é possível. Vou chamá-lo de argumento de Gombrich – embora o raciocínio que efetivamente apresentarei seja uma versão reconstituída, e simplificada em certos pontos, daquilo que se pode encontrar em *Arte e ilusão* e na coletânea de ensaios intitulada *Meditations on a Hobby Horse* (Meditações sobre um Cavalo de Pau).

O ponto de partida desse raciocínio é um ataque a uma visão alternativa da expressão, em termos de *ressonância natural*. De acordo com essa visão, certos elementos, que podem aparecer tanto fora como dentro da arte, por exemplo as cores e as notas, possuem um vínculo intrínseco com estados interiores, sendo portanto capazes de expressá-los e de invocá-los: é através da incorporação desses elementos que as obras de arte adquirem ou têm atribuído a si este ou aquele significado emocional. Tal visão, diz Gombrich, é vulnerável porque deixa de lado o fato, testemunhado por muitas obras de arte, de que um mesmo elemento ou complexo de elementos pode ter significados muito diversos em contextos diferentes. "O que nos surpreende como uma dissonância em Haydn", escreve Gombrich, "poderia passar despercebido num contexto pós-wagneriano, e até o *fortissimo* de um quarteto de cordas pode ter menos decibéis que o *pianissimo* de uma grande orquestra sinfónica." Gombrich também cita o *Broadway Boogie-Woogie* de Mondrian, o qual, diz ele, no contexto da arte de Mondrian, certamente expressa uma "jovial despreocupação", mas teria sobre nós um impacto emocional completamente diferente se soubéssemos que era obra de um pintor dado à criação de formas envolventes e animadas, como por exemplo Severini.

O que esses exemplos mostram, afirma Gombrich, é que um elemento determinado só tem significado para nós se for visto como fruto de uma escolha dentre um conjunto especificável de alternativas. O azul como tal não tem significado; o azul-em-vez-de-preto tem – e o azul-em-vez-de-vermelho também, posto que diferente. A essa luz, a noção de *contexto* pode ser tornada mais específica. Para que vejamos uma obra como expressiva, precisamos conhecer o conjunto de alternativas dentro do qual o artista está trabalhando, ou seja, aquilo que poderíamos chamar o seu *repertório*: pois é só pelo conhecimento de qual parte do repertório a obra surge que podemos atribuir a esta um significado particular. É este fato que é totalmente ignorado pela teoria da ressonância natural.

O alcance deste argumento poderia ser mal compreendido. Ele poderia ser tomado simplesmente como uma observação acerca de como um espectador pode adquirir uma certa habilidade, qual seja, a de entender expressivamente uma pintura: de modo que, se ele não adquirir essa habilidade, o artista permanece incompreendido. Mas trata-se de uma visão muito estreita da tese de Gombrich, pois o que ele efetivamente faz é estabelecer quais são as condições da expressão em si. Um artista expressa a si mesmo se, e somente se, o ato de colocar um elemento em vez de outro sobre a tela resultar de uma escolha dentre um conjunto de alternativas, e isso é possível se ele possuir um repertório dentro do qual opera. O conhecimento do repertório é uma pré-exigência para que o espectador tenha capacidade de entender o que o artista está expressando – mas a existência do repertório é uma pré-exigência para que o artista tenha capacidade de expressar-se de algum modo.

Podemos agora perguntar: Dado que o espectador não pode entender o significado expressivo de uma obra de arte até que tenha conhecimento do repertório do artista, por que ocorre que, tão logo adquire conhecimento do repertório do artista, torna-se capaz de chegar a uma compreensão expressiva? Para voltar ao exemplo mais simples: se precisamos de mais conhecimentos antes de podermos entender a colocação de um determinado azul sobre a tela, o conhecimento de que se trata de um azul-em-vez-de-preto, ou, alternativamente, de um azul-em-vez-de-vermelho, por que não precisamos de mais conhecimentos antes de podermos entender o azul-em-vez-de-preto, ou, alternativamente, o azul-em-vez-de-vermelho? A resposta é que, embora a gama específica de elementos de que o artista se apropria como sendo o seu repertório, e a partir da qual, em qualquer dada ocasião, faz sua escolha, dependa de uma decisão ou uma convenção, sob isso há um fundamento natural para a comunicação da emoção. Pois os elementos de que o artista se apropria são um subconjunto de uma série ordenada de elementos, série tal que a um de seus extremos podemos atribuir um valor expressivo, e ao outro, um valor contrário ou *oposto*; a questão decisiva é a de que tanto a relação de ordem que determina a série – "mais escuro que" no caso das cores, "mais agudo que" no caso das notas, para mencionar exemplos ingênuos – quanto a correlação dos dois extremos da série com estados interiores específicos são fatos naturais, e não convencionais. É pelo fato de um avanço em direção a um extremo da escala em vez do outro (provavelmente) não ser ambíguo ou equívoco que, uma vez conhecidas as alternativas de que o artista dispunha, podemos entender imediatamente o significado da escolha que ele fez entre elas.

29

Há a questão, presumivelmente pertencente à psicologia ou à chamada estética experimental, de saber se na verdade é correto considerar que os elementos constituintes da arte se dispõem em séries ordenadas no que diz respeito ao seu valor expressivo. Mas a questão que pertence à filosofia da arte consiste em saber por que alguém, de posse de uma teoria da expressão, teria um interesse especial em dizer que isso ocorre.

Se for correto que, como disse na seção 18, nossa disposição a considerar expressivos os objetos inanimados tenha raízes em certas tendências naturais, quais sejam, a de produzir objetos para dar vazão a nossos estados interiores e a de encontrar objetos que se combinem com eles, será evidente, não obstante, que quando chegamos a tomar uma atitude em relação aos objetos da arte, já nos distanciamos muito do nível da mera espontaneidade. Formulando a questão em seu nível mais simples: o que na origem é natural é agora reforçado pela convenção. Isso é evidenciado pelo fato de que, se uma pessoa for versada ou experimentada em arte, não se podem fixar limites superiores a sua capacidade de entender, sob o ponto de vista da expressão, novas obras de arte, mesmo que tanto as obras quanto o que expressam não tenham antecedentes em sua experiência. Pois o que poderíamos ter esperado é que sua capacidade de entender obras de arte se limitasse àquelas correlações de objetos e estados interiores das quais a pessoa tem conhecimento direto. Na verdade, a situação que se estabelece é próxima do que ocorre na linguagem, onde, como já se afirmou (Chomsky), é um fato essencial, ao qual toda teoria linguística satisfatória se deve adequar, o de que "um falante adulto possa produzir uma nova frase em sua língua na ocasião apropriada, e outras pessoas que falam a mesma língua possam entendê-lo imediatamente, embora seja, para elas, igualmente nova". A ilação parece ser a de que haja, ao menos, um aspecto ou componente semântico à função expressiva da arte.

Não obstante, parece haver uma diferença. Mesmo que um "espectador adulto da arte" seja em princípio capaz de entender qualquer nova obra de arte sob o ponto de vista da expressão, assim como o falante adulto pode entender qualquer frase em sua própria língua, o entendimento seria diferente nos dois casos. Pois vemos ou sentimos a emoção na obra de arte, não a *lemos*. Em outras palavras, se levarmos às últimas consequências o paralelo entre as propriedades expressivas e semânticas, ver-nos-emos a pensar que a arte está para aquilo que ela expressa assim como um diagrama em preto e branco com os nomes das cores escritos sobre si está para uma pintura colorida; ao passo que a relação assemelha-se mais à de uma reprodução colorida para uma pintura colorida.

Isso pode ser formulado tecnicamente dizendo-se que os símbolos da arte são sempre *icônicos* (para usar uma expressão que se originou com Peirce).

É plausível a opinião de que as obras de arte tenham esse tipo de caráter translúcido, e deve estar patente que a crença numa ordenação expressiva natural dos elementos constituintes da arte muito faz para preservar essa visão. Ela não a preserva em seu sentido forte, i.e., o de que a partir de uma simples observação da obra de arte podemos invariavelmente saber o que ela expressa, mas preserva-a num sentido fraco, i.e., o de que uma vez que saibamos o que a obra de arte expressa podemos perceber que ela o faz. Como Gombrich já disse que algumas informações suplementares são essenciais para o entendimento expressivo, é evidente que ele não exige que as obras de arte sejam icônicas no sentido forte da palavra. Além disso, existe um argumento de caráter geral contra a ideia de que elas o sejam: o de que o elemento de inventividade que acreditamos intrínseco à arte ficaria subestimado. Haveria a ameaça de a obra de arte não ser mais do que uma montagem ou compilação de elementos preexistentes.

30

Voltemos agora à própria alegação de Gombrich – uma alegação sem dúvida muito forte. Não obstante, tem certos problemas significativos, pertinentes sobretudo à ideia de repertório e de como o repertório pode ser determinado para qualquer artista específico.

Como ponto de partida, Poder-se-ia dizer que devêssemos identificar o repertório com a gama de obras efetivas do artista. Mas isso é inaceitável: porque, a não ser em um caso-limite, nos proporciona a resposta errada, e, mesmo quando nos dá a resposta certa, o faz pela razão errada.

O caso-limite é aquele em que o artista, no decorrer de seu trabalho, expressa todas as possibilidades de estados interiores que lhe são concebíveis: onde, para dizê-lo de outro modo, não há nada que ele poderia ter expressado e não o fez. Em todos os outros casos haverá partes do repertório que não foram utilizadas, isto é, as partes que o artista teria utilizado se houvesse expressado aqueles estados que não expressou; e surge então a questão de como poderíamos reconstruir essas partes. A resposta, em última instância, deve resumir-se nisto: em nos perguntarmos como o artista teria expressado aqueles estados que nunca expressou. Em outras palavras, creditamos-lhe algumas obras hipotéticas. Mas, pelo raciocínio de Gombrich, isso se torna impossível. Pois é evidente que, antes que possamos sequer começar a fazê-lo, precisamos saber quais foram os estados que o artista expressou nas obras que efetivamente fez; mas, segundo Gombrich, não podemos fazer isso antes de conhecer o repertório em seu todo. Assim, nunca podemos começar.

Para dizê-lo de outro modo: ao nos depararmos com a *reuvre* de um determinado artista, como podemos estabelecer, com base no argumento de Gombrich, se é a obra de um artista que expressou uma larga gama de estados interiores dentro de um repertório estreito, ou de um artista que expressou poucos estados interiores a partir de um repertório muito mais amplo? Os indícios internos são indiferentes quanto às duas hipóteses e não fica claro quais são os indícios externos que o argumento nos permite invocar.

Afirmei que, mesmo naquele caso-limite onde a identificação do repertório com a gama de obras efetivas nos dá a resposta correta, ele o faz pela razão errada. O que eu tinha em mente é o seguinte: não é o fato de tal e tal gama de obras ser tudo o que o artista efetivamente produziu que faz de tal gama o seu repertório. Se fosse assim, a identificação do repertório com a gama efetiva seria correta em todos os casos. Trata-se antes de a gama, tal como é, coincidir com tudo o que ele poderia ter produzido. Mas como estabelecer (e aqui levanta-se novamente a questão) o que ele poderia e o que não poderia ter produzido?

Uma das possibilidades é a de que devamos, nesta altura, remeter-nos à situação do artista. Em outras palavras, erramos ao tentar determinar o repertório fazendo referência ao modo como o espectador o determinaria. Pois o espectador, na melhor das hipóteses, apenas reconstitui aquilo que o artista já fizera de início.

Mas, considerando o repertório a partir do ponto de vista do artista, conseguimos estabelecê-lo com maior êxito? Existe, mais uma vez, um caso-limite. É aquele em que o artista *explicitamente* estabelece uma gama de alternativas dentro das quais trabalha; ou em que as coerções da natureza ou da sociedade prescrevem precisamente o que ele pode fazer. Tais casos são muito raros. Fora deles, temos simplesmente o artista a trabalhar. E, se agora for dito que podemos observar o artista escolher implicitamente entre várias alternativas, surge a questão: Como podemos distinguir entre o caso comum em que o artista faz uma coisa, A, e não outra, B (e onde isso decorre apenas de A e B serem distintas), daquele caso que nos interessa, onde o artista faz A de preferência a B? Uma possibilidade seria a de podermos dizer que esse último caso ocorre quando estiver claro que, se o artista tivesse feito B, isso teria expressado algo de diferente para ele. Mas, pela argumentação de Gombrich, isso é algo que só podemos afirmar depois de determinado o repertório: logo, não podemos usá-lo para determinar o repertório.

31

A objeção precedente pode parecer muito abstrata, e de fato é. Mas isso é apenas um reflexo do caráter extremamente abstrato do próprio argumento, a partir do qual, na verdade, ele deriva grande parte de sua plausibilidade. Pois aquilo que ele não leva em conta, ou só apresenta de forma pouco reconhecível, é o fenômeno do estilo e o correspondente problema da formação dos estilos.

A noção de estilo não pode ser identificada sem reservas à de repertório. Aquilo que concebemos como um estilo possui uma espécie de coerência interna que falta ao repertório. Isso é bem salientado numa suposição que, como vimos, Gombrich nos convida a considerar enquanto expõe seu raciocínio. Suponhamos, escreve ele, que o *Broadway Boogie-Woogie* de Mondrian houvesse sido pintado por Severini... Mas, se este apelo não deve ser entendido de modo que os nomes Mondrian e Severini tenham a função de meros bonecos ou variáveis, é difícil saber como interpretá-lo. A única maneira de tornar concebível essa situação hipotética seria imaginar que, em certa fase, Severini tenha adotado o estilo de Mondrian como *pasticheur*. Ora, tal ocorrência teria causado um aumento na gama do repertório de Severini, mas sem um aumento correspondente no âmbito de seu estilo. O mesmo fenômeno ocorre de modo menos esquemático no caso de um artista em cuja obra notamos uma acentuada ruptura estilística (por exemplo, Guercino). Esses casos nos mostram que aquilo pelo que nos devemos interessar é o estilo, e não o repertório.

Há duas outras diferenças entre um estilo e um repertório, ambas relevantes para a questão da compreensão expressiva. A primeira é a de que um estilo pode ter sido constituído para expressar uma gama limitada de emoções, e em tais casos é praticamente impossível imaginarmos que a expressão de um estado situado fora dessa gama possa ser realizada dentro do estilo. As suposições de uma pintura otimista feita por Watteau, de uma escultura monumental por Luca della Robia, ou de um grupo torturado ou tempestuoso por Clodion, todos tocam as raias do absurdo. Em segundo lugar – e trata-se de uma questão estreitamente relacionada –, um estilo pode ter um vínculo ou uma correspondência tão íntimos com os estados que são tipicamente expressos por ele que não precisamos sair da obra e examinar casos afins para avaliar seu significado expressivo. Existe a possibilidade de um estilo explicar a si mesmo.

Na introdução aos *Conceitos fundamentais da história da arte*, Wölfflin propõe-se caracterizar o que chama de "dupla raiz do estilo". O que ele de fato faz é distinguir dois níveis em que o estilo pode ocorrer: talvez até mesmo dois sentidos da palavra "estilo". De um lado, existem os muitos estilos particulares, os estilos de indivíduos ou nações, que variam de acordo com o temperamento ou o caráter e são, antes de tudo, expressivos. Do outro lado, há o estilo num sentido mais geral, pelo qual um estilo aproxima-se de uma língua. No primeiro sentido, Terborch e Bernini (os exemplos são de Wölfflin) têm seus próprios estilos, muito diversos, sendo tipos muito diferentes de artistas; no segundo sentido, eles compartilham um estilo. Cada estilo no primeiro sentido corresponde a, ou reflete, uma pré-seleção do que deve ser expresso ou comunicado. Em contraposição, um estilo no segundo sentido é um veículo dentro do qual "tudo pode ser dito". (Para nossos propósitos, podemos deixar de lado a insistência de Wölfflin em que um estilo neste segundo sentido, do qual para ele os casos supremos, ou talvez os únicos, são o linear e o pictórico, apresenta um "modo de visão" característico ou incorpora "categorias de olhar" específicas, expressões que os *Conceitos fundamentais* pouco fazem para esclarecer.) Ora, aquilo que vim afirmando acerca do argumento de Gombrich pode ser formulado dizendo-se que o argumento só reconhece o estilo de acordo com o segundo dos sentidos de Wölfflin, no qual o estilo é algo que se assemelha à língua. Aquilo em que Gombrich difere de Wölfflin, evidentemente, é na variedade de tais estilos que ele pensa existir: havendo para ele, *grosso modo*, tantos estilos neste sentido quantos são para Wölfflin os estilos no primeiro sentido.

A mesma coisa pode ser dita afirmando-se que, para Gombrich, um estilo é mais ou menos equivalente a um método de projeção em cartografia. Pode-se fazer um mapa de qualquer região do mundo de acordo com qualquer projeção, embora certos métodos de projeção possam ser mais adequados para uma região do que para outra. A diferença consiste apenas em que a região, ou, alternativamente, o mapa, terá uma aparência muito diferente dependendo da projeção que seja efetivamente empregada.

Precisamos agora examinar em seu todo a linha de argumentação das três últimas seções. Seu efeito sem dúvida foi o de perturbar alguns dos detalhes da explicação que Gombrich dá do entendimento expressivo. Não obstante, as considerações que ele evoca não deixam dúvidas quanto à importância do papel desempenhado pelas informações complementares em nossas transações estéticas. Assim, elas demonstram a improbabilidade daquela visão muito restrita da obra de arte que é essencial para a Teoria da Apresentação.

32

A referência à noção de "estilo" poderia servir para introduzir o segundo conjunto de argumentos contra a Teoria da Apresentação. Pois "estilo" parece ser um conceito que não pode ser aplicado a uma obra de arte tendo-se como único fundamento aquilo que é apresentado, e, não obstante, é algo essencial a uma adequada compreensão ou apreciação da obra. O mesmo pode-se dizer dos vários conceitos estilísticos particulares, como, por exemplo, o *gótico*, o *maneirista*, o *neorromântico*.

Nesta seção, porém, não pretendo examinar esses conceitos, mas outro grupo de conceitos cuja pretensão a não serem fundamentados na apresentação é ainda mais clara, posto que a importância central que têm para a arte tenha sido, e ainda seja, contestada numa controvérsia das mais interessantes. A partir de Aristóteles, foi opinião comum da retórica tradicional a de que a correta compreensão de uma obra literária depende da demarcação de qual seja o seu gênero próprio: isto é, de que seja reconhecida como dramática, épica ou lírica. Não é menos característico da crítica *moderna* o fato de ela rejeitar por completo uma tal categorização da arte. Admite-se que os vários rótulos possam ter utilidade para, digamos, a biblioteconomia ou a história da literatura: mas nada têm para nos dizer acerca do aspecto estético de uma obra de arte. São *a posteriori* (para usar uma expressão que tem muitas implicações).

Um argumento típico neste sentido aparece em Croce. Este vincula a tese de que as obras de arte possam ser classificadas em gêneros com a tese (que, para ele, não é menos vulnerável a objeções) de que as obras de arte possam ser traduzidas. Pois ambas as teses compartilham do pressuposto de que as obras de arte se dividem em forma e conteúdo: o conteúdo sendo aquilo que, na tradução, é transportado para a língua estrangeira, ou, na retórica tradicional, é realizado dentro do gênero que se deseja. Mas esse pressuposto é errôneo, porque as obras de arte possuem uma unicidade ou singularidade inerentes. Croce admite que a taxonomia tradicional possa ter um papel puramente prático, ou não estético. Mas, utilizada como instrumento de análise ou crítica, distorce em extremo a natureza da arte.

Não há dúvida de que o argumento de Croce, dentro dele mesmo, é vulnerável a críticas. Pois parece basear-se na suposição de que, se classificamos uma obra como sendo de determinado gênero, dizemos implicitamente que poderia ter sido classificada em outro gênero; assim, implicitamente dividimo-la em forma (que é alterável) e conteúdo (que é constante). Mas a única razão para que se pense que há essa implicação para o que dizemos é uma tese filosófica de caráter geral segundo a qual, se dizemos que a é f, devemos ser capazes de imaginar como seria se a não fosse *f*, mas fosse, por exemplo, *g*, sendo *g* um contrário de *f*. Mas esta tese, que tem alguma plausibilidade, é falsa para uma certa série de casos (e uma série interessante), aqueles em que não podemos identificar *a* a não ser por referência (explícita ou implícita) a *f*. Seria perfeitamente possível que não pudéssemos identificar *Paraíso perdido* a não ser como uma epopeia, ou *Hamlet* a não ser como um drama. Com efeito, o próprio paralelo que Croce fez com a tese da traduzibilidade deveria tê-lo alertado para a fraqueza de sua argumentação. Pois é possível que *Alia Stazione*, de Carducci, seja intraduzível; não obstante, está em italiano, o que, pelo argumento de Croce, não poderia ser verdadeiro. Assim, aquilo que há de forte na crítica croceana dos gêneros, e aquilo que de fato pesou para muitos teóricos modernos, não reside no argumento formal, mas em sua insistência, ainda que às vezes inespecífica e ambígua, naquilo que se costuma chamar a unicidade de qualquer obra de arte.

(Outra alegação contra a crítica de gêneros, a que têm recorrido bastante as teorias recentes, é a de que ela não distorça tanto a nossa correta compreensão de uma obra de arte quanto a avaliação que fazemos dela. Mas a suposição que subjaz a esta variante não é menos errônea que a que subjaz a Croce. A suposição é que, se classificamos algo como uma ópera, isso determine os critérios pelos quais devemos avaliá-lo, e nossa avaliação consistirá em demonstrar até que ponto esse algo atende aos critérios de ser uma ópera. Em outras palavras, dizer que algo é uma boa ópera equivale a dizer que é, num grau muito alto, uma ópera. Basta que a suposição seja escrita com todas as letras para se perceber o quanto é absurda.)

Recentemente, Northrop Frye apresentou argumentos extremamente engenhosos para colocar em questão todo esse debate. É essencial para esse raciocínio a noção do *radical de apresentação*, que significa, *grosso modo*, como se devem tomar as palavras de um determinado texto. Colocando o problema em sua forma mais simples, podemos imaginar-nos diante de duas páginas escritas cujas linhas são impressas de modo a ficarem incompletas. Uma *(Paraíso perdido)* deve ser lida como uma epopeia; a outra *(Bérénice)* deve ser lida como uma peça teatral. Podemos dizer que, agora, a diferença reside no radical de apresentação.

É importante perceber que as diferenças que esse argumento leva em conta são aquelas que devem ser concebidas como diferenças essenciais. Por exemplo, podemos imaginar, numa aula de inglês, *Paraíso perdido* sendo lido em forma de jogral; num nível mais elevado, podemos imaginar uma epopeia sendo apresentada no palco de modo que diferentes atores leiam ou cantem as palavras dos personagens e um narrador narre o texto, como no *Combattimento di Tancredi e Clorinda*, de Monteverdi. Mas tais leituras seriam acidentais em relação à natureza da obra, senão contrárias a ela. Por outro lado, que o texto de *Hamlet* seja apresentado num palco, que diferentes atores recitem diferentes partes do mesmo, que a recitação seja mais ou menos sucessiva do começo para o fim, que certos efeitos acompanhem a recitação de modo a acentuar a verossimilhança – essas coisas não são acidentais: uma leitura do texto que as ignorasse, ou as tivesse em indiferença, seria mais equivocada do que incompleta.

Não obstante – e aqui chegamos ao ponto essencial do argumento –, não há nada no texto que indique sem ambiguidade essa distinção, e nem poderia haver. Existem, certamente, determinadas convenções tipográficas reconhecidas que distinguem as peças impressas dos poemas impressos. Mas, como leitores de literatura, precisamos saber como interpretar essas convenções: não podemos ser semelhantes à criança que, ao decorar o seu papel, decora também as instruções de palco. E essa interpretação é sempre feita em termos de certas convenções estéticas pressupostas pela leitura. "O gênero", diz Frye, "é determinado pelas condições estabelecidas entre o poeta e seu público."

Uma vez admitidas essas distinções, afirma, não podemos parar por aí. Pois, conjugada à distinção entre a poesia na qual o poeta se esconde de seu público (drama) e aquela em que isso não ocorre, há uma outra distinção, no interior desta última categoria, entre aquele caso em que o poeta se dirige a seu público (epopeia) e aquele caso em que ele é ouvido como que por acaso (lírica). A questão de saber se este é um prolongamento legítimo do raciocínio e, se o for, de saber em que medida ele restabelece as categorias tradicionais, são assuntos de que não preciso tratar. Não expus as alegações contrárias à crítica de gêneros, e portanto não examinarei os argumentos em favor dessa crítica, no que diz respeito à suficiência da classificação tradicional. Seria o bastante se fosse possível estabelecer que uma classificação desse tipo é intrínseca à compreensão literária e, certamente, o *radical de apresentação* dá muitos indícios de que assim o seja.

33

Poder-se-ia agora dizer que considerações como as precedentes podem ser reconciliadas à Teoria da Apresentação se os conceitos críticos ou retóricos essenciais para nossa compreensão da arte forem encarados como parte da estrutura conceitual, ou (na terminologia psicológica) da disposição mental, com a qual se exige que abordemos a arte. É verdade que certos filósofos da arte que defenderam uma teoria muito parecida com a Teoria da Apresentação (Kant, Fiedler) postularam que nos devemos libertar de todos os conceitos quando nos aproximamos da arte, mas é difícil dar algum sentido a uma exigência tão rigorosa.

Um dos problemas acarretados por esta sugestão é o de definir com precisão o seu âmbito: o que pode e o que não pode ser reconciliado à teoria? Será que ela consegue dar conta dos muitos casos daquilo que em geral se poderia chamar "expectativa", os quais parecem inerentes à nossa compreensão estética: isto é, casos em que certas expectativas são criadas por uma parte de uma obra de, digamos, música ou arquitetura, para serem satisfeitas ou, alternativamente, para serem frustradas por uma outra parte da obra? Como exemplo poderíamos mencionar aquela prática, que Wölfflin, em *Renascimento e barroco,* diz ser típica da arquitetura palaciana protobarroca (maneirista), de contrapor uma fachada ou vestíbulo ao pátio interno: como ocorre no Palazzo Farnese. Também – e este exemplo é mais polêmico, visto que a ordem temporal é invertida – já se disse que escutamos o solo da flauta no começo de *L'Après-Midi d'un Faune* de modo diferente de como o escutaríamos se ele fosse a abertura de uma sonata para flauta solo: a presença da orquestra se faz sentir.

Grosso modo, a Teoria da Representação tenderia a revelar-se recalcitrante nos casos em que aquilo que *trazemos para dentro* de nossa percepção de uma obra de arte não pode ser encarado como um conceito que aplicamos à obra a partir de suas características, mas constitui-se irredutivelmente como uma premissa: isto é, consiste numa informação que não pode ser derivada das propriedades manifestas da obra, embora, claro, possa ser confirmada por elas. Num ensaio intitulado "A história da arte como disciplina humanística", Erwin Panofsky apresentou uma argumentação consistente para demonstrar que existem casos em que a nossa compreensão de uma obra de arte (visual) e de suas peculiaridades estilísticas depende da reconstituição das *intenções* artísticas que colaboraram para a sua feitura; e, para que isso se faça, é necessário antes identificar os *problemas artísticos* para os quais a obra é uma solução. A identificação de um problema artístico definitivamente parece ser o fruto de uma intenção.

À primeira vista, a posição de Panofsky parece irrefutável, ao menos no que se refere a certas esferas da arte. Tome-se, por exemplo, a tão imitada fachada que Gibbs projetou para a igreja de St. Martin-in-the-Fields. Para entender não apenas sua profunda influência, mas também a obra em si mesma, precisamos vê-la como a solução a um problema que por cinquenta anos confrontara os arquitetos ingleses: como combinar um pórtico ou fachada de templo com a tradicional exigência inglesa de uma torre na fachada ocidental. Se omitimos esse contexto, muitos elementos do projeto ficam fadados a parecer caprichosos ou estranhos.

A resolução desta questão ou das muitas questões análogas que surgem do argumento de Panofsky exigiria exames detalhados de tópicos da história da arte. Aqui, talvez seja suficiente expor uma tática caracteristicamente adotada por aqueles que rejeitam ostensivamente o argumento. Em cada um dos casos, o que eles afirmam é que ou a obra de arte é deficiente, visto precisar ser esclarecida por um dado externo, ou o problema para o qual ela é uma solução, ou a intenção que a inspirou, é algo plenamente manifesto na obra tomada como objeto de apresentação. Encontramos tais objeções em Wind, por exemplo, e em Monroe Beardsley. Mas a esse contra-argumento assim estruturado é pertinente perguntar: Algo manifesto a quem? E a resposta deve ser: a alguém razoavelmente versado em arte. Em outras palavras, o raciocínio original não é realmente rejeitado. O contra-argumento simplesmente põe limites ao tipo de informação que pode ser "trazida para dentro": a informação não pode exceder aquilo que um amante das artes naturalmente traria dentro de si. Se uma tal pessoa não puder reconstituir o problema para o qual uma determinada obra de arte é uma solução, então, e só então, o conhecimento da natureza do problema será irrelevante. Mais ainda, dados o problema e a obra de arte, a capacidade de ver que a segunda é uma solução ao primeiro já é índice de familiaridade com a arte. O fato de 2 + 2 ser igual a 4 é evidente por si mesmo: mas não para alguém que ignore o que é a adição.

Além disso, vale a pena mostrar que, dentro da argumentação de Panofsky, existe algo análogo ao limite imposto por seus críticos ao tipo de conhecimento "trazido para dentro". Pois, se fosse necessário apropriar-se de formas especiosas de conhecimento, isso contaria, segundo o argumento de Panofsky, como fator adverso em nossa apreciação ou avaliação da obra de arte. Podemos reconstituir o diálogo mais ou menos como se segue. Beardsley diria: "Como esses dados são demasiado esotéricos, não podemos levá-los em conta para avaliar a obra"; ao passo que Panofsky diria: "Como os dados que temos de levar em conta são demasiado esotéricos, não podemos avaliar favoravelmente a obra". A diferença não é tão grande.

Às vezes procura-se reconciliar os adversários nesse debate salientando-se que empregam os termos *problema* ou *intenção* em sentidos diferentes: o problema do artista *versus* o problema da obra, ou a intenção última do artista *versus* a sua intenção imediata. Mas duvido que tal análise chegue ao coração do problema: visto que, logo abaixo da superfície, esses diferentes *sentidos* da mesma palavra estão inter-relacionados.

34

Certamente, parece haver um elemento que precisamos incluir em nossa percepção de uma obra de arte, e que é bastante incompatível com a Teoria da Apresentação: o reconhecimento de que se trata de uma obra de arte. À primeira vista, poder-se-ia pensar que esse dado poderia ser conciliado à teoria, de acordo com o raciocínio que indiquei no início da seção anterior. Isto é, poderíamos encarar o conceito "arte" como parte da estrutura conceitual com a qual se requer que nos aproximemos da arte. Mas isso é inadmissível, a não ser no nível mais literal. *Arte* é certamente um conceito, mas (como demonstra implicitamente este ensaio) trata-se de um conceito tão complexo que fica difícil ver como poderia ser encaixado num argumento elaborado a partir de conceitos meramente descritivos ou retóricos.

35

Antes, porém, de tratar dessa última questão, cujas decorrências nos ocuparão, talvez, pelo restante deste ensaio, gostaria de interromper o debate em curso (que começou na seção 20) para voltar e cumprir um compromisso até agora não cumprido: examinar as consequências da rejeição da hipótese de que as obras de arte sejam objetos físicos, no que diz respeito às artes em que não existe objeto físico com que a obra de arte possa ser admissivelmente identificada. Isso, evidentemente, servirá a meu objetivo geral – que dirigiu também o debate precedente – de provar que a rejeição da hipótese só tem consequências sérias para a filosofia da arte na medida em que estão em questão as artes em que *existe* um tal objeto.

Já afirmei (seções 5, 20) que, uma vez tendo-se admitido que certas obras de arte não são *objetos* físicos, o problema que então surge, e que pode ser formulado pela pergunta "Que tipo de coisa são?", é essencialmente lógico. Consiste em determinar quais são os critérios de identidade e individuação adequados a, digamos, uma peça musical ou um romance. Caracterizarei a condição dessas coisas afirmando que são (para empregar um termo introduzido por Peirce) *tipos*. Correlato do termo "tipo" é o termo "amostra". Os objetos físicos que (como vimos) podem, por desespero, ser concebidos como obras de arte naqueles casos em que não há objetos físicos que possam admissivelmente ser concebidos como tal, são *amostras*. Em outras palavras, *Ulysses* e *Der Rosenkavalier* são tipos, meu exemplar de *Ulysses* e a apresentação de hoje à noite de *Rosenkavalier* são amostras desses tipos. Surge agora a questão: o que é um tipo?

A questão é muito difícil, e, infelizmente, dar-lhe o cuidado e a atenção que merece está fora das possibilidades deste ensaio. Podemos começar contrapondo um tipo a outras coisas que ele não é. Do modo mais óbvio, podemos contrapor um tipo a um *particular:* considerarei isso como estabelecido. Depois podemos contrapô-lo a outras espécies de entidades não particulares: a uma *classe* (da qual dizemos que tem *membros)* e a um *universal* (do qual dizemos que tem *casos).* Exemplo de classe seria a classe das coisas vermelhas; exemplo de universal seria a vermelhidão, ou qualidade de vermelho; exemplos de um tipo seriam a palavra "vermelho" e a Bandeira Vermelha – sendo que esta última expressão não deve ser tomada como significando este ou aquele pedaço de tecido, guardado numa arca e hasteado no topo de um mastro, mas sim a bandeira da revolução, hasteada pela primeira vez em 1830, a qual muitas pessoas seguiriam de boa vontade até a morte.

Introduzamos, como expressão geral que designe os tipos, as classes e os universais, o termo *entidade genérica,* e, como expressão geral que designe aquelas coisas que se incluem nessas entidades, o termo *elemento.* Agora podemos dizer que as várias entidades genéricas distinguem-se segundo as diferentes modalidades de relação que mantêm com seus elementos. Essas relações podem ser dispostas numa escala de intimidade ou intrinsecalidade. Num extremo da escala temos as classes, nas quais a relação é mais exterior ou extrínseca: uma classe é meramente feita de seus elementos, ou constituída por eles, os quais associam-se a modo de extensão para formá-la. A classe das coisas vermelhas é simplesmente um construto formado por todas as coisas (intemporalmente) vermelhas. No que toca aos universais, a relação é mais íntima, na medida em que um universal acha-se presente em todos os seus casos. A vermelhidão está em todas as coisas vermelhas. Com os tipos, a relação entre a entidade genérica e seus elementos atinge o maior grau de intimidade: o tipo não só está presente em todas as suas amostras (como o universal em todos os seus casos), como também nós, pela maior parte do tempo, concebemos o tipo e falamos dele como se se tratasse de uma espécie de amostra, posto que singularmente importante ou preeminente. De muitas maneiras, tratamos a Bandeira Vermelha como se fosse uma bandeira vermelha (cf. "Vamos hastear alto a Bandeira Vermelha").

Essas diversas relações que as entidades genéricas mantêm com seus elementos também se refletem (se é que se trata de um *outro* fato) no grau em que tanto as entidades genéricas como seus elementos satisfazem os mesmos predicados. Precisamos traçar aqui uma distinção entre partilhar propriedades e ocorrer que propriedades sejam transmitidas. Direi que, quando tanto A como B são j, f é compartilhado por A e B. Direi também que, quando A é f porque B é f ou B é f porque A é j, f é transmitido entre A e B. (Ignorarei o sentido ou direção da transmissão, isto é, não me ocuparei, mesmo quando isso for possível, em discriminar entre os dois tipos de situação que citei como casos de transmissão.)

Em primeiro lugar, precisamos evidentemente excluir da discussão aquelas propriedades que só podem pertencer às amostras (por exemplo, propriedades de localização no espaço e no tempo) e, igualmente, as que só pertencem aos tipos (por exemplo, "foi inventado por"). Tendo feito isso, a situação se apresenta mais ou menos como segue: as classes podem compartilhar propriedades com seus membros (por exemplo, a classe das coisas grandes é grande), mas isso é muito raro; além disso, trata-se, quando ocorre, de uma situação puramente contingente ou fortuita, isto é, não há propriedades transmitidas. Tanto para os universais como para os tipos, há propriedades compartilhadas. As coisas vermelhas podem ser consideradas estimulantes, e o mesmo acontece com a vermelhidão. Toda bandeira vermelha é retangular, e assim também a Bandeira Vermelha. Ademais, muitas dentre as propriedades partilhadas, senão todas, são transmitidas.

Limitemos agora a nossa atenção às propriedades transmitidas, porque só elas são relevantes para a diferença de relação entre, de um lado, os universais e tipos, e, de outro, seus elementos. Ora, parece haver duas diferenças respeitantes às propriedades transmitidas que distinguem os universais dos tipos. Em primeiro lugar, é provável que, para os tipos, haja uma gama muito maior de propriedades transmitidas do que para os universais. A segunda diferença é esta: no que diz respeito aos universais, nenhuma propriedade que um caso de certo universal tenha necessariamente, isto é, tenha em virtude de ser um caso desse universal, pode ser transmitida para o universal. No que diz respeito aos tipos, por outro lado, todas as propriedades, e só aquelas, que uma amostra de certo tipo possua necessariamente, isto é, possua em virtude de ser uma amostra desse tipo, são transmitidas ao tipo. Seriam exemplos: a vermelhidão, como vimos, pode ser estimulante, e, se o for, o será pela mesma razão pela qual seus casos o são, ou seja, a propriedade é transmitida. Mas a vermelhidão não pode ser vermelha ou colorida, como seus casos são necessariamente. Por outro lado, o Pavilhão do Reino Unido é colorido e retangular, propriedade que todas as suas amostras possuem necessariamente: mas, mesmo que todas as amostras fossem feitas de linho, isso não significaria que o próprio Pavilhão do Reino Unido fosse feito de linho.

A esta descrição bastante negativa de um tipo – centrada em grande parte naquilo que um tipo não é – precisamos agora acrescentar algo de espécie mais positiva, a fim de dizer o que significa que vários particulares se agrupem como amostras do mesmo tipo. Pois pode-se perceber que a cada universal e a cada tipo corresponde uma classe: à vermelhidão, a classe das coisas vermelhas; à Bandeira Vermelha, a classe das bandeiras vermelhas. Mas o inverso não é verdadeiro. Surge portanto a pergunta: quais são as condições características para as quais postulamos um tipo? Devemos perceber que a questão é inteiramente conceitual: é uma questão acerca da estrutura de nossa linguagem.

Um conjunto muito importante de condições para as quais postulamos tipos – talvez um conjunto essencial, na medida em que pode ser possível explicar as demais condições por referência a estas – é aquele em que podemos correlacionar uma classe de particulares com um caso de invenção humana: esses particulares podem então ser vistos como amostras de um certo tipo. Esta caracterização é deliberadamente vaga, pois pretende compreender um espectro considerável de casos. Num extremo, temos o caso em que um particular é produzido e depois copiado; no outro extremo, temos o caso em que é elaborado um conjunto de instruções que, se seguidas, dão origem a um número indefinido de particulares. Exemplo do primeiro caso é o visual "Brigitte

Bardot"; exemplo do segundo seria o Minueto. Os casos intermediários são a produção de um particular feito para ser copiado – por exemplo, o Boeing 707 – ou a construção de um molde ou matriz que gera outros particulares: por exemplo, o Penny Black*. Existem muitas maneiras de classificar os casos – segundo, digamos, o grau de intenção humana que contribui para a proliferação do tipo, ou o grau de semelhança existente entre a invenção original e as amostras que dela promanam. Mas há certa similaridade entre todos os casos: e, com alguma engenhosidade, pode-se vislumbrar uma extensão natural da caracterização original, extensão essa que leve a incluir também os casos em que a invenção é de natureza mais classificatória do que construtiva, por exemplo, o Almirante Vermelho.

36

Deve estar claro que a caracterização precedente de um tipo e suas amostras nos proporciona uma estrutura dentro da qual podemos *(grosso modo,* ao menos) compreender a condição lógica de coisas como óperas, balés, poemas, águas-fortes etc.: isto é, explicar seus princípios de identidade e individuação. A demonstração exata do lugar que essas várias espécies de coisas ocupam no interior dessa estrutura envolveria uma análise extensa e minuciosa, mais do que pode ser empreendido neste ensaio, e provavelmente desprovida de grande interesse intrínseco. Tocarei de leve em dois conjuntos de problemas de caráter geral, ambos referentes à exequibilidade do projeto. Nesta seção tratarei da questão de como o tipo é identificado, ou (o que é mais ou menos a mesma coisa) de como são geradas as amostras de um determinado tipo. Na seção seguinte examinarei a questão de quais sejam as propriedades que podemos legitimamente atribuir a um tipo. Esses dois conjuntos de questões não são inteiramente distintos: o que podemos perceber pelo fato de haver um terceiro conjunto de questões intermediário entre os outros dois, e que se refere ao modo

---

* Selo postal inglês. (N.T.)

como determinamos se dois particulares são ou não são amostras do mesmo tipo. Deixarei de lado estas últimas questões, que surgem de modo mais pungente num caso como o da tradução. Menciono-as somente para situar em seu contexto aquelas que desejo tratar.

Primeiro, pois, sobre como o tipo é identificado. No caso de qualquer obra de arte que possamos plausivelmente conceber como um tipo, há aquilo que chamei de um caso de invenção humana: e esses casos de invenção distribuem-se por todo o espectro de casos, tal como o caracterizei. Num extremo da escala, há o caso de um poema, o qual passa a existir quando certas palavras são anotadas num papel ou, antes ainda, talvez, quando são pronunciadas na mente do poeta (cf. a teoria de Croce-Collingwood). No outro extremo da escala há uma ópera, a qual passa a existir quando se escreve um conjunto de instruções, isto é, a partitura, de acordo com a qual possam ser produzidas apresentações. Como caso intermediário poderíamos citar um filme, do qual se fazem várias cópias: ou uma água-forte ou gravura, onde várias pranchas são impressas da mesma matriz, isto é, a chapa.

Isso não apresenta problemas, contanto tenhamos em mente, desde o início, os vários modos pelos quais os tipos podem ser identificados, ou (para dizê-lo de outro modo) como as amostras podem ser geradas a partir do caso inicial de invenção. As distorções só podem ocorrer se começamos com uma gama muito limitada de exemplos. Poder-se-ia, por exemplo, dizer que, se as amostras de um certo poema são as várias inscrições existentes em livros que reproduzem a sequência de palavras do manuscrito do poeta, então, *a rigor*, as amostras de uma determinada ópera seriam as várias folhas de partitura que reproduzem o que está escrito no hológrafo do compositor. Alternativamente, se insistimos que são as apresentações da ópera que constituem as amostras, então, diz-se, as amostras do poema seriam suas muitas leituras *em voz alta*.

Tais argumentos poderiam ser considerados desmedidamente áridos ou pedantes, não revelassem eles algo acerca da diversidade dos veículos da arte – e não dissessem respeito, além disso, às questões a serem discutidas na seção seguinte.

37

Como vimos, são características dos tipos e de suas amostras não apenas o fato de ambos poderem compartilhar propriedades, mas também de, quando isso ocorre, essas propriedades poderem ser transmitidas. A pergunta que agora devemos fazer é se é possível ou não estabelecer um limite para as propriedades que podem ser transmitidas: mais especificamente (visto que o tipo é a obra de arte e é dele, portanto, que nos estamos ocupando expressamente), saber se há propriedades – excluindo sempre, naturalmente, aquelas que só podem ser predicadas de particulares – que pertencem às amostras e das quais não se pode dizer que *ipso facto* pertencem a seus tipos.

É de se pensar que tenhamos para essa pergunta uma resposta, ao menos parcial, na afirmação já feita de que as propriedades transmitidas entre amostra e tipo sejam apenas aquelas que as amostras possuem necessariamente. Mas um momento de reflexão mostrará que qualquer resposta nesse sentido está fadada a ser insuficiente. Pois não há como determinar as propriedades que uma amostra de determinado tipo terá necessariamente, sem antes determinar as propriedades desse tipo: por isso, não podemos usar as primeiras para certificar-nos das segundas. Não podemos esperar descobrir quais as propriedades da Bandeira Vermelha investigando quais propriedades as diversas bandeiras vermelhas possuem necessariamente: pois como podemos vir a saber que, por exemplo, esta bandeira vermelha é necessariamente vermelha, sem antes saber que a própria Bandeira Vermelha é vermelha?

Há, porém, três observações que podem ser feitas aqui a partir de nossas intuições mais gerais. A primeira é a de que não existem propriedades ou conjuntos de propriedades que não possam passar da amostra ao tipo. Com as reservas de costume, não há nada que possa ser predicado da apresentação de uma peça musical que não possa também ser predicado da peça musical em si mesma. Este ponto é vital, pois é isto que garante o que chamei de inocuidade da negação da hipótese do objeto físico no domínio daquelas artes onde a negação consiste em dizer que as obras de arte não são *objetos* físicos. Ou seja, embora elas possam não ser objetos, e sim tipos, isso não as impede de possuir propriedades físicas. Não há nada que nos impeça de dizer que as *Sátiras* de Donne são ásperas aos ouvidos, ou que a gravura que Dürer fez de Sto. Antônio tem uma textura muito diferenciada, ou que a conclusão de "Celeste Aída" é *pianissimo*.

A segunda observação é a de que, embora qualquer propriedade particular possa ser transmitida da amostra ao tipo, daí não decorre que todas o sejam: ou, para dizê-lo de outro modo, uma amostra possuirá necessariamente algumas de suas propriedades, mas nem a todas possuirá por força de necessidade. O pleno significado deste ponto se fará claro mais tarde.

Em terceiro lugar, no caso de *algumas* artes é necessário que nem todas as propriedades sejam transmitidas da amostra ao tipo: embora ainda seja verdadeiro que qualquer propriedade particular possa ser transmitida. Estão em questão aqui, evidentemente, as artes de apresentação *(performing arts)* – óperas, peças teatrais, sinfonias, balés. Do que se afirmou acima decorre que qualquer coisa que possa ser predicada da apresentação de uma peça musical pode também ser predicada da peça musical em si mesma: a isto devemos agregar agora a afirmação de que nem toda propriedade que possa ser predicada da primeira pertence *ipso facto* à segunda. De modo geral, este ponto é estabelecido dizendo-se que, em tais casos, existe essencialmente um elemento de *interpretação*, sendo que, para os propósitos em vista, a interpretação pode ser definida como a produção de uma amostra que possui mais propriedades do que o tipo.

Aqui, a palavra "essencialmente" precisa ser tomada muito a sério. Pois, em primeiro lugar, existem certos fatores que podem encobrir para nós o fato de que toda apresentação de uma obra de arte envolve, ou é, uma interpretação. Um desses fatores é o "antiguismo". Poderíamos imaginar – decerto, se houvessem dados disponíveis – um *Richard III* produzido exatamente como o fez Burbage, ou *Das Klagende Lied* apresentada como o foi quando regida por Mahler. Mas, embora fosse possível realizar uma réplica da representação de Burbage ou da regência de Mahler, ainda assim teríamos interpretações de *Richard III* e *Das Klagende Lied*, pois é isso que foram a representação de Burbage e a regência de

Mahler, posto tenham sido as primeiras. Em segundo lugar, seria errado conceber o elemento de interpretação – supondo que agora se admita estar ele presente em toda apresentação – como expressando algo de defeituoso. Susanne Langer caracterizou a condição das artes de apresentação dizendo que, por exemplo, a peça musical que o compositor escreve é "uma obra incompleta": "a apresentação", diz ela, "é a conclusão da peça musical". Mas insinua-se com isso que o ponto a que o compositor leva sua obra é um ponto que ele poderia, ou mesmo deveria, ter ultrapassado. Para perceber quão radicalmente esse ponto de vista altera o modo como concebemos as artes de apresentação, precisamos imaginar o que ocorreria caso fosse possível eliminar a interpretação. Uma exigência seria, por exemplo, a de que tivéssemos, para cada arte de apresentação, aquilo que poderíamos chamar, num sentido muito forte, de uma notação universal: tal que pudéssemos indicar por meio dela todas as características que ora originam-se no momento da execução. É possível imaginar, para todo o espectro das artes, com que se assemelharia tal notação? Com ela não haveria mais artes de execução: a totalidade da execução já teria sido prevista na notação. Quem nos pode dar a certeza de que a redução dessas artes a meras habilidades mecânicas não teria, por sua vez, repercussões decisivas para o modo como encaramos ou avaliamos as artes de apresentação?

38

Todavia, se não consideramos mais como um defeito de certas artes o fato de necessitarem de interpretação, é possível que ainda pareça pouco satisfatório o fato de haver essa discrepância entre as artes: que, por exemplo, se negue ao compositor ou ao dramaturgo o mesmo tipo de controle sobre a sua obra que possuem o poeta e o pintor.

Em parte, a discrepância entre as artes simplesmente *existe*. E fundamenta-se em fatos muito simples e gerais, os quais, de qualquer modo, são exteriores à arte: tais como o fato de as palavras serem diferentes dos pigmentos, ou de que são seres humanos os que empregamos como atores, e os seres humanos não são todos exatamente iguais. Se é esta a fonte da insatisfação, o único remédio seria limitar a arte de modo muito rígido a um conjunto de processos ou materiais de espécie absolutamente homogênea. Mas, em parte, a insatisfação provém de exagerar-se a discrepância, e de não atentar-se para o fato de, nas artes não apresentativas, haver toda uma gama de maneiras pelas quais o espectador ou o público pode absorver a obra de arte. Em minha opinião, não é coincidência que *esta* atividade, a de absorver o poema, a pintura ou o romance de um jeito e não de outro, também seja chamada *interpretação*. Pois nos dois casos o efeito é o mesmo, consistindo em diminuir o controle do artista sobre sua obra.

Duas objeções podem ser levantadas contra este paralelismo entre os dois tipos de interpretação. A primeira é a de que os dois tipos diferem em termos de ordem ou nível. Pois, ao passo que a interpretação através da execução só ocorre para certas artes, a interpretação crítica diz respeito a todas: mais especificamente, pode-se colocar uma interpretação crítica sobre qualquer dada interpretação por execução – de modo que o paralelismo desaparece, na medida em que as artes de apresentação ainda permanecem em situação singular ou discrepante. Ora, não pretendo negar que qualquer apresentação de uma peça musical ou teatral possa dar ensejo a uma interpretação crítica; trata-se, porém, de saber se, quando isso ocorre, ocorre no mesmo nível de uma interpretação por execução. Gostaria de sustentar que podemos, com vantagens, considerar que seja assim. Pois, na medida em que nos ocupamos da peça musical ou teatral, o que fazemos é sugerir ou defender apresentações alternativas, que teriam apresentado de forma diferente a obra original: não estamos sugerindo ou defendendo maneiras alternativas de compreender a apresentação em si. Nossa interpretação se faz quando a apresentação ocorre, mas não versa sobre ela. Evidentemente, a situação é complicada, a um grau impossível de desembaraçar aqui, pelo fato de a representação e a execução musical também serem artes; e, ao criticar apresentações particulares, às vezes versamos sobre essas artes: e é por isso que restringi meu comentário, dizendo "na medida em que nos ocupamos da peça musical ou teatral".

A segunda e mais séria objeção ao paralelismo entre os dois tipos de interpretação é a de que diferem quanto à necessidade.

Isso porque, enquanto tragédias ou quartetos de cordas precisam ser interpretados, poemas ou pinturas não precisam. É possível que a qualquer dado momento seja necessário interpretá-los, mas isso será devido tão somente à imperfeição histórica de nossa compreensão da obra. Uma vez que a tenhamos realmente entendido, nenhuma interpretação ulterior será necessária. Em outras palavras, a interpretação crítica acaba por suprimir a si própria: ao passo que uma peça musical ou teatral não pode ser executada ou apresentada de uma vez por todas.

Gostaria de fazer duas observações preliminares acerca deste segundo argumento. Em primeiro lugar, ele não pode ir buscar corroboração (como a formulação aqui pareceria sugerir) no fato indubitável mas irrelevante de que a apresentação é um fenômeno transitório e não permanente. O fato relevante não é o de peças musicais ou teatrais precisarem sempre ser apresentadas de novo, mas o de poderem sempre ser apresentadas de maneira nova, isto é, o fato de cada nova apresentação poder ser uma nova interpretação. A questão, então, é: não há, no caso das artes não-apresentativas, a mesma possibilidade permanente de nova interpretação? Em segundo lugar, o argumento parece situar-se de modo ambíguo entre duas formulações que não são claramente equivalentes, embora o possam ser na prática: a afirmação aparentemente mais forte de que, no caso de um poema ou pintura, todas as interpretações possam em última instância ser suprimidas; e a aparentemente mais fraca de que, nesses casos, todas as interpretações, exceto uma, possam em última instância ser suprimidas.

O único argumento decisivo contra a suprimibilidade da interpretação se origina de nossa vivência efetiva da arte. Mas há considerações suplementares, cujo pleno significado só poderá ser avaliado à medida que este ensaio se for desenvolvendo, e que referem-se ao valor da arte. É possível encontrar alusões a ambas as coisas em uma obra brilhante e inspiradora, as *Réflexions sur l'Art* de Valéry.

Em primeiro lugar, o valor da arte, tal como tradicionalmente entendido, não existe exclusivamente para o artista nem primariamente para ele. É compartilhado em igualdade pelo artista e seu público. Uma das opiniões acerca de como essa partilha se efetua, opinião prevalecente mas implausível, é a de que o artista faça algo de valor e depois entregue esse algo ao público, o qual é assim enriquecido. Outra opinião é a de que haja na arte uma ambiguidade característica, ou talvez, melhor, uma plasticidade, que se insinua nos papéis ativo e passivo: o artista é ativo, mas o espectador também o é, e a atividade do espectador consiste na interpretação. "Um criador", diz Valéry, "é alguém que faz com que outros criem."

Em segundo lugar – e também este ponto tem recebido alguma consideração –, o valor da arte não se esgota naquilo que o artista, ou mesmo o artista e o espectador, dela obtêm: não é contaminado pela transação que ocorre entre eles. A própria obra de arte possui um valor residual. Certas teorias *subjetivistas* – como, por exemplo, a teoria crítica de I. A. Richards – fazem com que o valor da arte pareça ser contingente: contingente na medida em que não se encontre maneira melhor ou mais eficaz pela qual certas vivências tidas como preciosas possam ser estimuladas nas mentes do artista e de seu público, ou transmitidas entre elas. Ora, é difícil perceber como uma tal conclusão possa ser evitada caso se sustente que a obra de arte seja inerentemente exaurível quanto à interpretação. Na seção 29, examinou-se a opinião de que as obras de arte sejam translúcidas; a opinião que ora se pede que examinemos parece sugerir que elas sejam transparentes, e como tal, em última análise, fungíveis ou *descartáveis*. Foi ao argumentar contra essa opinião que Valéry afirmou que devemos ver as obras de arte como constituindo um "elemento novo e impenetrável" interposto entre artista e espectador. Provocativamente, ele caracteriza a insuprimibilidade da interpretação como "o mal-entendido criativo".

39

A palavra "interpretação" evoca associações muito precisas. Pois a situação interpretativa é algo que geralmente concebemos da seguinte maneira: a situação manifesta certos fatos; esses fatos podem ser estabelecidos de forma conclusiva através de evidências; podem-se também construir, sobre esses fatos, certas elaborações; essas elaborações, as quais constituem aquilo que chamamos de *interpretação*, não são determinadas somente pelos fatos nem existe qualquer outro modo pelo qual possam ser estabelecidas conclusivamente; assim, as interpretações são elaboradas fazendo-se recurso a considerações pragmáticas, ou considerações de teoria, intuição, julgamento, gosto, plausibilidade, etc.; a distinção entre fato e interpretação é relativamente precisa.

No domínio das artes, esse quadro precisa ser revisto consideravelmente, e de modo especial quanto a dois aspectos, ambos muito importantes para um correto entendimento da arte.

Em primeiro lugar, não se pode legitimamente demarcar quais sejam os fatos em uma obra de arte. Não pretendo com isso afirmar apenas que podem sempre surgir disputas marginais acerca de algo ser ou não ser um fato de uma dada obra de arte. A posição é mais radical. Afirma que séries inteiras de fatos, antes não observados ou descartados como irrelevantes, podem de súbito passar a ser vistos como fazendo parte da obra de arte. Essas transformações podem ocorrer de muitos modos diferentes: como resultado de mudanças na crítica, como resultado de mudanças na prática artística ou como resultado de mudanças na ambiência intelectual geral. É o que demonstram os exemplos seguintes.

À guisa de primeiro exemplo, podemos citar a gramaticalidade das frases de Shakespeare, a qual foi, no decorrer da história, vista como assunto de interesse sobretudo filológico. Mas, recentemente, alguns críticos opinaram que a incoerência sintática de certas falas, como, por exemplo, em *Macbeth*, pode ser importante como expressão de fluxos de pensamento profundos e desordenados; desta maneira, uma característica do texto até então considerada desproposidada ou não estética passa a fazer parte da peça teatral, sendo esta, no caso, a obra de arte. Depois, podemos considerar o trabalho livre de pincel que frequentemente integra os segundos planos de Ticiano ou Velásquez. Aos olhos de seus contemporâneos, essas liberdades, quando não foram declaradamente ofensivas – e conhecemos os comentários de Vasari hostis a Ticiano, e mesmo os de Diderot sobre Chardin –, podem ter tido, na melhor das hipóteses, uma razão apenas representativa. Mesmo aos olhos de Reynolds, o mérito do *tratamento* de Gainsborough consistia em introduzir na pintura "uma espécie de magia", de modo que todos os "rabiscos e marcas irregulares", que podiam ser vistos isoladamente de perto, quando observados à ditância repentinamente ocupavam seu lugar e adquiriam forma. Mas depois da revolução que tem caracterizado cada vez mais a pintura desde, digamos, Manet, esses trechos passam a ter para nós um novo significado, mais profundamente estético, na medida em que afirmam simultaneamente a sensibilidade do artista e a materialidade da pintura. Um terceiro exemplo é fornecido pela análise que Freud fez da *Virgem e o Menino com Sant'Ana*, de Leonardo da Vinci. Pois mesmo que rejeitemos, fundamentando-nos em dados empíricos, os detalhes da análise, ela nos leva a tomar em consideração novos conjuntos de fatos, a exemplo das semelhanças fisionômicas entre duas figuras numa pintura (neste caso, a Virgem e Sant'Ana), os quais nenhum espectador moderno poderia excluir de sua consideração da representação. Um caso mais simples deste último tipo está no papel que desempenha, na estrutura de *Othello*, a homossexualidade de Iago: algo que, podemos crer, não se fazia disponível à percepção das gerações anteriores.

Essa questão geral nos coloca numa posição particularmente boa para vermos o que de fato há de errado com as teorias Ideal e da Apresentação. Pois ambas repousam sobre a suposição, compartilhada por muitos filósofos da arte, de que se possa traçar um limite ao redor das propriedades (ou espécies de propriedade) que pertencem a uma obra de arte. Pode-se perceber que as duas teorias definem a obra de arte como um objeto mais pobre do que o postulado por uma explicação mais imediata, e depois procuram justificar essa definição afirmando que as propriedades excluídas (físicas, intencionais etc.) não têm relevância estética. Na seção 52, levantaremos outras considerações que indicam o descaminho de qualquer tentativa de prognosticar ou prejulgar a gama de propriedades esteticamente relevantes.

O segundo aspecto em que deve ser modificada a imagem usual da interpretação e daquilo que ela envolve, dentro da estética, é o de que não é verdade, nesse campo, que a interpretação seja completamente separada do fato, no sentido de não ser determinada por ele. Para afirmar a mesma coisa de outro modo, não se pode fazer uma separação clara entre fato e interpretação. Pois exige-se de muitos fatos de arte que sejam interpretados de determinada maneira. Isto decorre do fato de a arte ser uma atividade intencional. Também esta questão foi muitas vezes desconsiderada pelos filósofos da arte. É instrutivo, a esse respeito, um livro recente de Morris Weitz intitulado *Hamlet and the Philosophy of Literary Criticism* (Hamlet e a filosofia da crítica literária). Weitz afirma que muitas críticas erram por ignorar as distinções essenciais entre descrição, explicação (ou interpretação) e avaliação. É só a primeira dessas distinções que nos interessa aqui. Para Weitz, a descrição é aquilo que pode ser estabelecido tendo-se como única referência o texto; a explicação é aquilo a que recorremos para entender o texto. Em *Hamlet*, as questões descritivas para a crítica seriam: Hamlet é louco? Hamlet vacila? Hamlet ama seu pai? Hamlet disse *O, that this too too sullied flesh would melt*? etc. As questões explicativas seriam: Hamlet é predominantemente desumano? Por que Hamlet se retarda? A emoção de Hamlet é excessiva em relação aos fatos? etc.

Ao dividir as questões dessa maneira, Weitz chama pelo absurdo. Pois, em primeiro lugar, deve estar claro que certas coisas são fatos de *Hamlet* embora não estejam no texto: entre elas (para tomar um exemplo trivial), o fato de Hamlet já ter sido uma criança. Do mesmo modo, é certo que alguns dos chamados *fatos* são discutíveis, embora possam-se citar passagens do texto que os corroborem: a interpretação de Ernest Jones, por exemplo, não é claramente invalidada, como Weitz parece pensar, pelo fato de Hamlet declarar seu amor pelo pai e de não haver no texto qualquer afirmação contrária. (Cf. a insistência de que o Duque, em *My Last Duchess*, "nunca se humilha" porque ele diz que nunca se humilha: ao passo que, evidentemente, o argumento de Browning é que, ao dizer isso, ele se humilha.)

O mais importante, porém, é que Weitz erra ao colocar a questão de por que Hamlet se retarda num nível diferente da de saber se ele se retarda: e o faz simplesmente porque o texto de Shakespeare responde a uma e não à outra. Mas seria certamente sinal de um defeito em *Hamlet* se alguém pudesse afirmar (como Eliot de fato fez) que Shakespeare, ao nos mostrar que Hamlet se retarda, não nos tivesse mostrado por que age assim. Em *Hamlet*, o que temos não é uma mera justaposição aleatória de fatos acerca de Hamlet.

40

Voltemos agora ao ponto que, apesar de sua importância (ou talvez por causa dela), me senti obrigado a deixar pendente há seis seções: a saber, o de que é parte intrínseca de nossa atitude em relação às obras de arte que devamos olhá-las como obras de arte, ou, para usar outra terminologia, que devamos agrupá-las sob o conceito *arte*. Para certos filósofos, este ponto pareceu tão importante que chegou-se a sugerir que, em vez de tentar esclarecer as noções de *arte* ou *obra de arte* como se fosse esse o problema central da estética, deveríamos antes definir ambas as noções em termos de nossa disposição a ver as coisas como obras de arte, e depois fazer do esclarecimento dessa disposição o objeto de nossos esforços. Em outras palavras, uma obra de arte agora é (por definição) um objeto que estejamos dispostos a ver como uma obra de arte.

Colocada desse modo, a sugestão fica evidentemente vulnerável à acusação de circularidade: pois o *definiendum* reaparece no *definiens*, e de modo a não permitir a eliminação.

Mas talvez estejamos errados em entender a sugestão de maneira tão literal, como se nos fornecesse uma definição formal de *obra de arte*. A ideia pode assemelhar-se mais ao seguinte: a expressão *obra de arte* ocorre primordialmente na sentença "ver x como uma obra de arte"; se quisermos entender a expressão, precisaremos primeiro entendê-la nessa sentença; e, quando ela ocorre sozinha ou em outros contextos, deve ser entendida em relação à sentença original, na qual adquire seu significado e da qual se desliga como que por razões idiomáticas.

Se considerarmos esta interpretação da sugestão como a mais aceitável, haverá ainda uma consequência dessa aceitação a ser explicitada: teríamos de renunciar à visão de que a arte é um conceito funcional. Por *conceito funcional* se quer dizer um conceito como *faca*, o qual significa (digamos) "um objeto doméstico para cortar", ou *soldado*, o qual significa (se chegou a fazê-lo) "um homem para lutar". Pois, se f é um conceito funcional, o "ver alguma coisa como um f" não poderia ser uma ocorrência primordial de f. O modo como tratássemos algo quando o víssemos como um *f* dependeria das funções que os *efes* necessariamente têm: e isso, por sua vez, seria derivado da compreensão do conceito *f* tal como ocorre fora da sentença "ver algo como um f". Assim, a ocorrência de *f tout court* é que seria primordial. É importante insistir nesse ponto, pois alguns filósofos, talvez sem razão, procuraram definir a arte funcionalmente, como sendo, por exemplo, um instrumento para suscitar certas emoções ou para desempenhar um determinado papel social. Deve, porém, ficar muito claro que, mesmo rejeitando a opinião de que *arte* é um conceito funcional, não nos comprometemos com a opinião muito menos plausível, embora bastante difundida, de que "a arte é completamente inútil" – onde esta expressão é tomada muito literalmente como uma afirmação de que nenhuma obra de arte tem uma função. O ponto de vista não é plausível porque é evidente que muitas obras de arte – templos, afrescos, alfinetes, o saleiro de Cellini, a estação ferroviária de Florença, por exemplo, têm uma função. Aquilo com que nos comprometemos é algo muito diferente, e muito menos embaraçoso: que nenhuma obra de arte possui uma função enquanto tal, isto é, em virtude de ser uma obra de arte.

Todavia, as dificuldades no caminho de fazer da atitude estética – isto é, ver algo como uma obra de arte – um constituinte das noções de arte e obra de arte não são exclusivamente formais. Um outro conjunto de problemas diz respeito à atitude estética em si mesma, e ao que se deve entender por "tratar algo como uma obra de arte": problema em que, no tratamento que a ele deram os filósofos, podemos constatar uma sistemática ambiguidade. Talvez a melhor maneira de trazer à luz essa ambiguidade seja recorrendo-se a uma interessante distinção feita por Wittgenstein.

41

No *Livro marrom*, Wittgenstein nota uma ambiguidade no uso de palavras como *particular* e *peculiar*.

Comecemos, como ele o faz, pela palavra *peculiar*. Ao falar sobre uma barra de sabonete (o exemplo de Wittgenstein), posso dizer que ela possui um cheiro peculiar, e depois acrescentar algo como "É do tipo que usávamos quando crianças"; alternativamente, poderia dizer "Este sabonete tem um cheiro *peculiar*", dando ênfase à palavra, ou "Ele realmente tem um cheiro muito peculiar". No primeiro caso, a palavra é usada para introduzir a descrição que a segue, e, com efeito, quando temos a descrição, é inteiramente substituível. No segundo caso, porém, a palavra equivale mais ou menos a *fora do comum, excepcional, notável*: não há aqui uma descrição cujo lugar ela ocupe, e, na verdade, é importante perceber que, nesse caso, não estamos descrevendo absolutamente nada, estamos dando ênfase ou chamando a atenção àquilo de que se trata, sem dizer, ou mesmo sem estar em condições de dizer, do que se trata. Este fato linguístico, que só pode ser percebido com um certo discernimento, pode ficar ainda mais oculto de nós devido a uma locução que poderíamos empregar em tais casos. Tendo dito que o sabonete tem um cheiro peculiar no segundo sentido, e deparando com a pergunta "Que cheiro?", poderíamos dizer algo como "O cheiro que tem", ou *"Este* cheiro", levando o sabonete ao nariz do interlocutor: e, assim fazendo, pensar que fizemos algo para descrevê-lo. Mas, claro, nada fizemos. Wittgenstein chama o primeiro emprego dessas palavras de "transitivo"; o segundo, de "intransitivo", e à locução que poderia nos levar a assimilar falsamente o segundo uso ao primeiro, chama "construção reflexiva".

No caso da palavra *particular*, ocorre uma ambiguidade de uso semelhante. A palavra pode ser usada em lugar de uma descrição, pela qual poderíamos substituí-la, às vezes só depois de uma etapa de ulteriores pensamentos ou reflexões. E pode ser usada sem indicar que uma tal descrição venha a aparecer. É verdade que a palavra *particular* usada intransitivamente não traz consigo a mesma insinuação de excepcionalidade ou estranheza que traz a palavra *peculiar*. Mas tem a mesma função de enfatizar ou colocar em foco um objeto ou determinada característica de um objeto. Wittgenstein contrapõe dois usos da frase "O jeito particular como A entra numa sala ...", salientando que, à pergunta "Que jeito?", poderíamos responder "Ele estica a cabeça para dentro da sala antes de entrar", ou, alternativamente, poderíamos dizer apenas "O jeito dele". No que se refere ao segundo caso, Wittgenstein é de opinião que "Ele tem um jeito particular..." possa ter de ser traduzido por "Estou contemplando o seu movimento".

Wittgenstein pensa ser característica dos problemas filosóficos a confusão entre esses dois usos. "Há muitos problemas", escreve, "que surgem desta maneira: uma palavra tem um uso transitivo e um uso intransitivo, e nós vemos o último como um caso particular do primeiro, explicando por uma construção reflexiva uma palavra quando usada intransitivamente." Ele opina que vários problemas da filosofia do espírito são suscetíveis de tal análise.

Podemos agora formular a ambiguidade a que fizemos referência na seção anterior: os filósofos da arte que tratam da atitude estética são sistematicamente ambíguos no que toca a terem em mente uma atitude particular no sentido transitivo ou intransitivo. No geral parece que, apesar das muitas teorias que procuram dar uma caracterização positiva da atitude estética, esta pode ser concebida como atitude particular só no sentido intransitivo: toda caracterização da mesma em termos de alguma descrição ou conjunto ulterior de descrições parece gerar exemplos que a contrariam.

Mas aqui há espaço para equívocos. Poder-se-ia pensar que isso é o mesmo que dizer que não há uma atitude estética; ou, de maneira mais branda, que não há nada que distinga a atitude estética. Mas essa interpretação do argumento – tão comum entre os que o aceitam quanto entre os que o rejeitam – não compreende a intenção deste. A intenção não é dizer que não há nada que distinga a atitude estética, mas sim que não precisa haver um modo amplo de referir-se ao que nela há de distintivo; basta dizer tratar-se da atitude estética. Em outras palavras, devemos entender o argumento de Wittgenstein como contrapondo-se àquilo que ele julga ser um erro que impregna todo o nosso pensamento: o erro de identificar um fenômeno com outro fenômeno mais específico, ou o de ver cada coisa como uma versão empobrecida de si mesma. Não deve ser motivo de surpresa que a Arte, a qual naturalmente provoca a inveja e a hostilidade, esteja perenemente sujeita a essa apresentação incorreta.

42

Muitas explicações da atitude estética padecem de uma séria distorção, pois tomam como fundamentais a essa atitude casos que são na verdade periféricos ou secundários; isto é, casos em que aquilo que vemos como obra de arte é, na realidade, um objeto da natureza intocado pela mão humana. Kant, por exemplo, nos pede que consideremos bela uma rosa que contemplamos. Há também o caso mais elaborado posto em pauta por Edward Bullough em seu ensaio sobre o *distanciamento psíquico* (o qual é, para ele, um "princípio fundamental" da "consciência estética"), onde compara diversas atitudes tomadas em relação a um nevoeiro no mar: as várias atitudes práticas de passageiros ou marujos, que vão do aborrecimento ao terror, passando pela ansiedade, e por fim a atitude estética, na qual nos abstraímos de toda preocupação ativa e concentramo-nos simplesmente nos "aspectos que *objetivamente* constituem o fenômeno" – o véu opaco como o leite, a singular força de condução do ar, a curiosa textura cremosa e lisa da água, a estranha solidão e o afastamento do mundo. Seria uma paródia dessa espécie de abordagem, posto não acarretasse qualquer injustiça real, compará-la a uma tentativa de explicar nossa compreensão da linguagem por meio das vivências que poderíamos ter ao ouvir um papagaio "falando".

Ocorre que o caso fundamental, que deve ser o nosso ponto de partida, é aquele em que o que vemos como obra de arte também foi efetivamente produzido como obra de arte. Dá-se assim um casamento ou correspondência entre o conceito na mente do espectador e o conceito na mente do artista. Com efeito, pode-se dizer que um erro penetrou em meu discurso quando, há duas seções, falei da atitude estética em termos de "agrupar objetos sob o conceito *arte*"; pois isso parece insinuar que impomos um conceito a um objeto, ao passo que este, em si mesmo, nada teria com o conceito, ou resistiria a ele. Poder-se-ia pensar que se tenha feito parecer, enganosamente, que a atitude estética seja uma questão que dependa de uma decisão nossa.

Evidentemente, não se pretende negar que possamos ver objetos que não foram feitos como obras de arte, ou mesmo objetos da natureza que não foram feitos de modo nenhum, como se houvessem sido feitos com esse intuito: podemos tratá-los como obras de arte. Pois, uma vez estabelecida a atitude estética sobre o fundamento dos objetos produzidos sob o conceito *arte*, podemos ampliá-la para além desse fundamento: assim como, tendo estabelecido o conceito de *pessoa* sobre o fundamento dos seres humanos, podemos depois, nas fábulas ou histórias infantis, vir a aplicá-lo a animais e mesmo a árvores e pedras, e falar destes como se pudessem pensar ou sentir. Tal ampliação, no caso da arte, pode ocorrer temporariamente: como, por exemplo, nas famosas reflexões de Valéry sobre a concha do mar. Ou pode ocorrer permanentemente – como, por exemplo, naquele acontecimento de consequências tão importantes para toda a arte moderna, quando, por volta da virada deste século, como reação a um impulso estético, ocorreu em grande escala a transferência de artefatos primitivos das coleções etnográficas, onde até então haviam sido conservados, para os museus de belas-artes, os quais, passou-se a pensar, constituiriam lugar mais apropriado para eles.

Podemos agora ver com mais clareza o erro cometido por Kant e Bullough no modo de apresentarem a atitude estética. Porque se é verdade que, como opinei, a atitude estética possa ser ampliada de modo a abarcar objetos aos quais não se aplica de modo primário deve haver um número muito grande de objetos em relação aos quais seja possível adotar tanto uma atitude estética quanto uma atitude (para usar o termo genérico comum com que se diz *não estética*) prática: de fato, é costume afirmar-se que todos os objetos podem ser vistos segundo esses dois modos. A partir daí, pode-se pensar que um bom método de explicitar em que consistiria o assumir uma atitude estética em relação a um objeto seria o de tomar um objeto em relação ao qual pudéssemos adotar as duas atitudes e depois compará-las na medida em que dizem respeito a esse objeto. E assim seria: desde que, evidentemente, em tais casos, tivéssemos um exemplo primário de atitude estética – e é isso que Kant e Bullough não nos fornecem. Imagine a situação inversa: se quiséssemos explicar em que consiste o assumir uma atitude prática, e não estética, em relação a alguma coisa. Sem dúvida seria absurdo tentar demonstrar o que significa ter, digamos, preocupação, tomando-se como exemplo a ação do simplório que correu para cima do palco a fim de salvar a vida de Desdêmona.

43

Na seção anterior, falei de um erro contido no modo como Kant e Bullough apresentaram a atitude estética. Mas minha intenção não era a de insinuar que se tratasse de um simples erro: um mero engano, e nada mais. De fato, ao selecionarem seus exemplos tal como o fizeram, esses filósofos estavam implicitamente afirmando uma tese. Essa tese pode ser explicitada dizendo-se que a arte é arraigada na vida. Não só os sentimentos dos quais trata a arte, mas também os sentimentos que temos em relação à arte, têm suas origens fora das instituições da arte, ou antes delas. Se isso é verdade, não deve estar orientada na direção correta a analogia que procurei traçar entre, de um lado, o modo como Kant e Bullough apresentam a atitude estética e, de outro, aquele que seria sem dúvida um modo absurdo de apresentar as atitudes não-estéticas ou práticas. Pois, só porque seria realmente absurdo procurar explicar o sentimento de preocupação referindo-se àquilo que alguém poderia sentir assistindo aos infortúnios de uma heroína sobre o palco, de modo algum decorre daí que seja absurdo procurar explicar a atitude estética referindo-se à contemplação de uma rosa ou de um nevoeiro no mar. O que minha analogia não levou em consideração é a assimetria essencial entre a arte e a vida. Assim, por exemplo, embora pudéssemos nos sentir preocupados com uma pessoa real sem nunca termos sido comovidos pela representação de um infortúnio numa peça teatral, o inverso é inconcebível. Do mesmo modo, não poderíamos ter um sentimento pelas belezas da arte a menos que já houvéssemos sido analogamente comovidos frente à natureza. É isto que justifica os exemplos de Kant e Bullough, e torna ineficaz a crítica que deles faço – é o que diria o argumento.

Ninguém como John Dewey empregou tanto zelo em afirmar a dependência da arte e de nossa apreciação da arte frente à vida tal como a vivemos. "Uma tarefa primeira", escreve Dewey (e a passagem é típica), "se impõe sobre aqueles que se incumbem de escrever sobre a filosofia das belas-artes. Essa tarefa consiste em restabelecer o vínculo entre aquelas formas mais refinadas e intensas da vida, que são as obras de arte, e os acontecimentos, ações e sofrimentos do cotidiano, os quais são universalmente reconhecidos como os constituintes da vida."

Podemos encontrar afirmações semelhantes em muitos escritos de teoria da arte: a primazia da vida sobre a arte é uma ideia largamente aceita. A dificuldade, porém, consiste em compreender ou interpretar a ideia de modo a não cair nem na banalidade e nem no erro.

Seria banal, por exemplo, afirmar que, tanto na história da espécie como na história do indivíduo, a vivência da vida precede a vivência da arte. E tampouco é possível imaginar como as coisas poderiam ser de outro modo. Vico, por exemplo, sustentou que a primeira forma de linguagem foi a poesia, a partir da qual teria evoluído a fala discursiva; e um teórico contemporâneo bastante conhecido opinou que pode ter existido uma linguagem primitiva de imagens antes da linguagem comum das palavras. Encaradas como sendo algo além de alegorias, essas especulações logo perdem sua coerência. A dificuldade maior consiste em entender como essas supostas linguagens poderiam ter cumprido as exigências básicas da vida social de fato sem se aproximarem da linguagem tal como a temos e utilizamos. Há duas exigências que podemos tomar como representativas de outras: a da comunicação relativa a assuntos práticos e a do pensamento interior, do pensar consigo mesmo. Como poderiam essas exigências ser atendidas pela linguagem postulada por Vico ou Sir Herbert Read? Alternativamente, pode ser que essas especulações pressuponham que acreditemos ter havido uma forma primitiva de vida na qual essas exigências colocadas sobre a linguagem ainda não se faziam sentir; e é difícil dar sentido a essa ideia.

É mais difícil trazer à luz a interpretação errônea da afirmação de que a arte depende da vida. Essa interpretação consistiria em dizer que a instituição da arte em nada contribui para a vivência humana, na medida em que apenas se apropria de sentimentos, pensamentos e atitudes já existentes, ou anexa-os a si mesma. Assim, se a arte desaparecesse do mundo, isso não acarretaria uma mudança substancial para a riqueza da vida humana. Nada ocorreria além de um empobrecimento formal ou superficial: pois seria possível criar, a partir do que sobrasse, um equivalente para tudo aquilo que até então houvéssemos haurido da arte.

O erro contido nesta maneira de interpretar a dependência

da arte em relação à vida pode ser evidenciado afirmando-se que ela supõe que o valor ou o significado de um fenômeno social possa ser explicado exaustivamente em termos de seus elementos constituintes, como se o modo pelo qual estes fossem combinados não tivesse relevância. Para tomar emprestada a terminologia do empirismo tradicional, é verdade que a arte não é (ou o conceito da arte não pode ser derivado de) uma impressão simples. Mas isso não basta para provar a superfluidade da arte, a menos que suponhamos ainda (e deve-se admitir que essa suposição não é de todo estranha a este estilo de filosofia) que só o que conta são as impressões simples.

É evidente, por exemplo, que, quando vemos uma pintura ou ouvimos uma peça musical, nossa percepção repousa sobre a projeção e a reatividade à forma, processos que podemos crer estarem operantes desde os primórdios da consciência. Já se disse, e com razão, que o traço essencial ou o cerne da arte pode ser considerado, em certos aspectos, como sendo tão simples quanto a progressão, inteiramente satisfatória, de uma rua calçada com paralelepípedos para a base lisa de um edifício que se eleva a partir dela. Aqui temos, pois, a dependência da arte em relação à vida. Mas ao passo que, na vida cotidiana ou na percepção comum, é possível que essas projeções ocorram sem ser direcionadas, ou só precisem ser controladas por considerações práticas, na arte existe uma outra influência constritiva de maior autoridade, na pessoa do artista que fez ou moldou a obra de acordo com as suas próprias exigências internas. Para conservarmos a atitude estética, é a marca dessas exigências sobre a obra que devemos respeitar. O artista construiu uma arena dentro da qual somos livres, mas cujos limites não devemos ultrapassar.

Num brilhante passo retórico de *O que é a arte?*, Tolstoi combate as pretensões dos wagnerianos. Descreve o público que, sem nada compreender, sai aos magotes do teatro escuro onde acabaram de assistir à terceira noite de *O anel:* "Ah, sim, sem dúvida! Que poesia! Maravilhoso! Especialmente os passarinhos", fá-los exclamar – pois, para Tolstoi, uma das perversões ou impurezas da arte de Wagner, um dos sinais mais seguros de sua falta de inspiração ou de sentimento forte, é a sua "imitatividade", como dizia Tolstoi.

Mas, aqui, falar de imitatividade equivale a não compreender o que acabei de dizer. Quando ouvimos o canto dos pássaros em Wagner, e mesmo em Messiaen, não estamos simplesmente duplicando as experiências que podemos ter num bosque ou nos campos. Na situação estética, à diferença do que ocorre na natureza, não é por mera contingência que ouvimos o que ouvimos. Isto, porém, não quer dizer que o que seja próprio da arte seja um novo sentimento, um novo modo de percepção ou um novo tipo de consciência; trata-se antes de uma nova conjunção de elementos já existentes. A percepção é familiar, o sentimento de constrição também: o que a arte introduz é o amálgama ou o composto.

O argumento das duas últimas seções pode ser ilustrado historicamente dizendo-se que, quando os impressionistas tentaram nos ensinar a olhar pinturas como se olhássemos para a natureza – para Monet, uma pintura era *une fenêtre ouverte sur la nature* –, isso só ocorreu porque eles mesmos já haviam olhado para a natureza de um modo que haviam aprendido ao olhar para pinturas.

44

Evidentemente, porém, não se deve supor que, ao ligarmos a noção de ver-se algo como uma obra de arte à de produzir-se algo como uma obra de arte, como fizemos há uma seção, tenha-se resolvido por passe de mágica qualquer problema de teoria estética. Pois a segunda noção apresenta – ao menos não há razão para que pensemos de outro modo – tantos problemas quanto a primeira. Os antropólogos e historiadores da cultura, por exemplo, deparam frequentemente com esses problemas. A esperança, porém, seria a de que, ao colocarmos essas duas noções juntas uma à outra, no seu lugar natural, pudéssemos esclarecer os problemas de uma referindo-nos aos problemas da outra.

Mais abrangente que a pergunta, feita com relação a um objeto, de ele ter ou não ter sido de fato produzido como obra de arte é a pergunta, feita de modo mais genérico com relação a uma sociedade, de haver ou não a possibilidade de, nela, produzirem-se objetos como obras de arte – isto é, indagar se a sociedade possui o conceito de arte. A questão é muitas vezes levantada no que diz respeito a sociedades primitivas. Tatarkiewicz e Collingwood afirmaram que os gregos não possuíam tal conceito; Paul Kristeller colocou ainda mais adiante o período antes do qual não houve um conceito perceptivelmente idêntico ao nosso, e afirmou que *arte*, tal como o utilizamos, é uma invenção do século XVII. Essas afirmações, desde que não confundam a questão conceitual com a questão meramente lexicográfica ou verbal, servem para evidenciar o grande número de critérios interrelacionados a que recorremos ao falar da arte. Não é de surpreender, portanto, que, neste ensaio, a questão permaneça sem solução.

Outra maneira de trazer à evidência o caráter ramificado do conceito de arte consiste em levar a sério, por um momento, a especulação de Hegel de que a arte possa desaparecer de nosso mundo. Para efetuar essa especulação, precisamos supor o desaparecimento sucessivo de fenômenos tão diversos quanto as reputações artísticas, as coleções, certas decisões acerca do meio ambiente, a história da arte, os museus etc.: trata-se de um empreendimento imenso, e ainda mais complicado pelo fato de nem todos esses fenômenos poderem ser identificados independentemente uns dos outros. Muitos aspectos da existência social precisariam ser desembaraçados em uma medida que excede o poder de nossa imaginação. A fim de compreender essa situação, recorrerei a outra expressão da filosofia geral.

45

Na manifestação madura da filosofia de Wittgenstein, aparece com frequência a expressão *forma de vida (Lebensform)*. A arte é, no sentido dado por Wittgenstein, uma forma de vida.

A expressão descreve ou representa o contexto total dentro do qual – e somente dentro do qual – a linguagem pode existir: o complexo de hábitos, vivências, habilidades, com os quais a linguagem se entrelaça de modo a não poder ser empregada sem eles, e de modo que eles, igualmente, não possam ser identificados a não ser por recurso à linguagem. Em particular, Wittgenstein posicionou-se contra duas visões falsas da linguagem.

De acordo com a primeira visão, a linguagem é feita essencialmente de nomes; os nomes vinculam-se inequivocamente a objetos, os quais denotam: e é em virtude dessa relação de denotação que as palavras que enunciamos, seja para nós mesmos, seja para fora, referem-se às coisas, é por isso que nossa fala e nosso pensamento são *do* mundo. De acordo com a segunda visão, a linguagem em si mesma é um conjunto de sinais inertes; para que façam referência às coisas, são necessárias certas vivências características por parte dos usuários em potencial da linguagem, especialmente as vivências de significado e (em grau menor) de compreensão: é em virtude dessas vivências que aquilo que enunciamos, para fora ou para nós mesmos, versa sobre o mundo. Evidentemente, essas duas visões diferem consideravelmente entre si. De certo modo, são diametralmente opostas, na medida em que uma postula uma vinculação total da linguagem com certas vivências para que a linguagem adquira seu caráter específico, e a outra a coloca como algo completamente anterior a essas vivências. Não obstante, as duas visões têm algo em comum. Pois ambas pressupõem que essas vivências existam, e possam ser identificadas, numa condição completamente separada da linguagem; isto é, separadas da linguagem como um todo, e também daquela parte da linguagem que se refere a elas diretamente. (Esta última distinção é útil, mas não seria correto querer levá-la muito longe.) A caracterização da linguagem (alternativamente, desta ou daquela sublinguagem) como uma *forma de vida* é feita com a intenção de contestar essa separação em ambos os níveis.

Também a caracterização da arte como uma forma de vida acarreta certas consequências semelhantes.

46

A primeira consequência seria que não pensássemos haver algo a que chamamos intenção ou impulso artístico, e que pode ser identificado independentemente das instituições da arte e anteriormente a elas.

Às vezes se procura explicar a criatividade artística (e assim, em última análise, a própria arte) em termos de um instinto artístico, o qual provavelmente é concebido por analogia ao instinto sexual ou à fome. Mas, se prosseguimos nessa analogia, ela acaba por nos decepcionar, pois não há maneira pela qual se possa atribuir manifestações a esse instinto artístico até que se estabeleçam na sociedade certas práticas reconhecidas como artísticas. Já o instinto sexual se manifesta em certas atividades, quer a sociedade as reconheça como sexuais, quer não – com efeito, em muitos casos a sociedade nega expressamente sua verdadeira natureza. Para colocar a questão de modo inverso: se os instintos sexuais são satisfeitos, decorrem certas atividades sexuais; mas não podemos ver as artes como se nelas observássemos as consequências que decorrem de uma satisfação do instinto artístico. De trás para frente ou de frente para trás, a questão é a mesma: no caso da sexualidade, a conexão entre o instinto e sua satisfação no mundo é imediata, e, no caso da arte, ela é mediada por uma prática ou instituição. (Se nem sempre ocorre que o instinto sexual se manifeste diretamente, ao menos a mediação se dá através de pensamentos ou fantasias determinados pelo indivíduo, e não através de uma instituição pública: na esfera sexual, o análogo de um instinto artístico seria um suposto instinto *matrimonial*.)

A situação não melhora quando entra em cena aquela outra analogia, mais "elegante", entre o instinto artístico e um distúrbio de funcionamento mental, como, por exemplo, uma obsessão. Mais uma vez, existe uma conexão imediata entre a obsessão e o comportamento compulsivo no qual ela se manifesta, conexão para a qual não encontramos nenhum paralelismo na arte. Evidentemente, muitas atividades artísticas podem conter um componente obsessivo, mas a escolha que o artista faz de certas atividades, as quais na realidade calham de ser atividades artísticas, não é necessariamente obsessiva. Para dizê-lo de um modo que pode parecer paradoxal, o tipo de atividade a que o artista se dedica não precisa *ter significado* para ele, como é necessário que o comportamento compulsivo tenha para a pessoa obsessiva: pois, ao menos num certo nível, a pessoa obsessiva quer fazer o que faz, e, em consequência, a análise de sua obsessão consiste em referir esse desejo a um outro desejo anterior, do qual ele é um sintoma. Foi para distinguir a arte deste tipo de caso que Freud classificou-a como uma sublimação, significando este termo uma descarga de energia através de canais socialmente aceitáveis.

Evidentemente, não se pretende negar que a arte esteja vinculada a movimentos instintivos, ou que pudesse existir separada das vicissitudes desses movimentos. Existem, com efeito, certas forças psíquicas, tais como o impulso de reparação ou o desejo de construir objetos integrais, sem as quais aquelas formas genéricas que a arte toma, bem como o valor da arte, mal seriam compreensíveis. Do mesmo modo, a crença religiosa mal seria compreensível sem um entendimento das primeiras atitudes das crianças em relação aos pais: mas a natureza característica dessas crenças não seria percebida caso elas fossem analisadas sem que se levasse em conta, para cada indivíduo, a motivação pessoal que o levou a abraçá-las.

O erro contra o qual se levantou esta seção é o de pensar que exista um impulso artístico que possa ser identificado independentemente das instituições da arte. Não decorre daí que não exista algo que se assemelhe a um impulso artístico. Muito pelo contrário: existe, quando significa o impulso de produzir algo como obra de arte – um impulso que, como vimos, constitui, do lado do artista, o par da atitude estética, quando esta significa a atitude de ver algo como obra de arte. Com efeito, é necessário recorrer a esse impulso a fim de escapar de um erro implícito já na primeira seção deste ensaio: o de ver a arte como um conjunto desordenado de atividades ou produtos sem vínculo entre si. O que confere à arte a sua unidade é o fato de os objetos que nela ocupam lugar central terem sido produzidos sob o conceito de arte.

47

Depois de examinar a primeira consequência da ideia de arte como uma *forma de vida*, farei nesta seção uma digressão e examinarei sucintamente, à luz do que acabou de ser dito, o problema a que dei o nome (seção 23) de problema do *bricoleur*. Pois este adquiriu um significado novo. Se é verdade que a criatividade artística só pode ocorrer na medida em que certos processos ou materiais já estejam legitimados como veículos da arte, torna-se importante saber como e por que se fazem essas legitimações. De modo mais específico, seriam essas legitimações inteiramente arbitrárias, assim como é arbitrário que, por exemplo, de toda a gama de sons articulados, apenas alguns, e não outros, tenham sido empregados pelas línguas naturais como representações fonéticas? Além disso, se elas forem arbitrárias, significará isso que o artista é dominado por quem quer que seja o responsável pelas legitimações – identifiquemos esse alguém, por enquanto, com o espectador –, de modo que a imagem que fazemos do artista como um agente livre seja incorreta?

Começarei pela segunda pergunta. Admitirei que haja um modo segundo o qual o espectador seja superior ao artista – e depois tentarei eliminar o ar de paradoxo que se prende a essa verdade. Em primeiro lugar, erramos ao contrapor o artista e o espectador como se estivéssemos lidando com diferentes classes de pessoas. O que temos, na realidade, são dois papéis diferentes, que podem ser preenchidos pela mesma pessoa. De fato, é necessário que, embora nem todos os espectadores sejam também artistas, todos os artistas sejam espectadores. Já tangenciamos essa verdade ao examinar a expressão, mas ela tem muitas aplicações, das quais não é a menos importante aquela que diz respeito ao problema da determinação social das formas ou dos veículos da arte, que ora está em questão. Em segundo lugar, falar de *dominação* é um recurso excessivamente dramático, mesmo que pensemos ser arbitrária a legitimação das formas de arte. Podemos voltar por um instante ao exemplo que me serviu de ensejo para a apresentação da noção de arbitrariedade: o exemplo da linguagem. Ora, será que pensamos que o indivíduo que fala uma língua é *dominado*, naquilo que ele diz, por seus predecessores e seus contemporâneos, em cujas bocas seu idioma evoluiu de forma a tornar-se aquilo que é hoje?

Podemos agora tomar a primeira questão e perguntar: é realmente arbitrário que certos processos e materiais, e não outros, tenham sido legitimados como veículos da arte? É claro que podemos fazer com que qualquer processo artístico, como por exemplo a colocação de pigmentos sobre uma tela, *pareça* arbitrário, se o desvincularmos, em nossa mente, de tudo aquilo que lhe dá um ar de familiaridade ou naturalidade. Mas isso só faz evidenciar que, quando levantamos questões acerca da arbitrariedade ou não-ar-

fazer falando sobre pintura – um contexto completamente *aberto*, ou contexto-zero, é claro que a legitimação parecerá arbitrária. Mas disso não decorre que pareça arbitrária em todos os contextos, ou mesmo em grande número deles.

Talvez isso possa ser visto de modo mais claro se voltarmos, mais uma vez, ao problema fonético. Se tomarmos uma língua natural em abstrato, será evidentemente arbitrário que certos sons articulados, e não outros, tenham sido escolhidos para ser os seus fonemas: e isso talvez só signifique que existam outros que poderiam ter sido escolhidos. Se acrescentarmos o contexto histórico, inclusive o desenvolvimento da língua, a arbitrariedade irá diminuir. Se completarmos o contexto e incluirmos fatos como o de que os indivíduos que falam sua língua natal mal são capazes de pronunciar os fonemas de outra, desaparecerá toda suposição de arbitrariedade que uma determinada pessoa de uma determinada sociedade possa crer esteja presente nos sons que ela usa. Numa tal situação, quase não é concebível que uma pessoa pense em sua língua como sendo outra coisa que não (para usar a expressão de Hamann) "sua legítima esposa".

No caso da arte, um contexto natural dentro do qual se possa determinar o grau de arbitrariedade dos veículos da arte é fornecido por certos princípios muito gerais que, ao longo da história, foram propostos em relação às características essenciais de uma obra de arte. Seriam exemplos: que o objeto seja durável, ou ao menos que sobreviva à apreciação (não seja consumido no ato de apreciação); que seja apreendido pelos sentidos *teóricos* da visão e da audição; que apresente diferenciação interna ou possa ser ordenado; que não seja inerentemente valioso, etc. Evidentemente, cada um desses princípios pode ser posto em questão, e certamente, tal como apresentados, nenhum deles é imune a críticas. Mas isso não vem ao caso aqui: só apresentei esses princípios para exemplificar o tipo de contexto dentro do qual – e somente dentro do qual – podemos perguntar se é arbitrário que um determinado material ou processo se tenha tornado um veículo legítimo da arte.

48

Uma segunda consequência da tese de que a arte é uma forma de vida seria que estaríamos errados em postular, para cada obra de arte, uma intenção ou impulso estético particulares que expliquem a obra e, ao mesmo tempo, possam ser identificados independentemente dela. Pois, embora possa existir tal coisa, não é necessário que exista.

Na seção 41, fiz referência a uma distinção feita por Wittgenstein entre dois sentidos diferentes de *peculiar* e *particular*, e o fiz a fim de mostrar que, caso se diga que adotamos uma atitude particular em relação à obra de arte, isto é, a atitude estética, a palavra *particular* é usada aqui sobretudo em seu sentido intransitivo. A mesma distinção pode ser usada novamente, desta vez para mostrar algo que não se refere à arte em geral, mas a cada obra de arte: mostrar que, quando se diz que uma obra de arte expressa um particular estado mental com grande intensidade ou pungência, mais uma vez é provável que a palavra *particular* esteja sendo usada em seu sentido intransitivo.

E isso mais uma vez traz consigo o risco de equívocos. Pois, se falamos daquilo que a obra de arte expressa como sendo um estado particular; ou se a frase "o que a obra de arte expressa" é aqui uma construção reflexiva; pode parecer, a partir disso, que as obras de arte não expressam absolutamente nada. Se não somos capazes de identificar o estado a não ser através da obra, ou se renunciamos a fazê-lo, pode-se pensar que essa atitude revele uma expressão pobre ou demasiado genérica, ou mesmo a ausência de expressão. De fato, parece ter sido assim que Hanslick raciocinou para concluir, a partir do fato de que a música não expressa sentimentos definidos como a piedade, o amor, a alegria ou a tristeza, que ela não é uma arte de expressão.

Mas o raciocínio está desencaminhado. É preciso relevar que à diferença entre os dois usos de "isso expressa um estado particular" não corresponde qualquer diferença na expressividade da obra, tanto no que se refere àquilo que é expresso, quanto ao modo como é expresso. A diferença reside tão somente na maneira como nos referimos ao estado interior: se o descrevemos ou se nos limitamos a chamar a atenção para ele.

Quando dizemos que *L'Embarquement pour l'Île de Cythère* ou a segunda parte de *En Blanc et Noir* expressa um sentimento particular, e o dizemos no sentido intransitivo, o fato de nos perguntarem "Qual sentimento?" revela que não nos entenderam. Não obstante, se alguém nos diz que para ele a pintura ou a peça musical nada significa, temos à nossa disposição muitos recursos para tentar fazê-lo perceber o que é expresso. No caso da música, poderíamos tocá-la de determinado modo, poderíamos compará-la com outras músicas, poderíamos fazer apelo às circunstâncias de desolação em que foi composta, poderíamos pedir à pessoa que pensasse no porquê de ela ser "surda" em relação a essa peça específica; no caso da pintura, poderíamos ler para ela *A Prince of Court Painters* (Um príncipe dos pintores palacianos), fazendo uma pausa, digamos, na frase, "A noite vai ser das chuvosas", poderíamos mostrar-lhe outras pinturas de Watteau, poderíamos evidenciar a fragilidade das soluções adotadas na pintura. É como se, em tais casos, o muito pouco que podemos dizer fosse compensado pelo muito que podemos fazer. A arte é fundada no fato de os sentimentos profundos organizarem-se de forma coerente em todos os aspectos de nossa vida e de nosso comportamento.

49

O atrativo da opinião de que uma obra de arte não expressa coisa alguma a menos que aquilo que expressa possa ser dito em (outras) palavras pode ser eficazmente diminuído quando justapomos a essa opinião uma outra, não menos arraigada na teoria da arte, segundo a qual uma obra de arte não tem valor se aquilo que ela expressa, ou, de modo mais geral, diz, puder ser dito em (outras) palavras.

Ora, se este ponto de vista tivesse sido proposto apenas em relação às artes não verbais, seu significado seria bastante dúbio. Senão, poder-se-ia rebater que uma obra de arte que não está em palavras não pode ser expressa em palavras simplesmente por não estar, desde a origem, em palavras – isto é, a opinião incide sobre os veículos da arte, não sobre a arte em si mesma. Todavia, é significativo que a opinião tenha sido proposta com mais vigor exatamente para aquele campo da arte onde o fio da navalha é mais agudo: a literatura. Caso se trate de uma literatura feita numa língua rica o suficiente para apresentar sinonímia, a opinião parece querer dizer algo a respeito da arte mesma.

É um dogma característico da chamada *Nova Crítica* o de que existe uma *heresia de paráfrase*. Evidentemente, admitese que podemos tentar formular aquilo que um poema diz. Mas o que produzimos não pode ser senão uma aproximação: além disso, não nos conduz ao próprio poema. Pois "a paráfrase não é o verdadeiro cerne de significado que constitui a essência do poema" (Cleanth Brooks). Esta visão parecer ter várias fontes diferentes. Uma, que apresenta pouco interesse estético, é a de que às vezes usa-se na poesia uma linguagem tão simples e direta (por exemplo, os poemas de Lucy, *Romances sans Paroles*) que seria difícil saber por onde começar caso procurássemos dizer a mesma coisa em outras palavras. Mas nem todas as poesias usam esse tipo de linguagem, e nem o emprego desse tipo de linguagem é próprio apenas da poesia. Como consequência, a heresia da paráfrase, na medida em que é fundada nesta consideração, configura-se como um caso de generalização errônea. Outra fonte é a ideia de que, mesmo quando a poesia está num tipo de linguagem que permita a paráfrase – a metáfora seria um exemplo plausível –, qualquer elucidação do que o poema diz deve conter também, além de uma paráfrase das metáforas, uma explicação de por que se fez uso dessas metáforas particulares. Uma terceira fonte é a ideia de que a poesia frequentemente apresenta um grau tão alto de concentração ou superposição de conteúdos que não é razoável esperar que sejamos capazes de isolar os vários pensamentos e sentimentos (*significados*, como às vezes lhes chamam os críticos) a que a obra dá expressão.

É impossível levar adiante neste ensaio essas duas últimas questões, embora estejam ligadas a certas características muito gerais e importantes da arte, que não podem ser ignoradas para uma plena compreensão do tema. Uma é a importância do modo de apresentação na arte: uma expressão que naturalmente tem suas consequências modificadas de veículo para veículo, mas inclui coisas tão diferentes quanto o trabalho de pincel, a escolha de temas iconográficos, a inter-relação de trama e subtramas, etc. A outra é a condensação característica da arte. Ambas as questões serão abordadas mais à frente, e far-se-á uma tentativa de integrá-las ao padrão geral da arte que se irá patenteando.

50

À luz do debate precedente (seções 46-9), retornemos à teoria de Croce-Collingwood acerca da arte e do processo artístico. Encontramo-nos agora numa posição favorável para enxergar com mais clareza o erro contido naquela explicação. Isto é, podemos vê-la como um caso particular de um erro mais geral. Pois a identidade, postulada pela teoria como essencial, primeiro entre a obra de arte e uma imagem ou *intuição* elaborada no interior, e a seguir entre o dom artístico e a capacidade de elaborar e refinar imagens dessa maneira, não passa de outra tentativa (posto que, talvez, peculiarmente plausível) de conceber a arte de modo a não fazer qualquer alusão a uma forma de vida. Nessa teoria, o artista não só pode criar uma obra de arte sem jamais vir a externá-la efetivamente, como também sua capacidade geral de criar obras de arte, seu nível de realização enquanto artista (tal como o poderíamos chamar) pode florescer independentemente de haver quaisquer meios de externalização. O artista é um artista unicamente em virtude de sua vida interior – e este termo é entendido em sentido estreito, de modo a não incluir quaisquer pensamentos ou sentimentos que contenham uma referência explícita à arte.

A analogia com a linguagem, indicada pela expressão *forma de vida*, pode nos ajudar a ver o que está errado aqui. Pois, análoga à concepção do artista como a pessoa cuja cabeça está abarrotada de intuições embora ele possa não conhecer nenhum meio de externá-las, seria a concepção do pensador como uma pessoa com a cabeça cheia de ideias, embora não possua a linguagem nem qualquer outro meio de expressá-las. A segunda concepção é evidentemente absurda. E se nem sempre reconhecemos o absurdo também da primeira concepção é porque não admitimos a analogia. Poderíamos antes pensar que o verdadeiro análogo ao artista croceano seja, no domínio da linguagem, o homem que pensa consigo mesmo. Mas não seria verdade: por três razões.

Em primeiro lugar, a pessoa que pensa consigo mesma já adquiriu um veículo, ou linguagem. A peculiaridade está no modo como o emprega: sempre internamente. Em segundo lugar, é traço característico da linguagem, para o qual não há análogo na arte (com a possível exceção das artes literárias), o de ela ter esse emprego interno. Podemos falar conosco mesmos, mas não podemos (com a exceção já assinalada) fazer obras de arte conosco mesmos. Em terceiro lugar, precisamos entender tratar-se de um aspecto essencial da teoria de Croce-Collingwood o de que o artista não só pode fazer obras de arte para si mesmo, como também pode achar-se numa situação em que só pode fazer obras de arte para si mesmo: em outras palavras, existe a possibilidade de ele ter as intuições e a sociedade não lhe oferecer modo pelo qual possa externá-las. Mas, no caso do pensamento, não há analogia para isso. Se possuímos a linguagem que empregamos internamente, é sempre possível, descontando eventuais defeitos físicos, empregá-la externamente: embora também seja possível que nunca cheguemos a fazê-lo. Não poderia haver uma língua que não pudesse ser falada por alguém que a conhecesse. Assim, o análogo do artista concebido de acordo com a teoria de Croce-Collingwood não é o pensador que possui um veículo de pensamento que usa só consigo mesmo, mas o pensador que não possui veículo de pensamento – o que, repito, é um absurdo.

Em várias passagens, Freud procurou abordar o problema da personalidade artística por meio de uma comparação que propõe entre o artista e o neurótico. Tanto o artista quanto o neurótico são pessoas que, sob a pressão de certos instintos insistentes, afastam-se da realidade e vivem grande parte de suas vidas no mundo da fantasia. Mas o artista difere do neurótico por conseguir encontrar um "caminho de volta para a realidade". O pensamento de Freud, neste ponto, é altamente condensado. Ele parece ter tido muitas ideias em mente quando formulou essa frase. Mas uma das ideias, talvez a ideia central, é a de que o artista se recusa a permanecer na condição de desvario a que o neurótico regride, condição em que o desejo e sua satisfação são uma só coisa. Para o artista, à diferença do neurótico, a fantasia é o ponto de partida de sua atividade, e não o ponto culminante. Aquelas energias que o haviam de início levado para fora da realidade, ele as consegue atrelar ao processo de fazer, a partir do material de seus desejos, um objeto que pode então tornar-se fonte de consolação e prazer compartilhados. Pois é uma característica da obra de arte – em contraposição ao devaneio – que ela seja livre dos elementos excessivamente pessoais ou absolutamente estranhos que a um só tempo desfiguram e empobrecem a vida de fantasia. Por meio de sua realização, o artista pode abrir para outras pessoas fontes inconscientes de prazer às quais até então lhes fora negado acesso: e assim, como Freud o diz corajosamente, o artista conquista através de sua fantasia aquilo que o neurótico só pode conquistar em sua fantasia: a honra, o poder e o amor das mulheres.

Fica patente que, segundo esse modo de ver, toda arte envolve uma renúncia: uma renúncia às satisfações imediatas da fantasia. Esta característica não é peculiar à arte, embora possa ser particularmente forte na arte: existe em qualquer atividade em que haja uma recusa voluntária sistemática do princípio de prazer em favor da provação dos desejos e pensamentos dentro da realidade. No caso da arte, essa provação ocorre duas vezes: primeiro na confrontação entre o artista e seu veículo, depois na confrontação entre o artista e sua sociedade. Em ambas as ocasiões, é característico que o artista abra mão de algo que acalenta, em resposta aos rigores de algo que reconhece como sendo exterior a ele e, logo, independente dele.

Ora, é precisamente esta característica da arte, a arte como renúncia – uma característica que explica em certa medida o *pathos* da arte, certamente o de toda grande arte, que explica o sentimento de perda que equilibra de maneira tão instável as riquezas e a grandeza da realização –, que a teoria que vimos examinando nega totalmente. Pode-se dizer que a teoria de Croce-Collingwood acerca do artista é uma manifestação daquele pensamento onipotente do qual, na verdade, é missão da arte nos libertar.

51

Até aqui, ao apresentar a arte como uma forma de vida, tenho-a examinado desde o ponto de vista do artista, e não do espectador: embora seja evidente que as duas questões se sobrepõem, assim como se sobrepõem (como já afirmei) os próprios pontos de vista. Com efeito, é o fato de se sobreporem que em grande medida legitima a expressão *forma de vida*. Todavia, dentro da forma de vida há uma função distinta que pertence ao espectador: é a ela que agora me volto.

Para nos orientarmos, precisamos mais uma vez recorrer à analogia com a linguagem. O que distingue a pessoa que ouve uma língua, conhecendo-a, da pessoa que a ouve sem conhecê-la não é o fato de a primeira reagir ao que ouve, a passo que a segunda não reage: pois esta poderia reagir, assim como, digamos, um cão responde ao chamado de seu dono. A diferença é que a pessoa que conhece a língua substitui um vínculo associativo, que pode ou não ser condicionado, pela compreensão. A pessoa que não conhece a língua pode fazer associações a partir das palavras – ou melhor, ruídos, que são o que ouvirá (ver seção 25). Deste modo, pode até chegar a conhecer o indivíduo que fala tanto quanto o conhece a pessoa cuja língua é a mesma do falante: mas a característica distintiva é que o fato de ela vir a conhecer o falante e o fato de o falante revelar-se a ela terão sido dois acontecimentos independentes, ao passo que a pessoa que conhece a língua não pode deixar de entender aquilo que ouve.

Como, porém, devemos usar a analogia? Devemos dizer simplesmente que o que distingue o espectador versado em arte é o fato de ele compreender a obra de arte? Ou devemos empregar a analogia com mais prudência e afirmar, acerca do espectador, que ele caracteristicamente substitui a mera associação para com a obra por uma reação que está para a arte assim como a compreensão está para a linguagem?

Em torno da resposta a esta pergunta já se elaboraram teorias inteiras sobre a arte (por exemplo, cognitiva, subjetiva, contemplativa). O conflito mutuamente destrutivo que se dá entre essas teorias, e do qual se ocupa boa parte da estética, é estéril o suficiente para nos sugerir que algo de errado ocorreu em sua formulação inicial. O que parece acontecer na maioria dos casos é o seguinte: constata-se algo em nossas reações características à

é o seguinte: constata-se algo em nossas reações características à arte, algo que corresponde a *um* uso que se faz de uma determinada palavra, adota-se então essa palavra como sendo *a* palavra que designa a atitude do espectador, mas, quando isso ocorre, o que se entende é o uso integral da palavra, ou seu uso em todos os contextos: declara-se então que a atitude do espectador corresponde a todos os significados daquela palavra. Estabelece-se uma teoria, e obscurece-se uma visão intuitiva. Temos um exemplo na teoria da arte de Tolstoi. Reconhecendo haver em toda arte um elemento de comunicação, ou que toda arte é comunicação *num certo sentido* da palavra, Tolstoi afirmou que a arte *é* comunicação, e depois voltou as costas para sua percepção inicial, dizendo que a arte é, ou consiste propriamente em, comunicação, mas dando à palavra outros sentidos além daquele pelo qual a palavra se evidenciara a ele de início.

Quanto a mim, conservarei a palavra *compreender* para caracterizar a atitude do espectador, tentarei não introduzir associações estranhas e verei o que se pode dizer daquilo que caracteristicamente faz parte desse tipo de compreensão.

Há duas questões de caráter geral que faremos bem em ter em mente no decorrer dessa investigação. Vou lembrá-las aqui, embora não possa desenvolvê-las senão em uma fração de seu potencial.

A primeira é esta: para que se possa legitimamente falar de compreensão a propósito da arte é preciso que haja alguma correspondência ou semelhança entre a atividade do artista e a reação do espectador. Já dissemos o suficiente a respeito da interpretação para deixar claro que, no domínio da arte, a correspondência nunca será total. O espectador sempre compreenderá mais do que o artista teve a intenção de fazer, e o artista sempre terá tido mais intenções do que qualquer espectador individual pode compreender – para dizê-lo de forma paradoxal. Além disso, não fica claro se a correspondência deve referir-se àquilo que o artista fez ao produzir essa obra específica, ou referir-se simplesmente, digamos, à espécie de coisa que o artista faz. A compreensão do espectador deve dirigir-se para a intenção histórica do artista, ou para algo mais geral ou ideal? E se este elemento de incerteza parece colocar em perigo a compreensão da arte é preciso perceber que não se trata, de modo algum, de uma situação peculiar à arte. Está presente em muitos casos em que (como costumamos dizer) compreendemos plenamente, ou demasiado bem, o que alguém realmente disse ou fez.

Em segundo lugar, afirmo que, quando procuramos exemplos nos quais testar quaisquer hipóteses que possamos formar acerca da atitude do espectador, seria instrutivo escolher casos em que existe algo que é uma obra de arte mas não é habitualmente visto como tal, e que, em determinado momento, passamos a ver como tal. As obras arquitetônicas pelas quais passamos todos os dias, sem notá-las, nas ruas da cidade, possivelmente constituiriam exemplos frutíferos. E é significativo como pode ser diferente a visão que temos da atitude do espectador a partir desses casos, em comparação com aqueles convencionalmente examinados pela estética (ver seção 42): casos em que existe algo que não é uma obra de arte, não é visto habitualmente como tal, e que nós, em determinado momento, passamos a ver como se fosse uma obra de arte.

52

Na seção 29 referi-me a uma determinada opinião tradicional, dizendo que a arte, em sua função expressiva, possuía uma espécie de translucidez: para dizê-lo de outro modo, a opinião de que, se a expressão não é natural, mas funciona por meio de signos (e é possível que tenhamos de admitir que seja assim), podemos ao menos dizer que esses signos são icônicos. Pode-se pensar que agora tenhamos um esclarecimento dessa visão um pouco críptica na ideia de que seja característico da atitude do espectador em relação à arte o fato de ele substituir a associação pela compreensão. Pois, seria possível sustentar que a diferença entre signos icônicos e não icônicos, geralmente concebida como uma diferença nas relações entre o signo e o referente, é na verdade uma diferença nas relações entre nós e o signo: dizer que um signo é icônico resume-se a dizer que ele faz parte de um sistema arraigado, ou familiar. A naturalidade de um signo é função da intimidade que temos com ele. Ora, falar da substituição da associação pela compreensão equivale simplesmente a falar de uma familiaridade maior com os signos que usamos. Assim, se compreendemos um signo, podemos encará-lo como icônico, e temos desse modo uma explicação geral para o caráter icônico dos signos da arte. Certamente parece verdadeiro que distinguimos os casos em que *visualizamos* determinada informação a partir de um diagrama daqueles casos em que simplesmente a vemos, baseando-nos em grande parte numa consideração de quão arraigado está o veículo de comunicação em nossa vida e em nossos hábitos. Visualizamos a imagem colorida a partir do diagrama em preto e branco, visualizamos o perfil da colina a partir das curvas de nível, porque esses métodos encontram-se tão afastados dos processos mediante os quais normalmente adquirimos e distribuímos o conhecimento. Todavia, não podemos concluir disso que qualquer sistema de signos que operamos regularmente seja icônico para nós. A familiaridade pode ser uma condição necessária da iconicidade, mas não é uma condição suficiente; de outro modo, teríamos de conceber qualquer língua-mãe como sendo, *eo ipso,* icônica.

Se, portanto, a ideia com que deparamos tem qualquer plausibilidade, isso só acontece porque, no raciocínio original, fez-se no mínimo uma distinção a menos do que seria preciso. O que estava implícito no raciocínio era a ideia de que a distinção entre os casos em que *visualizamos* a informação e os casos em que a informação é transmitida iconicamente é exaustiva. Ora, isto é absurdo. Por exemplo, não *visualizamos* nesse sentido alguma coisa quando *a lemos.*

No entanto, se não podemos explicar a distinção entre signos icônicos e não icônicos unicamente em termos de uma relação particular entre nós e os signos – isto é, nossa familiaridade com o processo de manipulá-los –, podem-se derivar algumas vantagens de vermos a questão desse modo, quando mais não seja porque ela atenua a distinção. Casos intermediários acodem à mente, e assim reduz-se a peculiaridade de um signo icônico.

Ademais, mesmo que não possamos analisar a distinção unicamente em termos *dessa* atitude nossa em relação aos signos, pode haver uma *outra* atitude de nossa parte em termos da qual a análise possa ser terminada: e, desse modo, será possível preservar o caráter original, se não os detalhes, da análise. Digamos que todo signo (amostra) que usamos possui uma constelação de propriedades. Normalmente, o grau de atenção que damos a essas propriedades varia muito segundo se tenha uma ou outra delas em consideração: em relação à palavra falada, por exemplo, damos muita atenção ao tom, pouca à velocidade. Ora, pode ocorrer que, por alguma razão, ampliemos nossa atenção ou alarguemos seu âmbito, intensiva ou extensivamente: que consideremos mais propriedades, ou as mesmas propriedades com mais cuidado. O que digo é que é na medida em que os signos se tornam, para nós, objetos mais *plenos*, e no momento em que isso ocorre, que temos também a possibilidade de vir a sentir que eles se ajustam com mais propriedade a seus referentes. (Como explicação, poderíamos correlacionar a visão de um signo como icônico com uma regressão ao "pensamento concreto" da primeira infância.) Evidentemente, a adoção dessa atitude não fará com que passemos automaticamente a ver o signo como icônico, pois é possível que as propriedades do signo sejam elas mesmas recalcitrantes: mas talvez contribua para isso. Entretanto, assim que passamos a ver o signo como icônico através de uma sensibilidade crescente a suas muitas propriedades, tendemos a disfarçar esse fato, falando como se o signo só tivesse uma propriedade muito especial, a de ser icônico, a qual acabamos de perceber. Pensamos que o signo se vincula a seu referente por um único elo especial, ao passo que, na realidade, existem apenas muitas associações.

(Como se pode ver, segui a convenção segundo a qual se concebe um signo icônico como aquele que corresponde, se assemelha ou é congruente com seu *referente:* mas por que referente ou referência, em vez de *sentido*, é algo que não se questiona – e que, por motivo de espaço, não será questionado aqui.)

Gostaria de terminar essa discussão opinando que é parte constitutiva da atitude do espectador em relação à arte a adoção, por ele, *desta* atitude em relação à obra: fazer dela o objeto de uma atenção cada vez maior e mais profunda. Aqui temos o elo mediador entre a arte e a iconicidade dos signos. Mais importante, temos aqui uma corroboração ulterior do ponto de vista, no qual já insisti (seção 39), de que as propriedades de uma obra de arte não podem ser demarcadas: pois, à medida que nossa atenção se difunde sobre o objeto, mais e mais propriedades deste podem ser incorporadas à sua natureza estética. Podemos crer tenha sido um pensamento como este que Walter Pater tinha em mente quando se apropriou daquela famosa frase segundo a qual toda arte "aspira à condição da música".

53
Mozart – seu pai: Viena, 26 de setembro de 1781.

[...] À medida que a fúria de Osmin vai aumentando, surge (justamente quando a ária parece estar no fim) o *allegro assai*, num ritmo completamente diverso e num outro tom: creio que será muito eficaz. Pois, assim como um homem tomado de tamanha fúria ultrapassa todos os limites da ordem, da moderação e do decoro e fica completamente fora de si, assim também a música deve ficar fora de si. Mas como as paixões, sejam elas violentas ou não, nunca devem ser manifestadas a ponto de provocar aversão, e como a música, mesmo nas situações mais terríveis, nunca deve ferir o ouvido, mas sim agradar ao ouvinte, ou, em outras palavras, nunca deve deixar de ser *música*, não escolhi uma tonalidade afastada de fá (tonalidade em que a ária é escrita), mas uma tonalidade próxima – não a mais próxima, ré menor, mas a mais longínqua, lá menor.

Aqui, não muito longe da superfície, há um indício de algo que talvez tenhamos desconsiderado, ou ao menos subestimado, e que diz respeito aos problemas levantados no capítulo anterior: que diz respeito, de modo mais genérico, à expressão. O que a carta de Mozart evidencia é o modo como a atribuição de valor ou significado expressivos a uma obra de arte pressupõe uma atividade autônoma, realizada ao longo do tempo, e que consiste na construção, na modificação, na decomposição de coisas que podem ser concebidas como unidades ou estruturas. Uma das precondições da expressividade artística é – para valer-nos do título de uma famosa obra de história geral da arte – *a vida das formas na arte*. Esta expressão não nos deve levar (como talvez tenha feito a

Henri Focillon, que a cunhou) a atribuir uma espécie de ímpeto ou energia quase evolucionária às formas em si, separadas da atividade humana. Ao contrário, é sempre o artista que, consciente ou inconscientemente, molda as formas que levam seu nome. (Com efeito, nada menos que isso conviria à minha tese.) Não obstante, o artista não cria essas formas a partir do nada: e nem é necessário que, para atribuir-lhe alguma atividade, afirmemos que ele o faz. Ao criar suas formas, o artista opera dentro de uma atividade ou empreendimento contínuos, e esse empreendimento tem seu próprio repertório, impõe suas limitações próprias, oferece suas próprias oportunidades e, assim, proporciona situações adequadas à ivenção e à audácia, situações que seriam inconcebíveis fora desse empreendimento.

Uma analogia parece se impor. Nos últimos anos, nosso conhecimento da vida e do desenvolvimento emocional das crianças – e, portanto, dos adultos, dado que todos conservamos resíduos infantis – aumentou de maneira que seria inimaginável há quarenta ou cinquenta anos, através da exploração investigativa de um recurso bastante evidente: a brincadeira infantil. Pela observação e posterior interpretação de como brincam as crianças, foi possível rastrear desde os primeiros meses da infância a origem de certas ansiedades preponderantes e das defesas que caracteristicamente surgem para combatê-las. Mas essa observação, por sua vez, só foi possível devido à estrutura inerente que os jogos e brincadeiras possuem, e que a criança vira e revira de acordo com as próprias necessidades. Existem, podemos dizer, uma *vida das formas na atividade lúdica*.

Por exemplo, dizemos que a brincadeira está inibida quando o interesse de uma criança por uma boneca resume-se a vesti-la e desvesti-la, ou quando a única coisa que ela é capaz de fazer com carrinhos e trenzinhos é brincar de acidentes ou trombadas, porque sabemos que esses brinquedos admitem mais possibilidades, as quais a criança é incapaz de utilizar. Ou afirmamos que a criança está ansiosa quando passa continuamente do tanque d'água para papel e tesoura, destes para os lápis de cor e daí de volta ao início, porque essas atividades já foram identificadas como constituindo jogos diferentes. Se os escritos psicanalíticos não se referem explicitamente à estrutura da brincadeira, só pode ser porque esse fato é tão óbvio. Não obstante, é por causa disso que podemos atribuir à criança um leque tão amplo de sentimentos e crenças – frustração, inveja da mãe, ciúme, culpa e o impulso de reparar.

Não estou afirmando que a arte seja brincadeira, ou uma forma de brincadeira. Existe uma opinião nesse sentido, surgida com Schiller e perdida em vulgarizações no século passado. Aqui, só comparo a arte à brincadeira para afirmar uma tese sobre a arte análoga à que venho afirmando sobre a brincadeira: a de que a arte precisa inicialmente ter uma vida própria, para depois poder tornar-se todas as outras coisas que ela é.

Esta proposição acerca da prioridade ou autonomia dos procedimentos próprios da arte foi afirmada pelo psicanalista Ernst Kris de um modo que nos permite uma visão mais profunda de seu significado. Kris formulou a questão dizendo que, na criação de uma obra de arte, as relações entre os processos primário e secundário ocorrem de maneira inversa àquela revelada pelo estudo dos sonhos. Estes termos pedem uma explicação. Em *A interpretação dos sonhos*, Freud foi levado a concluir que, na formação dos sonhos, podem ser discriminados dois tipos fundamentalmente diferentes de processos psíquicos. Um desses, que também explica o nosso pensamento normal, manifesta-se em cadeias racionais de pensamento. O outro processo, que é um resquício de nossa estrutura mental mais primitiva, se apropria desse fluxo de pensamentos e opera sobre ele de certas maneiras características: as maneiras que Freud distinguiu, a fim de examiná-las, são a condensação, o deslocamento e a representação do pensamento em forma visual. Ao processo mais primitivo Freud deu o nome de processo primário, ao outro, ao processo de racionalidade, denominou processo secundário, e, no que diz respeito a suas inter-relações, concebeu a hipótese de que uma cadeia de pensamentos, que é produto do processo secundário, só seja sujeita às operações do processo primário quando, e apenas quando, se transfere sobre ela um desejo a que se nega expressão. O resultado dessas inter-relações, ou o sonho, é uma espécie de quebra-cabeça ininteligível em si mesmo, e no qual os vários pensamentos latentes que constituem o desejo são representados por uma escrita pictográfica que só pode ser decifrada depois de uma análise das mais cuidadosas.

A obra de arte tem isto em comum com o sonho: ambos alimentam-se de fortes fontes inconscientes. Mas difere do sonho porque, mesmo em suas manifestações mais livres, apresenta um grau muito maior de controle; Kris afirma que, se quisermos encontrar uma analogia para a criação artística, não deveremos procurá-la na formação dos sonhos, mas dos chistes. Pois, em *Os chistes e sua relação com o inconsciente*, Freud havia postulado uma relação algo diferente entre os processos primário e secundário quando se forma um chiste. Freud expressou-a dizendo que o chiste vem à existência quando um pensamento pré-consciente é "entregue por um momento" a uma revisão inconsciente. Os chistes, como os sonhos, possuem algumas características de nosso modo mais primário de pensamento. (Freud salientou que não era por coincidência que muitas pessoas, ao defrontarem pela primeira vez com a análise de um sonho, achavam-no engraçado ou semelhante a um chiste.) Ao mesmo tempo, enquanto o sonho é associal, particular e escapa à compreensão, o chiste é social, público e tem em vista a inteligibilidade. E a explicação dessas diferenças – bem como a explicação daquilo que os dois fenômenos têm em comum – reside na influência relativa dos dois processos psíquicos. O sonho é, *au fond*, sempre um desejo inconsciente que faz uso do processo secundário para fugir à detecção e evitar o desprazer; o chiste é um pensamento que se aproveita do processo primário para elaborar-se e produzir prazer. Nesse nível, a obra de arte assemelha-se ao chiste, e não ao sonho.

Não é necessário aceitar os pormenores do modo como Kris separa os processos primário e secundário para tirarmos vantagem de sua teoria. O que ela nos faz ver é a necessidade, para a expressividade da arte ou mesmo para sua realização em geral, de que existam certas atividades legitimadas, dotadas de suas próprias limitações, reconhecidas como produtivas de obras de arte, e sobre as quais o processo secundário opere. Não poderíamos fazer chistes se não existisse a linguagem; em particular, algo que tivéssemos de dizer usando essa linguagem. Os sonhos, em contraposição, não têm essas precondições.

Mas a comparação entre as obras de arte e os chistes tais como explicados por Freud nos permite ir além disso. Permite-nos ver ainda outro erro da teoria de Croce-Collingwood: o grau em que a teoria distorce ou dissimula o que ocorre no momento da *exteriorização*. Pois esse é o momento em que, nas palavras de Freud, o pensamento, ou o projeto que antejaz à obra de arte, é "mergulhado no inconsciente". Sem essa imersão, estaria faltando aquela elaboração que responde por boa parte da profundidade da obra de arte.

Além disso, a assimilação das obras de arte aos chistes e não aos sonhos restitui a seu lugar adequado, dentro da teoria estética, o elemento de confecção ou atividade próprio do artista. Pois, como observa Freud, nós *fazemos* chistes. É evidente – continua ele – que não fazemos chistes do mesmo modo que fazemos um juízo ou uma objeção. Não podemos, por exemplo, decidir fazer um chiste, e nem fazer um chiste sob encomenda. Da mesma maneira, como salientou Shelley, "um homem não pode dizer: 'Vou compor poesia'" – mas não decorre daí que o poeta não componha poesia. Ele o faz, e num sentido claro. Mas não existe sentido algum segundo o qual possamos dizer que fazemos os nossos sonhos.

54

É possível que certos comentários que fiz a respeito da criatividade artística e da compreensão estética pareçam dar apoio a uma determinada visão da psicologia da arte: a saber, a de que a arte consiste na confecção de certos artefatos que são concebidos e apreciados, tanto pelo artista como pelo espectador, como objetos preeminentemente independentes e autossubsistentes. A importância de uma obra de arte (tal seria a opinião) está em sua unicidade. Muitas formulações da estética tradicional e de escritos psicanalíticos convergem para esse ponto.

Ora, não há dúvida de que a afirmação e a exaltação do objeto integral desempenham importante papel na arte. Como representação da figura bondosa interior, do pai agredido em fantasia e depois amorosamente reconstituído, ela é essencial para toda atividade criativa. Existem, porém, outros sentimentos e atitudes que se fazem presentes, ou para os quais encontramos correspondências, naquelas estruturas complexas e variadas que designamos como obras de arte. Numa brilhante série de ensaios, Adrian Stokes chamou-nos a atenção para o aspecto envolvente da arte, a "atração", tal como a chamou, a qual corre o risco de não ser vista por aqueles que se concentram na autossuficiência da obra de arte. E também este aspecto da arte tem sua explicação profunda. Antes de podermos sentir o pai bom ou o pai reconstituído como uma figura integral, precisamos ser capazes de estabelecer relações estáveis e amorosas com partes do corpo do pai, as quais se sentem como influências benéficas. Sem essas relações com partes do objeto, a relação com o todo do objeto nunca seria alcançada; a proposição de Stokes é a de que sejam estes estados psíquicos anteriores que certas formas de arte – e, nesse ponto, Stokes refere-se explicitamente ao estilo pictórico, ou à arte moldada de preferência à entalhada, ou muitos exemplos de arte moderna – nos convidam a vivenciar.

Não seria conveniente, aqui, acompanhar em detalhe essas especulações. Isso nos levaria da filosofia da arte à psicologia da arte ou à fenomenologia da mesma. A tese que desejo defender é mais geral. É a de que uma visão insuficiente ou reduzida de nossa vivência efetiva da arte possa por sua vez originar, ou reforçar, uma falsa concepção teórica da arte. Com efeito, já nos encontramos numa posição adequada para ver isso em processo. Pois, se tomarmos uma certa caracterização filosófica geral da atitude estética – como, por exemplo, a de Kant, que a define em termos de desinteresse, ou a de Bullough, em termos de distanciamento psíquico, ou (talvez) a de Ortega y Gasset, em termos de desumanização –, poderemos interpretá-la como o reflexo de uma preocupação parcial com a obra de arte enquanto objeto independente e autossuficiente. Podemos dizer que todos esses filósofos só foram capazes de pensar a atitude estética como exemplo de uma relação com o objeto, integral.

E não precisamos parar por aí. Nossa interpretação pode ampliar-se de modo a abarcar não só os defensores de certa tradição, como também os seus críticos. Em *Abstração e empatia*, Wilhelm Worringer, ao mesmo tempo em que atacava explicitamente os empatistas, na verdade questionava os pressupostos de todo um modo persistente de ver e avaliar obras de arte. Segundo

Worringer, sob o disfarce de uma teoria, uma preferência específica por uma determinada forma de vivência estética havia sido elevada à categoria de norma absoluta e atemporal. "Nossa estética tradicional", escrevia ele em 1906, "nada mais é que uma psicologia do sentimento clássico pela arte." No presente contexto, será instrutivo examinar a caracterização que Worringer fez da outra forma de arte ou vivência estética, a que chamou "transcendental" e que relacionou, em particular, com a arte dos povos primitivos e com o gótico. O estado psíquico de que essa arte brota tem uma consciência deficiente tanto do eu como de objetos externos claramente definidos, ao menos segundo os padrões da *mentalidade clássica*. A arte que procura dar paz a esse estado o faz erigindo um ponto de descanso ou de tranquilidade acima e contra o fluxo opressor das aparências. Não precisamos (mesmo se conseguirmos) acompanhar Worringer em tudo o que diz. Mas é possível entrever, em meio a sua análise um tanto obscura, uma caracterização – embora trate-se, ironicamente, de uma caracterização insuficiente ou parcial – daqueles estados psíquicos primitivos a que os ensaios de Stokes fazem tantas referências.

55

Já consideramos a analogia entre arte e linguagem, primeiro, sob o ponto de vista do artista, que pode ser comparado à pessoa que fala uma língua; depois, sob o ponto de vista do público ou do espectador, que pode ser comparado à pessoa que ouve ou lê uma língua. Inversamente, procurei ver até que ponto as noções de significar alguma coisa e de compreender podem aplicar-se à arte. Entretanto, trabalhos filosóficos recentes nos indicam um terceiro ponto de vista a partir do qual a analogia pode ser considerada. Nas *Investigações filosóficas*, Wittgenstein mostrou como o conceito de língua e daquilo que ela acarreta pode ser compreendido, e como nossa compreensão do assunto pode ser aprofundada, mediante um exame do modo como aprendemos uma língua. A sugestão seria, portanto, a de que considerássemos nossa analogia sob o ponto de vista de alguém que aprende uma língua ou aprende a arte. Existe uma semelhança entre o modo como a língua é adquirida e o modo como a arte é adquirida? Seria mais fundamental perguntar: o processo de aprendizagem da arte tem algo a nos dizer acerca da natureza da arte, assim como o processo de aprendizagem de uma língua nos diz algo acerca da natureza da língua?

Não responderei a essa pergunta, a qual, evidentemente, tem relação com as questões levantadas na seção 52. Farei apenas uma observação, que poderá por sua vez indicar como a pergunta pode ser respondida. Nas *Investigações filosóficas*, Wittgenstein insiste em que, ao tentarmos estudar a natureza da língua pela consideração de como alguém aprende um idioma, não devemos tomar como exemplo o caso da pessoa que aprende sua língua materna (como fez Santo Agostinho). Ao discutir a iconicidade, quase cheguei a falar sobre aquilo que corresponderia, na arte, à pessoa que fala sua língua materna. Mas me detive antes: e parei porque, talvez, *não exista* correspondência.

56

Quero reafirmar que a analogia que temos seguido nesses últimos capítulos é entre a arte e a linguagem. Esta reafirmação é necessária, pois existe uma outra analogia que apresenta uma semelhança superficial com a nossa e que pode, deliberadamente ou por erro, ser posta em seu lugar. Trata-se da analogia entre a arte e um código. Pode-se, de um lado, dizer especificamente que a arte tem mais coisas em comum com um código do que com uma língua; de outro lado, pode-se conservar a analogia original, mas havendo tal confusão ou transposição dos traços característicos de uma língua e de um código que, na prática, a arte acaba sendo assimilada a um código e não a uma língua. Em ambos os casos, a consequência é o erro. (Para os fins que nos interessam, um código pode ser definido como a representação, ou o modo de representação, de uma língua. Evidentemente, com a ressalva de que não há uma correspondência total entre as línguas e os códigos. O semáforo é exemplo de um código; o mesmo ocorre, embora de modo menos óbvio, com a escrita alfabética da língua inglesa ou francesa.)

Gostaria de examinar dois modos pelos quais essas analogias

se podem confundir, ou uma ser posta em lugar da outra. O primeiro modo, bastante direto, levanta mais uma vez as questões da compreensão e da possibilidade de parafrasear. É característica essencial (e não acidental) de um código o fato de, quando afirmamos compreender uma mensagem em código, e alguém nos pergunta o que ela significa, sermos capazes de o dizer. Não poderíamos entender uma mensagem em código a menos que conseguíssemos decifrá-la ou formulá-la *en clair*. Do mesmo modo, se assimilamos a arte a um código, nos vemos a pensar (falsamente, como já vimos) que nossa compreensão de uma obra de arte só será suficiente na medida em que a conseguirmos parafrasear, ou dizer o que compreendemos dela. Inversamente, podemos dizer que, quando Hanslick rejeitou a expressividade da música, ele o fez porque convenceu-se da verdade de um argumento que pressupunha que a música fosse (ou a tratava como se fosse) um código e não uma língua.

A confusão entre a linguagem e um código, ou a assimilação deliberada da arte a um código, também ocorre – embora de maneira mais obscura – ao serem feitas certas tentativas de aplicar aos problemas da estética a teoria da informação, que no fim das contas foi desenvolvida em conexão com um estudo de canais de comunicação telefônica ou telegráfica. Penso especificamente nas tentativas de lançar mão da noção de redundância para explicar, de um lado, o significado, e, de outro lado, a coerência ou unidade, tal como ocorrem na arte. Quero defender a ideia de que qualquer empreendimento desse tipo, no momento mesmo em que deixa de ser uma simples sugestão ou metáfora, passa a basear-se na assimilação da arte a uma versão empobrecida da linguagem, e, por isso, a uma versão empobrecida de si mesma.

Ao perscrutarmos uma mensagem linear, é possível que, fundamentando-nos em um determinado signo ou elemento, consigamos inferir, com alguma probabilidade, qual será o próximo signo ou elemento. Quanto maior a probabilidade, menor a necessidade de o segundo signo aparecer, dado o primeiro signo. A superfluidade de um signo, tendo-se em conta um signo precedente, é chamada de redundância, e esta, por sua vez, admite uma gradação. Inversamente proporcional à redundância de um signo está a informação que o signo leva. Se um signo é 100 por cento redundante, não traz informação nenhuma, uma vez que sua ocorrência pode ser totalmente prevista; no entanto, à medida que diminui sua redundância ou grau de probabilidade, aumenta a informação que ele leva. Se agora tentarmos usar essas noções para explicar as noções estéticas de significado e unidade, diremos o seguinte: as condições para que um elemento de uma obra de arte dê origem a um significado são as mesmas que valem para que a informação seja transmitida, isto é, as condições ficam mais favoráveis à medida que a redundância se aproxima de zero. Em contraposição, as condições para que uma obra de arte ganhe unidade são as mesmas que valem para que a redundância aumente: pois nossa consciência do desdobrar de um padrão coincide com a realização de um grande número de nossas expectativas.

Gostaria agora de sustentar duas proposições. A primeira é que a noção de redundância se aplica de modo muito mais pronto ou extenso à representação de uma língua do que à língua em si. É evidente que esta asserção não diz respeito diretamente à questão estética: mas possui valor negativo, na medida em que neutraliza um argumento, baseado na analogia, a favor da ideia de que a noção de redundância seja essencial para a arte. Em segundo lugar, quero dizer, mais diretamente, que a noção de redundância só se aplica à arte de modo periférico.

A aplicação da noção de redundância pressupõe que estejamos lidando com algo que pode ser concebido, em termos gerais, como um sistema probabilístico: isto é, um sistema em que, baseandonos em um signo ou conjunto de signos, sejamos capazes de adivinhar com certo grau de certeza quais sejam o signo ou os signos subsequentes. Se agora queremos saber o que mais corresponde a esse modelo, se a língua ou sua representação, isto é, um código, precisamos primeiro examinar quais são os fatores que nos autorizariam a atribuir probabilidades de transição entre elementos sucessivos de uma mensagem. *Grosso modo,* parece haver dois tipos de determinantes: as regras de sintaxe ou formação e as frequências empíricas. Não tentarei avaliar o papel relativo que desempenham num código e numa língua as limitações sintáticas à sequência de elementos: embora já possamos notar uma diferença significativa no fato de os elementos de um alfabeto ou código serem numeráveis, ao passo que não se pode estabelecer limite preciso ao vocabulário de uma língua. Mas, quando nos voltamos para as frequências estatísticas, a diferença entre os usos que delas se podem fazer nos dois casos parece ser uma diferença de princípio. Pois, embora seja possível usar dados estatísticos para atribuir uma determinada probabilidade de ocorrência ao sucessor de um elemento específico do código, a afirmação correspondente que diz respeito à língua parece bem pouco justificada: a saber, a de que o emprego de uma dada sequência de palavras torne mais provável o seu reaparecimento.

A situação parece ainda menos favorável a qualquer argumento direto em favor da ideia de que a arte, ou qualquer de suas características essenciais, possa ser explicada em termos de redundância. Existem três considerações que pesam contra ela.

Em primeiro lugar, a noção de redundância pressupõe a linearidade. Deve haver um sentido ou direção específica em que a obra de arte seja lida: e é só nas artes do tempo que essa direção pode ser indicada sem ambiguidade. Em segundo lugar, se não é compatível com o caráter criativo da linguagem a suposição de que quanto mais alto for o índice de ocorrência de uma certa sequência, maior será a probabilidade de sua recorrência, a afirmação correspondente que diz respeito à arte deve ser ainda menos fundamentada. Evidentemente, existem certos campos da arte em que encontramos disposições muito rígidas quanto à sequência dos elementos: penso nas regras de melodia ou do ritmo poético. Mas essas disposições não podem ser igualadas a probabilidades baseadas na frequência. Pois é só depois de as disposições serem adotadas que encontramos exemplos das correspondentes limitações; do mesmo modo, é só quando sabemos que as disposições foram adotadas que temos razão em modificar nossas expectativas de modo a prevê-las. Em terceiro lugar (e a frase anterior já sugere este ponto), mesmo se fosse possível explicar o significado ou a coerência na arte em termos de redundância, as simples redundâncias, e mesmo redundâncias regradas, não seriam suficientes: haveria necessidade de redundâncias passíveis de serem sentidas ou vivenciadas. Nem toda redundância gera uma expectativa correspondente: e nem se exige, para a compreensão da arte, que tenhamos consciência de todas as transições que aparecem com alto grau de frequência, ou que a elas prestemos atenção. É questão central da psicologia da arte o porquê de algumas redundâncias gerarem expectativas e outras não.

Do mesmo modo, torna-se necessário notar que nem toda expectativa, na arte, tem seu fundamento na redundância. Podemos esperar que Mozart trabalhe um tema de determinada maneira, ou que Van Eyck ordene seu detalhamento de determinado modo, mas não poderíamos formular isso em termos de suas realizações passadas. Os que depositam esperança na aplicação da teoria da informação aos problemas da arte falam dos estilos e convenções como sendo *sistemas probabilísticos interiorizados*. Isso casa bem com a sua abordagem. Em *Renascimento e barroco*, Wölfflin critica com mordacidade a teoria (ali atribuída a Göller) de que as grandes mudanças de estilo possam ser atribuídas ao tédio ou a uma sensibilidade exausta. Se a definição de estilo acima citada fosse aceitável, haveria muito que dizer em favor da teoria de Göller.

57

Tenho procurado lançar luz sobre a noção de arte como uma forma de vida valendo-me da analogia que a própria expressão sugere: a da arte com a linguagem. Entretanto, chega-se a um ponto em que a analogia se esgota. Nesta seção e na seguinte, gostaria de referir-me a duas importantes limitações que sobre ela se impõem.

Mas, antes, uma objeção à analogia enquanto tal, que registro apenas para removê-la do caminho. Poder-se-ia dizer que a arte não pode ser comparada à linguagem porque as duas diferem radicalmente quanto à função: a função da linguagem é a de comunicar ideias, ao passo que a função da arte é algo muito diferente, por exemplo suscitar, expressar, evocar emoções etc. Alternativamente, é função de *um* dos dois usos da linguagem, isto é, o científico, a de comunicar ideias, embora a função do outro uso, o poético, seja a de expressar emoção; assim, a analogia seria ambígua quanto a um aspecto muito importante, na medida em que não diz qual dos dois usos da linguagem está em questão. Mas a teoria de que a linguagem ocupe-se essencialmente da comunicação de ideias é uma noção dogmática, que nem sequer leva em conta a variedade de maneiras pelas quais as ideias podem ser comunicadas. No entanto, a teoria dos dois usos da linguagem (como na teoria crítica de I. A. Richards) não representa um progresso real, na medida em que incorpora o erro original: a postulação do uso poético nunca teria sido necessária se a explanação do uso científico não tivesse sido adotada, sem exame, da teoria do uso único.

Uma questão relacionada a essa constitui, porém, a primeira das limitações autênticas da analogia. A comparação da arte com a linguagem depara com o problema de que algumas obras de arte, ou, mais genericamente, alguns tipos de obras de arte, como os poemas, peças teatrais, romances, são feitas em linguagem. Será que, no caso das obras de arte literária, a analogia simplesmente se desfaz e transforma-se em identidade? Ou devemos observar aqui uma diferença de níveis, e dizer que as obras de arte literária a um só tempo são semelhantes a estruturas linguísticas e possuem estruturas linguísticas como componentes próprios?

Sem dúvida, não parece fácil decidir se vale a pena continuar a sustentar a analogia no que diz respeito às artes literárias. Tendo em vista o modo como vimos usando a analogia, a pergunta essencial a se fazer seria: poder-se-ia afirmar a existência de um sentido especial em que um poema ou romance pudessem ser compreendidos, sentido situado além e acima de nossa compreensão das palavras, orações e frases que neles ocorrem? Mas a resposta a essa pergunta continua obscura. Por exemplo: caso se afirme, como faz a Nova Crítica, que a compreensão da poesia consiste no entendimento de uma certa estrutura de metáforas, isso equivaleria a dar a essa pergunta uma resposta afirmativa?

58

A segunda limitação que se impõe à analogia entre a arte e a linguagem é mais generalizada, na medida em que vale para toda a gama das artes: trata-se do grau muito maior de tolerância ou permissividade que existe na arte. Na linguagem, por exemplo, podemos reconhecer diversos graus de uso da gramática, ou distinguimos, entre aqueles enunciados a que se atribui uma interpretação semântica, aqueles a que tal interpretação é imposta e aqueles que não comportam semelhante interpretação. É evidente que, embora as obras de arte possam se tornar incoerentes, é impossível elaborar um conjunto de regras ou uma teoria mediante as quais isso poderia ser demonstrado.

Arriscando-me a afirmar o óbvio, devo sublinhar que aquilo com que deparamos aqui é um defeito numa certa analogia entre a arte e alguma outra coisa, e não um defeito da arte em si. Seria errôneo, por exemplo, pensar que a arte manifesta em alto grau algo que a linguagem só tolera em pequena medida, algo que poderíamos chamar de *imprecisão*. Para combater essa tentação é necessário enxergar o lado positivo da indeterminação que a arte possui; mais especificamente, enxergar como tal determinação concilia, ou faz convergir, as exigências que o espectador caracteristicamente impõe sobre a arte e as exigências características do artista. Já falamos de aspectos relacionados com isso.

Como vimos (seção 38), o que o espectador exige é que ele possa estruturar ou interpretar a obra de arte de mais de um modo. A liberdade de percepção e compreensão que isso lhe faculta é um dos valores reconhecidos da arte. Mas essa liberdade só é aceitável se não for obtida à custa do artista: é preciso, pois, que ela corresponda a uma exigência deste.

Para identificar essa exigência é necessário perceber que, se não em toda a arte, ao menos em muitas de suas manifestações, o artista opera caracteristicamente na interseção de duas ou mais intenções. Seria, pois, algo muito estranho a seus propósitos se houvesse regras na arte que lhe permitissem elaborar obras que pudessem ser relacionadas sem nenhuma ambiguidade com determinado *significado*, seja este visto como um estado mental ou como uma mensagem. Pois o artista não teria interesse em elaborar tais obras – ou, para dizê-lo de outro modo, seu problema característico consistiria sempre na fusão ou condensação de obras elaboradas desse modo.

Seria uma maneira enganosa de defender a tese precedente

dizer que toda arte (ou a maioria) é *ambígua*. Enganosa: porque essa formulação dá a entender que as intenções cujo ponto de interseção é uma obra de arte sejam todas do mesmo tipo ou da mesma ordem – sejam, por exemplo, todas significados. Mas é necessário perceber que, muitas vezes, a confluência será a de um significado e, digamos, uma intenção puramente *formal*. Por intenção formal quero dizer algo como a intenção de afirmar a materialidade ou as propriedades físicas do veículo: alternativamente, uma intenção relacionada à tradição, no sentido de querer modificá-la, realizá-la ou comentá-la.

É instrutivo refletir sobre o fato de essas considerações surgirem tão poucas vezes num campo que, na filosofia, é frequentemente relacionado à arte: a moral. Uma vez que isso tenha sido plenamente compreendido, não causará surpresa o fato de a moral depender de regras, ao passo que a arte não.

59

No capítulo anterior, fiz uso da palavra *incoerente* a propósito de obras de arte defeituosas, e pode haver quem considere um erro essa ideia não ter sido desenvolvida, visto que teria proporcionado um meio para a solução de nosso problema. Não teríamos aqui um conceito para caracterizar a diligência no domínio da arte, análogo aos conceitos de agramaticalidade ou ausência de sentido, tal como aplicados à linguagem?

A sugestão é sedutora; pois incorpora uma ideia antiga, pelo menos tão antiga quanto Aristóteles, de que a virtude peculiar da obra de arte consiste em sua unidade, ou relação entre as partes e o todo. Existem, porém, certas dificuldades que, surgindo à medida que se trabalha essa sugestão, em algumas medidas diminuem a utilidade que, *prima facie*, ela possui.

O atrativo reside na ideia de podermos identificar diretamente a coerência que se exige das obras de arte com algum conceito claro e distinto de ordem, desenvolvido de forma sistemática por alguma teoria anexa: por exemplo, com os conceitos matemáticos de simetria ou razão, ou com o conceito de *Gestalt*, tal como definido pela psicologia experimental. O problema, porém, é que qualquer identificação desse tipo nos dá apenas, na melhor das hipóteses, uma caracterização de certas versões, ou variantes históricas, da exigência de coerência: não nos dá uma explicação universal. Ela abrange, por exemplo, a noção renascentista de *concinnitas*, a qual foi, não por coincidência, desenvolvida a partir de um modelo matemático explícito; mas não abrange os tipos de ordem consubstanciados em muitos dos grandes grupos escultóricos da época românica, ou, também, na obra do Monet tardio ou de Pollock.

Várias considerações explicam essa insuficiência. Em primeiro lugar, a coerência que procuramos numa obra de arte é sempre relativa aos elementos que o artista deve combinar dentro dela. (Esse *dever*, evidentemente, pode ter sua origem dentro ou fora do artista.) Assim, todos os juízos de coerência são relativos: declara-se que certa obra de arte é mais coerente do que poderia ter sido se fosse feita de outro modo, dados os seus elementos; ou, ao contrário, que é mais coerente do que algum outro arranjo dos mesmos elementos.

Em segundo lugar, é provável que os diferentes elementos apresentem consideráveis diferenças de peso, de modo que, enquanto alguns são vistos como altamente maleáveis e podem ser adaptados à vontade para ajustar-se às exigências da composição, outros elementos são relativamente refratários e devem ter suas características originais preservadas. Temos um exemplo algo superficial na *Madonna della Sedia*, onde Rafael, segundo se observou, ao defrontar com a possibilidade de ter em sua tela duas formas circulares adjacentes, preferiu não distorcer o olho do Menino Jesus e achatou para trás a saliência da cadeira. Com isso, ele estava aceitando implicitamente uma determinada avaliação relativa à integridade de seus elementos. Pode-se defender a ideia de que os quadros morellianos de mão, ouvido, dedo, etc., sejam defeituosos segundo os parâmetros científicos especializados, porque não reconhecem a existência dessas constrições que se impõem aos artistas.

Em terceiro lugar, nem sempre os próprios elementos são homogêneos quanto ao tipo ou à matéria. Por exemplo, em certas naturezas-mortas que Braque fez a partir de 1912, os elementos ordenados incluem, além dos perfis dos vários objetos que constituem a natureza-morta, também a materialidade da superfície pictórica. Na verdade, para vermos o motivo de sempre existir um problema de ordenação na arte, é necessário perceber quão grande é a gama de elementos que, de modo característico, são compostos nas obras de arte. Isto também nos permite ver porque não se aplica à arte o raciocínio (que se origina com Plotino) de que a beleza não pode consistir na organização porque, se assim fosse, não poderíamos predicar a beleza de objetos totalmente simples. Ora, no âmbito da arte (praticamente) não existem tais casos.

As considerações precedentes bastariam para mostrar a limitada utilidade de se invocar noções de ordem ou regularidade estritas ou sistemáticas para explicar a ordem artística. Mas podemos acrescentar a elas uma outra consideração, de consequências extremamente amplas. É que, em muitos casos, o tipo de ordem que o artista procura depende de precedentes históricos: ele combina seus elementos de maneira a reagir deliberadamente contra arranjos que já foram realizados dentro da tradição, ou de um modo que afirma explicitamente esses arranjos. Podemos dar a essas formas de ordem o nome de *elípticas*, na medida em que a obra de arte não nos concede, em suas propriedades manifestas, dados suficientes para que compreendamos a ordem que ela tem. Evidentemente, trata-se de algo que encontramos mais em certos períodos históricos do que em outros. Não é por coincidência que o termo de história da arte que usamos para caracterizar um período em que esse fenômeno mais se fez sentir, *maneirismo*, tem um duplo significado: denota ao mesmo tempo um conhecimento erudito do passado e uma profunda atenção ao estilo.

60

Já se disse o suficiente neste ensaio para sugerir que nossa esperança inicial de obter uma definição da arte, ou de uma obra de arte, foi excessiva: para sugerir, mas não para provar. Mas, de qualquer maneira, projeto mais frutífero e mais realista seria o de buscar, não uma definição, mas um método geral para identificar obras de arte; e, na reflexão que conclui a seção anterior, há uma indicação de como poderíamos chegar a isso. O método poderia assumir esta forma: em primeiro lugar, deveríamos reconhecer certos objetos como obras de arte originais ou primárias; deveríamos depois estabelecer certas regras que, aplicadas sucessivamente às obras de arte originais, nos darão (dentro de limites não muito exatos) todas as obras de arte subsequentes ou derivadas.

Uma forte analogia acode à mente entre esse método recorrente de identificar obras de arte e o projeto de uma gramática gerativa em que todas as frases bem formadas de uma língua estejam especificadas em termos de certas frases-chave e de um conjunto de regras de escrita. A diferença principal entre os dois empreendimentos seria a de que, enquanto as derivações explicadas por uma gramática são derivações permitidas ou válidas, as transformações para as quais uma teoria da arte precisa ser adequada são aquelas que se realizaram no decorrer das eras: as obras de arte identificáveis constituem um conjunto histórico, e não ideal.

Como corolário dessa última proposição temos que, se pudéssemos estabelecer as regras segundo as quais foram feitas as derivações históricas, teríamos uma teoria que não só compreenderia todas as obras de arte, como também nos daria alguns vislumbres de sua formação.

Mas pode-se chegar a uma formulação dessas regras? É importante que, desde o início, nos conscientizemos da imensidão da tarefa. Em primeiro lugar, evidentemente não bastaria ter regras que só nos permitissem derivar, a partir de uma obra de arte, outra obra de estrutura igual ou mais ou menos igual. Pode-se dizer que a ambição permanente da teoria acadêmica é a de limitar o domínio da arte àquelas obras que possam ser vistas como casos substitutivos de uma obra original ou canônica: mas essa ambição tem sido repetidamente frustrada.

É claro que já ocorreram derivações históricas que seguiram essa forma simples, como por exemplo as mudanças na forma do soneto que perfazem boa parte da história das literaturas do início do Renascimento. Mas, à medida que nos afastamos dessa base estreita, deparamos com uma complexidade cada vez maior. Os casos que podemos considerar a seguir são aqueles que envolvem a incrustação, total ou parcial, de uma obra de arte numa outra.

O exemplo mais simples é o da alusão ou citação; um caso mais complexo, citado por I. A. Richards em *The Principles of Literary Criticism*, é exemplificado pelo segundo coro de *Hellas*, onde encontramos, segundo Richards, um empréstimo, por parte de Shelley, da "voz" de Milton.

Existe, porém, um número considerável de transformações no domínio da arte que são ainda mais radicais, e exigem, para serem compreendidas, regras muito mais fortes. Essas transformações consistem em nada menos que na extinção das principais características da forma anterior de arte, realizada instantaneamente ou no decorrer do tempo. Como exemplos dessas metamorfoses temos as grandes mudanças estilísticas, tal como estudadas por aqueles historiadores-filósofos da arte que perceberam com mais clareza a natureza essencialmente metamórfica da arte: por exemplo, Wölfflin, Riegel, Focillon. É possível interpretar a obra desses vigorosos pensadores como uma tentativa de formulação dos mecanismos recorrentes mediante os quais a arte progride. Os resultados a que efetivamente chegaram estavam sujeitos a três limitações. Em primeiro lugar, sua concepção da gama de mecanismos a operar na arte era demasiado estreita: é sintoma disso, por exemplo, a incapacidade de Wölfflin de levar em conta – aliás, de perceber que devia levar em conta – o maneirismo no ciclo estilístico que elaborou. Em segundo lugar, eles não tinham recursos teóricos para relacionar mudanças estilísticas ocorridas a nível geral ou social com as mudanças de estilo ocorridas a nível individual ou expressivo: o famoso programa de Wölfflin de uma "história da arte sem nomes" constitui, em verdade, a negação de que haja necessidade de traçar-se essa relação, dado que toda mudança ocorreria primária ou operativamente no nível mais geral. Em terceiro lugar, nenhum desses escritores teve clareza acerca da real condição de sua investigação. A partir do fato de que a arte, por sua própria natureza, está sujeita à mudança e tem uma história, tentaram avançar para a conclusão de que a história específica que ela tem, as mudanças específicas por que passa, estão fundadas na natureza da arte.

Parece ser uma característica da arte contemporânea que as transformações que experimenta sejam de caráter mais extensivo que as mudanças estilísticas de que se ocuparam os historiadores-

-filósofos da arte. Pois é possível defender a ideia de que, enquanto as mudanças anteriores só afetavam propriedades mais ou menos detalhadas de uma obra de arte – por exemplo, o pictórico *versus* o linear –, na arte de nossos dias uma obra de arte gera outra através da substituição de suas propriedades mais gerais ou típicas; a escola Pont-Aven como sucessora do impressionismo, por exemplo, ou a pintura *hard-edge* como sucessora do expressionismo abstrato.

Há dois problemas de caráter geral que surgem a propósito dos mecanismos em termos dos quais sugeri que a história da arte poderia ser estruturada. São problemas muito difíceis, e limitar-me-ei a registrá-los. O primeiro diz respeito à natureza desses mecanismos. Seriam eles postulados teóricos feitos pelo historiador da arte para explicar a trajetória da arte, ou constituiriam parte mais substancial da atividade do artista, atuando, digamos, como princípios reguladores conscientes ou inconscientes? Talvez essa distinção não precise ser tão marcada. Já vimos que uma das características do artista é o fato de trabalhar sob o conceito de arte. Em qualquer época, esse conceito provavelmente fará parte de uma teoria, da qual o artista pode não ter consciência. Torna-se então pouco claro, e talvez mesmo pouco importante, saber se devemos afirmar que o artista trabalha no contexto de uma tal teoria.

Em segundo lugar, qual a parcela da arte que poderíamos esperar explicar desse modo? A teoria linguística faz uma distinção entre dois tipos de originalidade: aquela a que qualquer teoria da gramática precisa se adequar, e que por sua própria natureza se mantém presa às regras, e aquela que depende da criação de regras. Seria paradoxal se esse segundo tipo de originalidade não existisse também na arte.

61

Na seção anterior, fiz menção a uma espécie de esquema de referência, ou estrutura, dentro do qual uma obra de arte pode ser identificada. Evidentemente, isso não significa que qualquer espectador que deseja identificar algo como uma obra de arte precise ser capaz de localizar esse algo no lugar específico que lhe cabe dentro dessa estrutura. É suficiente que o espectador tenha alguma familiaridade com aquele local da estrutura onde a obra aparece; ou que possa aceitar em confiança a avaliação de uma pessoa que satisfaça tal condição.

Um problema muito mais difícil diz respeito à relação entre as condições necessárias para a identificação de uma obra de arte e as necessárias para a sua compreensão. Até que ponto é preciso sejamos capazes de situar a obra de arte em seu contexto histórico para podermos compreendê-la? É muito provável que a resposta a essa pergunta varie de uma obra de arte para outra, dependendo da medida em que a história formativa da obra realmente tenha participação no conteúdo, ou o afete: para dizê-lo de outro modo, essa questão depende do grau em que o estilo da obra é uma manifestação institucional ou uma manifestação expressiva. Como princípio aproximado, pode-se estabelecer que as obras de arte que resultam da aplicação de mecanismos metamórficos mais radicais exigirão, para seu entendimento, uma consciência correspondentemente maior dos mecanismos que contribuíram para a sua formação.

Dois exemplos podem servir para provar esta última tese. Merleau-Ponty opina que grande parte da tensão dramática envolvida na volta de Julien Sorel a Verrieres se origina da supressão daquela espécie de pensamentos, ou detalhes interiores, que esperaríamos encontrar nesse tipo de descrição: temos em uma só página algo que poderia ter consumido cinco. Se isso é verdade, segue-se que, para compreender essa passagem, o leitor de *Le Rouge et le Noir* precisa abordar o livro tendo ao menos alguma familiaridade com as convenções do romance do princípio do século XIX. O segundo exemplo é mais radical. Em 1917, Marcel Duchamp encaminhou a uma exposição de arte um urinol de porcelana tendo o nome do fabricante escrito na caligrafia dele, Duchamp. Esse gesto iconoclasta tem muitos significados; mas, na medida em que seja visto dentro do contexto da arte, já se disse (Adrian Stokes) que exige que projetemos sobre os "padrões e a forma do objeto (...) um significado aprendido pela observação de muitas pinturas e esculturas". Em outras palavras, seria difícil entender o que Duchamp estava tentando fazer sem que se tivesse um conhecimento global da história das metamorfoses da arte.

Podemos também abordar a questão pelo outro lado. Se existem muitos casos em que não se exige, para compreendermos uma obra de arte, que sejamos capazes de identificá-la com precisão, também é verdade que só em pouquíssimos casos nossa compreensão de uma obra de arte não tende a ser prejudicada pelo fato de a identificarmos erradamente, ou a localizarmos erroneamente de uma perspectiva histórica. A esse respeito, é instrutivo considerar as vicissitudes por que passou a apreciação de obras que foram sistematicamente identificadas de modo errôneo, entre elas, as obras de escultura helenística que por séculos foram consideradas de origem clássica.

62

A argumentação da seção anterior parece contestar um ponto de vista bastante arraigado a respeito da arte: ela dá a entender que só as obras de arte que se colocam acima de um certo nível de originalidade ou acanhamento necessitam de uma explicação histórica, ou podem tê-la – ao passo que, segundo a opinião comum, isso só ocorreria com as obras que ficassem abaixo desse nível. Ora, na medida em que essa opinião vai além de um mero preconceito, é possível que a contestação se origine de um mal-entendido. Pois o tipo de explicação de que vim falando expressa-se, como se vê, puramente em termos de história da arte, ao passo que aquilo que comumente se questiona é uma forma de explicação que vê a obra de arte como produto de condições extra-artísticas. Não é a determinação histórica enquanto tal, é (mais especificamente) a determinação social que é tida como incompatível com os valores mais elevados da arte: espontaneidade, originalidade e plena expressividade.

É bastante difícil responder à questão que agora surge, e que consiste em saber se a determinação social é de fato incompatível com esses valores – principalmente porque a resposta exigiria uma noção de determinação social mais clara, ou formulada de modo mais preciso, do que a que geralmente nos fornecem tanto os defensores quanto os críticos da explicação social.

Caso se entenda por determinação social algo que se assemelhe à compulsão, ou, em geral, algo de caráter coercitivo, é evidente que a explicação em termos sociais e a atribuição dos mais elevados valores expressivos serão incompatíveis. E, sem dúvida, algumas das tentativas até agora mais bem-sucedidas de explicar as obras de arte em relação às suas condições sociais consideraram-se na obrigação de demonstrar a existência de algum tipo de relação de determinação entre o ambiente social e a arte. Houve, assim, estudos das imposições implícitas no patrocínio ou nas encomendas de obras de arte, ou no gosto de uma facção dominante. Entretanto, essa interpretação não pode esgotar a noção de determinação social: se não por outra coisa, porque ela evidentemente não consegue fazer justiça ao caráter teórico que geralmente se costuma relacionar à explicação social. Todas as explicações desse tipo ficariam num nível puramente anedótico.

Em tais condições, desponta uma outra interpretação, de acordo com as linhas seguintes. Dizer que uma obra de arte é socialmente determinada, ou explicá-la em termos sociais, equivale a mostrá-la como um caso particular de uma correlação constante: entre uma certa forma de arte, de um lado, e uma certa forma de vida social, de outro lado. Assim, qualquer explicação particular pressupõe uma hipótese que siga esta forma: "Quando A, então B". Dizer em termos genéricos que a arte é socialmente determinada equivale apenas a dar assentimento a uma máxima heurística que advoga a formulação e a verificação de tais hipóteses. Tal interpretação evidentemente deriva do empirismo tradicional, e este sem dúvida tem razão ao insistir que, na medida em que as hipóteses não forem mais que afirmações de uma associação constante, qualquer explicação que recorra a elas não acarretará nenhum detrimento à liberdade. É possível que uma obra de arte seja socialmente determinada nesse sentido e ao mesmo tempo apresente, em algum grau, espontaneidade, originalidade, expressividade etc. Todavia, há uma consideração que veta de modo razoavelmente concludente essa interpretação da determinação social: a aparente impossibilidade de encontrar hipóteses desse tipo que sejam plausíveis, para não dizer verdadeiras. E isso, por sua vez, pode ser relacionado a um problema específico de princípios: o de identificar *formas* de arte e *formas* de vida social cuja recorrência histórica possa ser constatada.

Assim, para que a tese da determinação social seja crível e goze de um status de teoria, faz-se necessária uma interpretação adicional. Mais especificamente, faz-se necessária uma interpretação que incorpore um vínculo entre os fenômenos sociais e artísticos que seja mais íntimo que uma mera correlação. Uma proposta verossímil é a de procurarmos um componente que seja comum à vida social e à arte, e que também influencie (e talvez seja influenciado por) os componentes restantes de que se constituem esses fenômenos. Podemos observar, entre os críticos e filósofos da cultura de tendência marxista, certas tentativas, posto que um tanto esquemáticas, de desenvolver padrões de explicação semelhantes: um deles, por exemplo, em termos de consciência social, outro em termos de modos ou processos de trabalho. Segundo a primeira visão, a consciência social faria parte do tecido da vida social e, simultaneamente, refletir-se-ia na arte da época. Segundo a outra perspectiva, os mesmos processos de trabalho que ocorrem na infraestrutura da sociedade, onde são forjados pelas relações de produção, também dariam à arte os seus veículos legitimados. Nesta segunda visão, a diferença entre o trabalhador e o artista residiria nas condições de sua atividade, e não na natureza desta. Aquilo que o trabalhador faz de modo alienado, sob as ordens de outrem, e sem derivar daí nem lucro nem proveito para si mesmo, o artista faz com relativa autonomia.

Se agora perguntarmos se a determinação social entendida nesse terceiro sentido é ou não compatível com a liberdade e os demais valores de expressão, verificaremos que a resposta deve estar nos detalhes apresentados pelo padrão específico de explicação. No caso em que os processos ou modos de trabalho constituem o fator de mediação, talvez já conheçamos suficientemente os detalhes para extrair uma resposta: isto é, desde que possamos aceitar uma determinada visão do que sejam a liberdade e a consciência de si mesmo. Mas parece conveniente mencionar uma outra questão relativa a esta terceira interpretação da determinação social: a interpretação agora se dá num nível extremamente alto de generalidade ou abstração. O vínculo entre arte e sociedade é o mais geral possível. Isto pode ser mais um dado a indicar que a determinação não pode ser imediatamente identificada com uma coação ou uma necessidade.

63

A conclusão a que o raciocínio desenvolvido nas quatro seções anteriores está conduzindo poderia ser formulada dizendo-se que a arte é essencialmente histórica. Tendo isto em mente, podemos agora voltar pela última vez ao problema do *bricoleur*, para vê-lo sob esta nova luz.

De imediato, uma questão nos vem à cabeça. Quando apreciamos a pergunta que se faz acerca de qualquer material ou processo particular – "Por que isso é um veículo legitimado da arte?" – precisamos distinguir entre dois estágios durante os quais a pergunta poderia ser formulada, e, correspondentemente, entre dois modos pelos quais poderia ser respondida. Primordialmente, precisamos imaginar a pergunta formulada num contexto em que ainda não existem as artes, mas para o exame do qual talvez apliquemos alguns princípios muito gerais da arte (tais como os especificados na seção 47). Secundariamente, a pergunta é feita num contexto em que algumas artes já estão florescentes. É evidente que, quando a pergunta é feita dessa segunda maneira, a resposta que recebe será em grande medida determinada pelas analogias e antianalogias que pudermos estabelecer entre as artes existentes e a arte em questão. Em outras palavras, a pergunta se beneficiará do contexto relativamente complexo em que foi levantada. É dessa maneira, por exemplo, que se discute atualmente se o cinema é uma arte.

À última vez que examinei a questão, afirmei que ela ganhava força ou significado à medida que o contexto se tornava mais complexo. Podemos agora perceber que o crescimento da complexidade do contexto é uma questão histórica. Como consequência, a pergunta, enquanto parte de uma investigação mais séria ou interessante, tem seu lugar natural nas fases posteriores ou mais desenvolvidas da arte, e não nas fases anteriores, e, *a fortiori*, não na origem da arte. No entanto, paradoxalmente, é em relação aos primórdios da arte que ela geralmente se levanta.

64

Ao comparar a discussão imediatamente anterior com os raciocínios secos e pedantes acerca da condição lógica ou ontológica da obra de arte que ocuparam as primeiras seções, alguém poderia exclamar: "Agora se está falando de estética". Tal sentimento, embora bastante compreensível, estaria equivocado. Pois não é só do ponto de vista filosófico que é necessário esclarecer esses assuntos com a maior precisão possível. No âmbito da própria arte existe uma preocupação constante com a espécie de coisa que a obra de arte é, e as artes de períodos distintamente primordiais e distintamente tardios dão bastante ênfase a isso. Categorias e conceitos críticos tão diversos quanto os de magia, ironia, ambiguidade, ilusão, paradoxo e arbitrariedade são formulados para referir-se exatamente a esse aspecto da arte. (E talvez seja aqui que encontremos uma explicação para o fenômeno registrado na seção 11: uma pintura que não é uma representação do Espaço Vazio pode, não obstante, receber justificadamente o título de "Espaço Vazio". Pois o título da pintura explicar-se-ia pela consideração da referência que a pintura em si mesma faz à arte da pintura.)

A esta altura, porém, é necessário salientar que os argumentos das primeiras seções são menos concludentes do que talvez tenham parecido ser. É verdade que alguns argumentos convencionais que procuram provar que (certas) obras não sejam (idênticas a) objetos físicos foram refutados. Mas seria um equívoco pensar que daí decorre que (certas) obras de arte são (idênticas a) objetos físicos. O problema, no caso, está na noção altamente equívoca de *identidade*, cuja análise pertence ao campo mais complexo da filosofia geral.

65

Pode-se ver que, neste ensaio, quase nada se disse acerca de um tema que predomina em grande parte da estética contemporânea: o da avaliação da arte, e de sua natureza lógica. Esta omissão foi intencional.

ENSAIOS SUPLEMENTARES

ENSAIOS
SUPLEMENTARES

ENSAIO I
A TEORIA INSTITUCIONAL DA ARTE

Com o termo Teoria Institucional da arte designo uma visão que propõe uma definição da arte; definição que pretende não ter caráter circular, ou, pelo menos, não viciosamente circular: a arte é definida em termos daquilo que é dito ou feito por pessoas ou associações de pessoas cujos papéis são fatos sociais. Nem todos, mesmo entre aqueles que professam a Teoria Institucional, concordariam com este seu resumo, o qual deve, em consequência, ser visto em parte como proposição minha.

Em sua busca de definir a arte a Teoria Institucional fornece mais do que um simples método para distinguir aquelas coisas no mundo que são ou calham de ser obras de arte. Se a teoria chega a fornecer um tal método depende, na verdade, de a definição que estabelece poder ser usada operacionalmente, ou ser epistemicamente eficaz; porém, se o for, o que é significativo no método é o fato de distinguir as obras de arte por aquelas propriedades que lhes são essenciais, e exclusivamente por elas. Neste aspecto a Teoria Institucional toma para si um empreendimento muito mais radical e muito mais tradicionalista do que, por exemplo, aquele que examinei na seção 60 do texto principal: e trata-se justamente do projeto que no decorrer das últimas duas décadas, aproximadamente, foi declarado impossível por filósofos de tendência mais cética, frequentemente influenciados por ideias wittgensteinianas.

Ao propor uma definição da arte, a Teoria Institucional, acena com uma volta a algo que vê como sendo o leito principal da estética. Se a teoria é ambiciosa em termos de objetivo, ela no entanto assume, ou tende a assumir, uma certa modéstia quanto a seu âmbito. Os seguidores da Teoria Institucional em sua maioria, afirmam reconhecer mais de um sentido no termo *arte*, e a definição que fornecem pretende atender apenas ao sentido primário ou *classificatório*. Usado neste sentido, o termo *arte* coloca numa certa classe ou categoria a coisa a que é aplicado. Mas os institucionalistas também distinguem um sentido *avaliativo*, e, às vezes, um sentido *honorífico* ou *de cortesia*. No sentido avaliativo, o termo *arte* situa a coisa a que se aplica num grau alto entre os membros dessa classe ou categoria. De acordo com esse sentido, dizer de uma pintura de Ticiano que "Esta pintura é uma obra de arte" significa que é uma obra de arte boa ou excelente; vemos que esse deve ser o significado da afirmação (ainda segundo a teoria), porque o ato de apresentar a pintura como uma pintura já é suficiente para deixar claro que é uma obra de arte no sentido classificatório, e ninguém que enunciasse a frase citada teria a intenção de dizer uma tautologia. No sentido de cortesia, o termo *arte* aplica-se somente àquelas coisas que não pertencem à classe ou categoria original; seu uso equivale a uma súplica dirigida ao espectador no sentido de olhá-las como se pertencessem. Um exemplo desse uso, que parece impor-se a muitos filósofos contemporâneos da arte, ocorre quando um pedaço de madeira flutuante, elegantemente esculpida pelas ondas segundo o estilo abstrato do pós-guerra, é encontrado na praia, e o entusiasta que o leva para casa afirma tratar-se de uma obra de arte.

(É importante reconhecer que não se pode invocar como prova da existência de um sentido avaliativo de *arte* o fato de às vezes usarmos o termo para situar aquelas coisas a que se aplica num grau alto, não entre a classe das obras de arte, mas entre a totalidade das coisas do mundo: por exemplo, a instrução "Cuidado: este caixote contém obras de arte" explica-se a si mesma. Tal uso só reflete o fato de atribuirmos um alto valor à arte: não nos diz nada acerca do termo *arte* e de seu significado.)

Não se devem multiplicar além do necessário os sentidos de um termo e esses exemplos não conseguem provar que, no caso de *arte*, haja essa necessidade. O que eles mostram é que *arte* é muitas vezes usado em sentido idiomático ou em modos que não podem ser compreendidos por uma simples referência ao conhecimento do seu sentido primário. Mas, para compreender tais expressões idiomáticas, o que se requer não é um conhecimento particular de um outro sentido do termo, mas o conhecimento geral de uma figura de linguagem. Mais especialmente, o sentido avaliativo de *arte* pode ser explicado como um caso de elipse, e o sentido de cortesia, como um caso de metáfora. Os exemplos citados pelos institucionalistas não fornecem mais indícios que sustentem os sentidos especiais de arte, assim como o epitáfio de Marco Antônio para Bruto ("Ele foi um homem") não exige um sentido especial (provavelmente avaliativo) de *homem* e como o julgamento de Plauto sobre o homem ("O homem é o lobo do homem") não exige um sentido especial (provavelmente de cortesia) de *lobo*.

Um argumento suplementar em favor da ideia de que o termo *arte* tenha mais de um sentido apoia-se na afirmação de vários filósofos da arte (Collingwood, Clive Bell) de que muito daquilo que normalmente se chama *arte* não é arte de modo algum. Mas nem a verdade dessa afirmação (se for verdadeira) e nem o fato de ela ser feita dão qualquer corroboração à conclusão desejada.

Todavia, caso só exista efetivamente um único sentido do termo *arte*, de modo que seja este o objeto de qualquer tentativa de definição da arte, isso só diz respeito à Teoria Institucional na medida em que elimina a limitação de âmbito professada pela teoria. Voltando-nos agora para o conteúdo da teoria, tomarei como definição mais representativa aquela proposta por George Dickie. Escreve ele: "Uma obra de arte, no sentido classificatório, é (1) um produto feito pela mão do homem (2) um conjunto dos aspectos do mesmo que lhe conferir a condição de candidato à apreciação de uma ou mais pessoas agindo em nome de certa instituição social (o mundo artístico)". Ignorarei duas locuções dessa definição. "No sentido classificatório": é óbvio. "Um conjunto de cujos aspectos": porque esta locução é introduzida para lidar com um problema que, como perceberão os leitores de *A arte e seus objetos*, considero mal formulado – isto é, a separação (ou contraposição) das propriedades estéticas e não estéticas de uma obra de arte, ou a identificação daquilo que geralmente se chama "o objeto estético" (seções 39, 52; Ensaio III).

A pergunta essencial a se fazer a propósito da definição é esta: deve-se supor que os indivíduos que conferem status a um artefato, um produto do trabalho humano, o façam por boas razões, ou não cabe tal suposição? É possível que eles não tenham razões, ou tenham más razões, e ainda assim sua ação seja eficaz, dado que eles próprios possuem o status correto – isto é, representam o mundo artístico?

Ao debater esta questão, não partirei do pressuposto de que as razões – se é que as há – possam ser formuladas clara a exaustivamente, e tampouco farei a suposição de que, se forem afirmadas, o devem ser conscientemente. Isso viria apenas dificultar o raciocínio.

Imaginemos, pois, para começar, que a resposta seja a de que os representantes do mundo artístico devam ter boas razões para o que fazem, e que não possam depender apenas de seu status. Nesse caso, a exigência deveria ter sido explicitada na definição. Mas também poderia parecer que nos é devida, mais que um reconhecimento dessas razões, uma explicação do que elas provavelmente serão, e, especificamente, daquilo que faz delas boas razões. Se tivéssemos uma tal explicação, talvez verificássemos que dispúnhamos do material a partir do qual, sem fazer recurso a mais nada, seria possível plasmar uma definição da arte. Se os representantes do mundo artístico, quando vão outorgar status a um objeto, só o podem fazer caso possuam certas razões que justifiquem o fato de terem escolhido este produto do trabalho humano em vez daquele, não parece que o que faz um produto do trabalho humano ser uma obra de arte é o fato de corresponder àquelas razões? Mas, nesse caso, é errado dizer que os representantes do mundo artístico *outorgam* um status: eles apenas *confirmam* ou *reconhecem* o status, na medida em que o artefato em questão já possui o status antes de eles tomarem essa atitude. Como consequência, a referência à atitude deveria ser excluída da definição, por ser, na melhor das hipóteses, desnecessária.

Tal como está, é evidente que o argumento não é conclusivo.

Pois é perfeitamente possível que o status de obra de arte não possa ser outorgado a um produto do trabalho humano sem que haja boas razões, mas o que torna o produto uma obra de arte não é simplesmente a existência dessas razões: é necessário que uma atitude se sobreponha a elas e o status seja efetivamente outorgado. A outorga do status não é suficiente; as boas razões também são necessárias, mas sem dúvida a outorga é essencial – muitos fenômenos jurídicos apresentam exatamente essa estrutura.

A este propósito, duas observações são importantes. A primeira é a de que precisamos distinguir entre duas espécies de boa razão. Pode haver boas razões para dizer que um objeto tem um certo status e pode haver boas razões para outorgar esse status a um objeto: boas razões para casar dois indivíduos não são boas razões para pensar que já estejam casados. Ora, no caso em questão, nossa crença de que a outorga do status é essencial para que algo seja uma obra de arte seria fortalecida se pudéssemos demonstrar que as boas razões que os representantes do mundo artístico devem ter são razões do segundo tipo, e não do primeiro. Razões não para que o objeto seja uma obra de arte, mas para que os representantes o constituam tal. É evidente que a questão não pode ser decidida sem uma explicação do que sejam ou provavelmente sejam essas razões, mas é difícil ver como poderia haver supostas razões para se fazer de um produto do trabalho humano uma obra de arte que não pudessem ser melhor definidas como razões para que esse objeto seja uma obra de arte. Mas isto nos leva à segunda observação: para aceitarmos a visão de que a outorga do status por parte de representantes do mundo artístico é necessária para que algo seja uma obra de arte – e esta não se propõe a ser uma visão radicalmente nova de o que são e o que não são as obras de arte –, são necessárias algumas evidências independentes de que os representantes do mundo artístico fazem o que supostamente fazem. Não precisam ser evidências de uma atitude completamente nova da parte deles. Poderiam ser evidências de que podemos interpretar de modo novo uma ação já identificada: evidências de que encomendar uma peça musical, comprar uma pintura para um museu, escrever uma monografia sobre um escultor possam ser reinterpretados como atos que outorgam o status de arte a certos produtos do trabalho humano. Mas o que essas evidências precisam provar é que a nova interpretação proposta para a ação corresponde a alguma coisa no modo como a ação foi realizada. Uma teoria que se autodenomina "Institucional" não pode confirmar os fatos sociais que postula recorrendo apenas à força das explicações – mesmo que essa força fosse maior do que aparenta. Além disso, para merecer o nome que tem, a teoria deve indicar certas práticas, convenções ou regras positivas, as quais estejam todas explícitas na sociedade (o mundo artístico), embora possam estar apenas implícitas na mente do agente efetivo (o representante do mundo artístico).

É improvável, porém, que o institucionalista se ache na posição que acabei de descrever. De acordo com os indícios que temos, ele tende antes a dar a essa pergunta crucial uma resposta contrária, negando que os representantes do mundo artístico precisem ter boas razões para outorgar o status apropriado a um artefato. Tudo o que se requer (dirá ele) é que os representantes tenham o status apropriado: exigir mais que isso equivale a fazer uma séria confusão – uma confusão entre as condições sob as quais algo é (ou se torna) uma obra de arte e as condições sob as quais uma obra de arte é uma boa obra de arte. A afirmação de que algo é uma obra de arte depende, direta ou indiretamente, apenas do status: em contrapartida, a afirmação de que uma obra de arte é uma boa obra de arte precisa ser amparada por razões, e não recebe do status qualquer corroboração. E, o institucionalista faz questão de nos recordar, o assunto diante de nós, de que trata a Teoria Institucional, é o primeiro, e não o segundo.

Essa réplica do institucionalista vai contra duas poderosas intuições nossas.

A primeira é a de que existe um vínculo importante entre ser uma obra de arte e ser uma boa obra de arte – um vínculo que vai além do fato de a primeira condição ser um pressuposto da segunda. É certo que existem maneiras superficiais de entender esse vínculo: pensar-se, por exemplo, que a é melhor obra de arte que b se e somente se a for mais obra de arte que b (cf. seção 32). Não obstante, parece muito arraigada a ideia de que a reflexão acerca da natureza da arte tem um importante papel a desempenhar na determinação dos padrões mediante os quais as obras de arte são avaliadas. Com efeito, pode-se dizer que isso está inscrito no fato linguístico de a palavra "boa" ser empregada de modo atributivo na locução "boa obra de arte", ou que as condições para que a oração "ser uma boa obra de arte" seja verdadeira não são a coincidência de ser uma obra de arte e ser boa. Se o institucionalista, ao defender a sua definição, toma o caminho que indiquei, ele nega a existência de qualquer vínculo desse tipo.

A segunda intuição que ele consequentemente está fadado a contrariar – e as duas intuições estão vinculadas entre si – é a de que há algo de importante no status de ser uma obra de arte. Isso se manifesta, por exemplo, no fato de um homem poder, com certa razão, sentir contentamento em passar sua vida fazendo obras de arte, embora reconheça que sua arte não é muito boa. Mas, se as obras de arte recebem seu status mediante a outorga, e se o status pode ser outorgado sem que haja boas razões para isso, a importância do status é colocada sob sérias suspeitas. E, se este parece ser um resultado inesperado para qualquer teoria estética, o é ainda mais para uma teoria que promete recolocar em lugar de honra na estética a preocupação tradicional desta: a preocupação com a essência, ou a definição, da arte. Por que uma teoria dá prioridade à definição da arte se, ao mesmo tempo, sustenta que há pouco interesse estético na questão de um objeto atender ou não a essa definição: isto é, ser ou não ser uma obra de arte?

A argumentação precedente contra a Teoria Institucional coloca-a diante de um dilema. Em linhas gerais, se a teoria optar por uma alternativa, perderá o direito de afirmar-se como uma Teoria *Institucional* da arte; se optar pela outra, torna-se difícil ver como poderá ser uma Teoria Institucional da *arte*. Existe, porém, um argumento subsidiário que serve para mostrar que a teoria deve optar pela primeira alternativa, com tudo o que ela acarreta; ou seja, ela deve afirmar que a outorga do status de obra de arte a um produto do trabalho humano depende da existência de boas razões, com a implicação de que a outorga deixa de ser uma característica essencial da arte, e assim é eliminada da definição da arte. O argumento a que me refiro fundamenta-se na glosa que a Teoria Institucional propõe acerca do status que os representantes do mundo artístico supostamente conferem àqueles produtos do trabalho humano por que mostram preferência. É evidente que se trata do status de ser uma obra de arte, mas, a fim de evitar uma delimitação muito estreita, os institucionalistas também (como vimos) propõem uma interpretação. Mais especificamente, o status outorgado é o de ser um candidato à apreciação. Ora, a pergunta a que a teoria deve responder é esta: seja o que for que o representante do mundo artístico diga ou faça, como podemos crer que, ao chamar nossa atenção para certo objeto, ele o está propondo à apreciação, se não pudermos também atribuir a ele alguma ideia quanto ao que existe nesse objeto que devamos apreciar, e, além disso, se não pudermos crer que é por causa disso que ele nos está chamando a atenção para esse objeto? (Evidentemente, ele talvez não seja capaz de dizer com clareza qual é essa característica do objeto, mas isso não vem ao caso.) Se pensarmos que ele não tem noção do que poderíamos apreciar no objeto, ou em relação ao objeto, pareceremos obrigados a atribuir ao representante, qualquer que seja o seu status, algum outro motivo. Quando Ruskin acusou Whistler de lançar um pote de tinta na face do público, estava na verdade dizendo que Whistler não podia estar apresentando suas pinturas como candidatas à apreciação: devia estar empenhado em alguma outra causa; e Ruskin disse isso porque não conseguia ver o que havia nas pinturas de Whistler que ele pudesse estar-nos chamando a apreciar.

Não se trata de mais um argumento contra a Teoria Institucional – mas só de um fragmento de uma explicação do motivo de a teoria ter estado tão em voga nos últimos anos – lembrar que seus defensores foram profundamente tocados pelo fenômeno de Marcel Duchamp e seus *readymades*. Ninguém que se interesse pela arte dos primórdios do século XX poderia não sê-lo, mas o fenômeno também precisa ser compreendido. Certamente seria uma incompreensão total das intenções de Duchamp embora talvez não das de alguns de seus imitadores – pensar que a existência dos *readymades* exige que a teoria estética seja reformulada de modo a apresentar um objeto como *Fontaine* como exemplo essencial de uma obra de arte. Ao contrário, parece ser uma condição suplementar da suficiência de uma teoria estética contemporânea que ela preserve, em sua formulação, o caráter profundamente ambíguo, altamente provocativo e completamente irônico em relação à arte de objetos como os *readymades* de Duchamp, ou que a teoria seja elaborada o suficiente para reconhecer nesses exemplos especiais o que eles realmente são.

Defender a condenação da Teoria Institucional da arte não equivale a negar várias teses que atribuem à arte características que podem ser concebidas como *institucionais*. Com efeito, algumas dessas teses sofrem profundas distorções nas mãos da Teoria Institucional. Estou pensando nas seguintes, algumas das quais são mencionadas no texto principal:

- que a arte de uma sociedade é um fenômeno muito mais abrangente que a soma das obras de arte produzidas nessa sociedade, e seus contornos são de delimitação extremamente difícil (seção 44);
- que em larga medida as novas artes estabelecem-se como tais com base em analogias com as artes existentes (seção 63);
- que é mais fácil um produto do trabalho humano ser aceito como obra de arte do que esse produto, uma vez aceito, ser rejeitado;
- que as obras de arte individuais inserem-se em tradições e muitas de suas características provêm de obras de arte anteriores (seção 60);
- que é improvável que as pessoas que não têm familiaridade com as artes digam qualquer coisa interessante ou acertada acerca de obras individuais;
- que a produção da arte é, para o bem ou para o mal, rodeada por facções e *coteries*, e que isso geralmente ocorre para o mal, mas às vezes para o bem.

ENSAIO II

OS CRITÉRIOS DE IDENTIDADE PARA OBRAS DE ARTE SÃO RELEVANTES PARA A ESTÉTICA?

No texto principal de *A arte e seus objetos* defendo a ideia – e o raciocínio fica completo ao fim da seção 37 – de que as obras de arte se dividem em duas grandes categorias. Algumas obras de arte, como a *Donna Velata* ou o *São Jorge* de Donatello, são individuais; outras, como *Ulysses* ou *Der Rosenkavalier*, são tipos. Além disso, essa divisão entre as obras de arte concorda com outra divisão no âmbito da arte: a divisão entre as várias artes. Toda obra de arte que pertence a uma determinada arte pertence à mesma categoria. Todas as pinturas, e não só algumas, são individuais; todas as óperas, e não só algumas, são tipos.

Restam problemas concernentes à ampliação da distinção entre obra individual e tipo. No caso de uma arte, ao menos (a arquitetura), pode-se discutir a que categoria pertencem suas obras, e no caso de várias artes (poesia, música) cujas obras são indubitavelmente tipos pode-se discutir quais são as amostras desses tipos.

Nelson Goodman, em *Languages of Art*, ao mesmo tempo em que reconhece a distinção entre o que chama de artes *singulares* e *múltiplas*, pensa que a divisão mais fundamental no âmbito das obras de arte ocorre entre obras *autográficas* e *alográficas*. Uma obra de arte é autográfica se e somente se, para determinar qual a obra de arte que temos à nossa frente, precisamos recorrer à história de sua produção. Pode-se ver, a partir dos exemplos seguintes, que a distinção autográfica–alográfica divide as obras de arte diversamente da distinção obra individual–tipo. Quando deparo com uma suposta execução do *Quarteto para Cordas* de Debussy, a questão de saber se é realmente o que está sendo tocado depende de um determinado padrão de sons (aquilo que agora ouço) corresponder a outro (identificado, digamos, pela partitura). Contudo, quando deparo com uma suposta impressão da *Begônia* de Jim Dine, saber se é realmente para essa obra que estou olhando depende de a prancha ter a correta história de produção, isto é, ter vindo da correta placa de cobre. Assim, as gravuras entram numa categoria diferente das peças musicais, ao lado das pinturas e das esculturas a entalhe. As gravuras são autográficas, embora sejam também tipos.

Entretanto, o nominalismo de *Languages of Art* não deixa que seu autor faça a distinção entre o que considero duas maneiras diferentes, e que diferem muito quanto à importância, pelas quais a história da produção pode influir na identidade das obras de arte. Quando a obra de arte é um tipo – como no caso da gravura de Dine –, a história da produção pode contribuir para se determinar se um determinado particular é ou não uma amostra daquele tipo. (Na seção 35, inseri uma breve discussão acerca dos vários modos como os tipos adquirem suas amostras, e entre eles aludi a um processo de geração, o qual é, evidentemente, um modo histórico.) Mas a história da produção também pode contribuir para a resposta a uma questão anterior à questão precedente, e de caráter mais geral: pode contribuir para a determinação da identidade da própria obra de arte. Esta questão aplica-se tanto às obras de arte individuais quanto às obras-tipos, e, na medida em que se aplica a estas últimas, refere-se aos tipos em si mesmos, e não à relação entre estes e as amostras.

Ora, Goodman e eu concordamos em que, quando a obra de arte é individual, sua identidade depende da história de produção. A *Donna Velata* é necessariamente aquela pintura feita por Rafael em Roma no ano de 1516. Mas e quando a obra de arte é um tipo? Será que *Begônia* é necessariamente aquela água-forte que foi retrabalhada por Dine em 1974 a partir da prancha *Marcas de aquarela* etc.? Será que o *Quarteto para Cordas* de Debussy é necessariamente aquela peça de música de câmara que foi composta por Debussy em 1893 etc.? *Languages of Art* responde *sim* à primeira pergunta, e *não* à segunda. Em outras palavras, se Dine, em 1984, esquecesse a obra que fizera há dez anos e trabalhasse numa nova placa até que esta trouxesse sobre si exatamente os mesmos traços que a placa original de *Begônia*, ele teria, não obstante, realizado uma nova obra, e precisaria conferir-lhe um outro título, sob pena de deixar confusos os historiadores posteriores. Em contraposição, se um grupo de amigos músicos do século XVIII, dedicando o seu tempo livre à improvisação, tivessem tocado exatamente o mesmo padrão de sons que acabei de ouvir no meu aparelho, poder-se-ia dizer que eles tocaram o *Quarteto para Cordas* de Debussy. Outra maneira mais insólita de dizer a mesma coisa, maneira a que Goodman dá preferência, consiste em afirmar que *Begônia* pode ser falsificada, mas o *Quarteto para Cordas* de Debussy não pode.

Aqui temos, portanto, duas afirmações. Uma restringe-se àquelas artes em que a obra de arte é um tipo, e assevera que em algumas dessas artes a história de produção *das amostras de uma obra de arte* é essencial para que sejam amostras dessa obra, ao passo que nas demais artes não é. A outra afirmação vale para todas as artes, e assevera que em algumas delas a história de produção *da própria obra de arte* é essencial para que ela seja a obra que é, ao passo que nas demais artes não é essencial. A segunda afirmação tem mais força; caso se pudesse comprová-la, teríamos razão para fazer, entre as obras de arte, uma distinção que seria diferente da distinção entre obras individuais e tipos, mas estaria em pé de igualdade com ela em termos de importância. Entretanto, não acho que essa afirmação possa ser comprovada, pois a história da produção é essencial para todas as artes, ou todas as obras de arte.

A questão é muitas vezes obscurecida pela consideração de exemplos inverossímeis (o que acabei de fazer). Uma execução setecentista daquele padrão de sons que conhecemos como *Quarteto para Cordas* de Debussy é algo que não conseguimos conceber, assim como não podemos conceber que alguém quisesse ou tentasse falsificar essa obra. Assim, esses exemplos não põem nossas intuições à prova. Se, porém, trabalharmos com casos mais verossímeis, o significado da história da produção deverá aparecer de modo mais claro. Imaginemos, portanto, um breve poema lírico, um quarteto escrito em algum momento do século XVI com aquelas palavras da língua inglesa que jamais se modificam; e suponhamos que, nos primeiros anos deste século, um poeta falsamente *naïve* houvesse escrito, da sua própria cabeça, aquelas mesmas linhas, com a mesma ortografia, e o houvesse feito sem ter o menor conhecimento de seu predecessor. Não conviria dizer que temos aqui, apesar da identidade ortográfica, dois poemas, um da época Tudor e outro da época georgiana? E, caso o disséssemos, o diríamos certamente devido a uma diferença na história de produção. Deve-se observar ainda, porém, que mesmo se não distinguíssemos entre os dois poemas isso por si não seria prova de que considerávamos a história de produção irrelevante para a identidade dos poemas. Pois há duas coisas que poderiam ser ditas acerca do único poema que os dois poetas anotaram em seus cadernos. Poderíamos dizer que o poeta da época Tudor o criou, que o poema é dele, e que o poeta georgiano simplesmente o escreveu. Ou poderíamos insistir no fato de os dois poetas terem escrito as mesmas linhas com a mesma ortografia, e simplesmente nos recusarmos a encarar a pergunta que vem a seguir: de quem é o poema? E é só se assumíssemos a segunda posição (o que é pouco plausível), e estivéssemos preparados para sustentar todas as suas consequências numa investigação crítica, que se poderia pensar que rompemos o vínculo entre a identidade do poema e sua história de produção. Os poemas, nesse caso, não teriam uma história de produção: seriam mais achados do que feitos.

Mas suponhamos que seja verdade que a distinção fundamental dentro das obras de arte ocorre entre obras individuais e tipos; surge a questão: Essa distinção possui alguma relevância para a estética? Por exemplo, as obras de pintura são individuais; as obras de poesia são tipos – mas poderia essa situação inverter-se sem que daí decorressem consequências para os aspectos estéticos da pintura e da poesia?

Um ponto a ser considerado preliminarmente é que o fato de as pinturas e os poemas pertencerem às categorias a que pertencem não é simplesmente algo estabelecido pela observação – embora também o seja. Na seção 22, afirmei, contra a tentativa de Collingwood de traçar a distinção entre arte e ofício tal como o faz, que "houve muitas ocasiões em que Verdi soube que iria compor uma ópera". Não levei adiante essa questão, mas seria uma interpretação má do que afirmei, e mesmo da situação em si, considerar o conhecimento de Verdi como uma mera previsão do resultado. A verdade é que Verdi compunha suas óperas sob o conceito de *ópera*: o conceito tinha função reguladora em relação àquilo que ele escrevia. Expressarei esse ponto dizendo que o conceito era parte da *teoria do artista* que governava a sua criatividade. Esta questão pode ser generalizada, a ponto de podermos pensar que a teoria do artista sob a qual cada artista trabalha contém um conceito do tipo de obra de arte que ele se dedica a produzir; e o conceito necessariamente inclui uma referência à categoria a que essa obra pertence, ou (o que é a mesma coisa) aos critérios de identidade que vigoram para ela.

Uma vez reconhecido esse aspecto, pode-se formular de modo mais sucinto a questão acerca da relevância que têm para a estética os diferentes critérios de identidade que vigoram para as obras de arte nas diferentes artes. Podemos indagar se a parte da teoria do artista em que tais critérios encontram-se registrados tem efeito estético sobre a obra do artista. Quais seriam as consequências, se as houvesse, caso essa parte da teoria fosse reformulada?

O talentoso artista Victor Vasarely defende a ideia de que a era da obra de arte singular já terminou, que a pintura do futuro será um "múltiplo" – o que podemos traduzir por *um tipo*. O que Vasarely propõe é, antes de tudo, uma mudança do critério de identidade que vale para a pintura. Mas a mudança proposta tem como pressuposto uma inovação tecnológica, da qual ela gostaria que se tirasse partido. A proposta supõe que, para cada objeto original daquela espécie a que costumamos chamar pintura, seja tecnologicamente possível criar certa quantidade de outros objetos que em larga medida o reproduzem. Caso essa tecnologia seja utilizada, teremos todo um lote de objetos que, ao lado do objeto original, podem ser vistos como amostras do mesmo tipo ou múltiplo. É importante perceber que a proposta de Vasarely tem essas duas partes, pois em princípio uma poderia ser posta em prática sem que a outra o fosse. Desse modo, poderíamos ter a inovação tecnológica, e ainda assim os objetos semelhantes que são o seu resultado poderiam ser vistos como diferentes obras de arte individuais; alternativamente, sem a inovação tecnológica, poderíamos decidir ver todos os objetos produzidos pela mão do mesmo artista – e que são, digamos, versões da mesma composição – como amostras da mesma obra de arte-tipo. No entanto, ninguém jamais defendeu qualquer uma dessas possibilidades, e isso porque, caso se concretizassem, a caracterização que em cada situação faríamos da obra de arte e de sua identidade não seria algo que pudéssemos conceber como fazendo parte de uma teoria do artista. Não conseguimos ver como um artista poderia combinar aquilo que dele se exigiria caso trabalhasse seguindo qualquer dessas duas caracterizações – uma atenção constante a diferenças de minúcia, e só a elas, no primeiro caso, e a desconsideração total de diferenças consideráveis, no segundo caso – com as várias outras exigências, como a expressividade, a construção, a representação, a algumas das quais, pelo menos, ele também gostaria de atender. Se a proposta de Vasarely pode apresentar-se, é porque, uma vez introduzida a inovação tecnológica, não se esperam conflitos entre a maneira pela qual ela exigiria que o artista trabalhasse e as outras maneiras pelas quais, é de esperar, o artista gostaria de trabalhar.

Mas, se isso é verdade, deve decorrer daí que a proposta de Vasarely seja uma proposta cuja implementação afetaria a maneira como o artista trabalha; e, se pudéssemos entender de que modo isso viria a ocorrer, poderíamos ver também como as mudanças no critério de identidade (e, portanto, como os próprios critérios de identidade) são relevantes para a estética. De saída, podem-se discernir dois modos distintos pelos quais um pintor que trabalhasse segundo a proposta de Vasarely teria de alterar sua maneira de trabalhar – onde isto significa, antes de mais nada, alterar a maneira de conceber o seu trabalho.

Em primeiro lugar, ele teria de ignorar, considerando-as esteticamente nulas, quaisquer diferenças que a técnica reprodutiva permitisse existir entre as várias amostras do mesmo múltiplo. Teria de instituir um limite de perceptividade para a obra à qual se estivesse dedicando, e esse limite ser-lhe-ia fixado pelo grau de precisão do processo reprodutivo. Poder-se-ia retrucar que seria insignificante a importância de uma eventual perda de sensibilidade acarretada por isso, visto que, *ex hypothesi* – isto é, segundo a hipótese da inovação tecnológica –, as próprias diferenças em questão mal seriam discerníveis. Mas essa resposta é insuficiente, porque fecha os olhos a duas considerações. A primeira é a de que sempre haverá artistas que preferirão trabalhar tão próximos quanto possível do limite de discernibilidade. Para tais artistas, a tendência a considerar esteticamente nula qualquer diferença discernível será questão de suma importância. A segunda consideração é a de que, como afirmei em *A arte e seus objetos* – e a questão é retomada no Ensaio III –, o conceito daquilo que é discernível, e, logo, daquilo que mal é discernível, é sempre relativo a uma determinada bagagem de conhecimento ou a um determinado grau de acuidade perceptiva. Incremente-se a informação básica que o artista possui a respeito de, por exemplo, o modo como opera a técnica reprodutiva; conceda-se-lhe a possibilidade de suspeitar que a técnica é passível de aperfeiçoamento – e duas amostras de um mesmo múltiplo que ele tenha feito começarão a parecer-lhe inadmissivelmente diferentes. Ou suponha-se que a técnica reprodutiva já tenha estado em uso por certo tempo – pode-se esperar que o artista, mesmo sem alimentar expectativas quanto à técnica, em primeiro lugar desenvolva uma sensibilidade para as pequenas diferenças existentes entre aquilo que a técnica produz como sendo amostras do mesmo tipo, e depois passe a atribuir significado a essas diferenças.

Em segundo lugar, ao trabalhar de acordo com a proposta de Vasarely, o artista estaria frente à exigência de limitar sua atenção ao aspecto final do múltiplo que estivesse fazendo. Do pintor tradicional, que pensa em si mesmo como alguém que faz uma obra individual, pode-se esperar que veja a obra a que se dedica como a somatória de todos os seus estados que não foram apagados, mesmo que alguns deles possam estar ocultos sob outros e não sejam, portanto, discerníveis ao final do processo. Como consequência, sua percepção dos estados ocultos pode, admissivelmente, afetar a atitude que toma em relação aos estados que os ocultam, podendo exercer, assim, uma influência sobre o resultado final. Tudo isto pode ser atribuído à teoria segundo a qual trabalha o artista tradicional. Em contrapartida, a teoria do artista que o artista pós-Vasarely adota exige que ele ignore tudo quanto não seja o aspecto final da obra, ou ao menos o encoraja a agir assim. No ensaio "A obra de arte na era da reprodução mecânica", Walter Benjamin trata desta questão ao falar da "aura" que a obra de arte visual possuía na época tradicional, e que hoje corre o risco de perder, sendo constantemente assimilada a suas reproduções.

A tese de Benjamin poderia ter sido defendida com mais eficiência se ele tivesse dado atenção a algumas das questões postas em pauta por este ensaio. Benjamin não diz se sua argumentação deve aplicar-se a ambos os lados da distinção entre obra individual e obra-tipo, e teria sido melhor se houvesse distinguido entre aqueles casos em que é o espectador que assimila a obra de arte a sua reprodução – um fenômeno típico, poder-se-ia pensar, da sociedade de massas degradada – e os casos em que a assimilação é efetuada pelo artista, casos que podem prefigurar, para o bem ou para o mal, uma mudança no modo de produção que acarretaria reais consequências estéticas.

No caso das outras artes, seria possível imaginar experimentos-de-pensamento análogos à proposta de Vasarely, a fim de mostrar como mudanças nos critérios de identidade de suas obras poderiam influir (e, portanto, como os critérios de identidade existentes influem) sobre o modo como o artista concebe aquilo que faz, tendo, assim, relevância para a estética.

Os argumentos deste ensaio também poderiam ser colocados a serviço de um fim mais explicitamente prático. Falei de uma arte, a arquitetura, a respeito da qual se pode debater a que categoria pertencem as suas obras. As obras arquitetônicas são individuais ou tipos? Ou ocorreria, ao contrário do que fomos levados a pensar, que algumas sejam uma coisa e outras sejam outra, de modo que, digamos, a mesquita de Ibn Tulun seja uma obra singular, mas a *Maison de Plaisir* de Ledoux seja um tipo? O que essa incerteza revela é uma incerteza anterior de nossa parte quanto à natureza da teoria do artista segundo a qual um arquiteto caracteristicamente trabalha; e os argumentos deste ensaio dão a entender que, se estamos incertos quanto à teoria do artista, devemos estar também, correspondentemente, na ignorância acerca do que tem e do que não tem relevância para a estética nas obras de arquitetura. Será que os materiais de construção, os métodos ocultos de construção, o terreno, o acabamento são propriedades essenciais da obra de arquitetura? Ou seriam meras propriedades deste ou daquele edifício, o qual *exemplifica* a obra assim como uma amostra *exemplifica* um tipo? A premência de certas questões decisivas para a criação e a conservação de algo vital para a estabilidade emocional do homem – seu ambiente arquitetônico – exige que essas perguntas teóricas aparentemente áridas recebam uma resposta, e a recebam de modo não arbitrário.

ENSAIO III

UMA NOTA SOBRE A HIPÓTESE DO OBJETO FÍSICO

No texto principal, examino uma teoria a que dou o nome de hipótese do objeto físico. Essa teoria afirma que, nas artes em que a obra de arte é individual, isto é, a pintura, a escultura a entalhe e, possivelmente (ver Ensaio II), a arquitetura, a obra de arte é um objeto físico; e, após um breve exame, suspendo o juízo acerca de sua veracidade. Minha alegação é a complexidade metafísica do assunto. Não dou resposta conclusiva à questão de saber se, naquelas artes, a obra de arte é de fato idêntica a algum objeto físico, ou se é apenas constitutivamente idêntica a ele, ou feita da mesma matéria que ele.

A alternativa mais admissível, embora não seja a única à hipótese do objeto físico, é postular, para cada obra de arte em questão, a existência de um outro objeto individual, um *objeto estético*, com o qual a obra de arte é então identificada. Pode-se lançar luz sobre a hipótese do objeto físico pelo exame dessa hipótese alternativa – vamos chamá-la de *teoria do objeto estético* – e, em particular, pela consideração das duas causas diferentes que podem motivar essa teoria, as quais, por sua vez, refletem nas duas formas diferentes que a teoria pode assumir. Uma das motivações é conhecida e muito debatida pela estética contemporânea, mas a outra não é reconhecida de modo tão claro, embora seja, para mim, mais convincente.

A primeira motivação advém de uma reflexão bastante atemporal sobre a pintura, a escultura ou o edifício físicos. Tal reflexão revela que as propriedades do objeto físico podem ser divididas entre as que apresentam e as que não apresentam interesse estético. Postula-se então, ao lado do objeto físico, um objeto estético que contém todas as propriedades do primeiro tipo e nenhuma das do segundo tipo; e conclui-se que este é a obra de arte.

Uma premissa desse argumento é a de que uma obra de arte só possui propriedade estéticas e não pode possuir propriedades não estéticas; a melhor maneira de examinar essa primeira versão da teoria do objeto estético consiste em examinar essa premissa. Ela nos dá a motivação que subjaz a essa versão, da qual pode-se dizer que procura salvaguardar o *caráter estético* da obra de arte.

Há duas objeções à premissa. A primeira questiona a validade da situação entre propriedades estéticas e não estéticas, ao menos no que se refere ao assunto em pauta. Pois, embora não seja difícil entender a distinção de modo amplo, esta versão da teoria do objeto estético exige que tenhamos dessa distinção uma compreensão detalhada, de modo que cada uma das propriedades da pintura, da escultura e do edifício físico possa ser atribuída por inteiro a uma ou outra das categorias, podendo então ser atribuída a um ou outro dos objetos. Já me referi, no texto principal, a várias razões pelas quais considero que essa distinção não tem atrativos, e por isso limitar-me-ei, aqui, a dois breves comentários. Em primeiro lugar, a distinção não só pode ser como de fato é traçada de maneiras muito diferentes por diferentes filósofos da arte; e essas maneiras são tão diferentes que entre elas quase nada há de constante ou de reconhecível, tanto no raciocínio como na extensão dos dois conceitos gerados pela distinção. Alguns filósofos, por exemplo, dizem que as propriedades estéticas precisam ser acessíveis à observação direta, ao passo que, para outros, é essencial que não sejam perceptíveis a não ser mediante o auxílio de alguma habilidade ou faculdade adquirida e cultivada, como o bom gosto. O outro comentário, já prefigurado pelo rumo que a argumentação está tomando, é o de que a aceitação (por quaisquer razões) da distinção entre propriedades estéticas e não estéticas é uma coisa, e a crença na existência de entidades que só contenham propriedades estéticas, isto é, objetos estéticos, é outra coisa, que vai além da primeira. A teoria do objeto estético envolve um compromisso ontológico adicional, embora não seja incomum a passagem imperceptível de uma posição à outra.

A segunda objeção à premissa é a de que ela distorce o procedimento crítico. Ao tentar trazer à luz as maneiras pelas quais a obra de arte realiza a intenção criativa, a crítica empenha-se muito em traçar correspondências, ou contrastes, entre duas propriedades ou dois conjuntos de propriedades: a distribuição do pigmento e o efeito de representação, o modo de cortar a pedra e maior carga dramática ou maior envolvimento do espectador, o uso de certos materiais e a afirmação da função arquitetônica. Ora, se por um momento aceitarmos a distinção entre propriedades estéticas e não estéticas – concebendo-a de modo tão amplo quanto o necessário para poder dar-lhe sentido –, teremos de reconhecer que, quando o crítico traça tais contrastes ou correspondências, muitas vezes está comparando propriedades ou conjuntos de propriedades estéticas e não estéticas. As correspondências ou os contrastes transpõem o divisor de águas. Mas, se isso é verdade, então a premissa em questão exige acreditemos que um objetivo central da crítica não é o de estudar a estrutura ou a constituição internas da obra de arte (como estaríamos inclinados a pensar), mas o de demonstrar a dependência da obra de arte em relação a algo exterior a ela: um suporte ou substrato. Não partilho da opinião de que a estética seja essencialmente uma metacrítica, ou de que deva derivar suas concepções dos pressupostos da investigação crítica. Não obstante, ao menos neste caso, parece necessário justificar a divergência em relação aos pressupostos da crítica; e se, em busca de tal justificativa, mudarmos de ponto de vista e passarmos a procurar em outra fonte – isto é, na teoria do artista (ver Ensaio II) – a confirmação desta versão da teoria do objeto estético, tenho certeza de que tal confirmação não se evidenciará em qualquer medida significativa.

A segunda motivação por trás da teoria do objeto estético advém de uma reflexão sobre a pintura, a escultura a entalhe e o edifício físicos que não é atemporal, mas refere-se aos mesmos em diversos momentos de sua história. Tal reflexão revela que, quando excluímos propriedades meramente determináveis, tais como a de ter esta ou aquela forma, ou conter estes ou aqueles traços, resta para cada objeto um *continuum* de conjuntos de propriedades, de modo que cada conjunto seja definido pelo momento em que qualifica o objeto físico. Isso é expressão de que, em suas propriedades determinadas, o objeto físico muda ao longo do tempo, e pode ser explicado pelo fato de o pigmento, a pedra e a madeira serem eminentemente corruptíveis: a cor desbota, a umidade faz descascar o reboco, a atmosfera corrói o entalhe. Mas, em contrapartida, a obra de arte em si é incorruptível: sua natureza não se altera com o tempo, e não possui história – embora possua, provavelmente, uma pré-história. Assim, o que se requer – ao menos, é o que sugere essa linha de raciocínio – é que, dentre o número indefinido de conjuntos de propriedades que qualificam o objeto ao longo do tempo, seja selecionado um conjunto privilegiado que reflita o estado ótimo do objeto; depois, que se postule a existência de um objeto estético, e se faça desse objeto o portador (atemporal) dessas propriedades, e somente delas. Esse objeto é a obra de arte. Temos assim a segunda versão da teoria do objeto estético, à qual se pode atribuir o objetivo de tentar salvaguardar a *condição estética* da obra de arte.

(Pode-se chegar a uma teoria mais complexa pela combinação das duas versões da teoria. Nesse caso, a reflexão não nos mostraria que o objeto físico possui propriedades estéticas e não estéticas nem que suas propriedades modificam-se com o tempo – em ambos os casos, em contraposição ao objeto estético –, mas que, mais especificamente, as propriedades estéticas do objeto físico mudam com o tempo, ao passo que as da obra de arte não mudam; portanto, segundo esta versão da teoria, o conjunto privilegiado de propriedades a serem atribuídas ao objeto estético só incluiria propriedades estéticas. Essa terceira versão da teoria do objeto estético herda os problemas da primeira versão, e não refletirei mais sobre ela.)

A segunda versão da teoria do objeto estético, em sua atual formulação, necessita de dois pequenos aperfeiçoamentos. Primeiro, Poder-se-ia pensar que o conjunto privilegiado de propriedades de que goza o objeto estético seja idêntico ao primeiríssimo conjunto de propriedades possuídas pelo objeto físico: a condição estética só será resguardada caso sejam estas as propriedades a serem atribuídas ao objeto estético. Contudo, isso nem sempre é verdade; especificamente, não o é naqueles casos em que o objeto físico foi feito tendo-se em vista que amadurecesse até atingir seu estado estético ótimo. São exemplos de tais obras de arte certos trabalhos chineses em porcelana (por exemplo, Sung meridional) com um forte craquelê que se desenvolve após a queima; o edifício da John Deere Corporation, de Saarinen, no qual se teve a intenção de que o aço Corten se avermelhasse ao longo de um período de sete ou oito anos; ou o jardim de William Kent em Rousham, que foi concebido em vista das árvores completamente crescidas. Nesses casos, a fidelidade à intenção do artista nos obriga a privilegiar um conjunto posterior de propriedades, atribuindo-as ao objeto estético. Em segundo lugar, quando se afirma que o objeto estético é o portador atemporal do conjunto privilegiado de propriedades, isto deve ser compreendido como significando que os predicados correspondentes apliquem-se a ele durante todo o tempo de sua existência, mas não por mais tempo: aplicam-se a ele enquanto ele existe, mas só enquanto existe. Esta sutileza é necessária por duas razões. A primeira é a de que aquelas propriedades que conferem a condição estética são (ou quase certamente são) acarretadoras da existência. Em outras palavras, elas contrapõem-se a propriedades tais como a de estar esquecido ou a de estar mencionado na Bíblia, as quais não acarretam a existência. E, depois, mesmo quando não identificamos a obra de arte com o objeto físico, concebemo-la como tendo um período de vida, e é de presumir que o objeto estético herde essa qualidade. Embora o objeto estético não se deteriore junto com a pintura, a escultura ou o edifício físicos, não pode sobreviver à destruição de seu equivalente físico.

Já afirmei que considero mais convincente a motivação que subjaz à segunda versão da teoria do objeto estético, e ela certamente corresponde a algumas intuições que temos acerca das obras de arte individualizadas. Por exemplo, quando nos perguntam qual é a cor do manto de Baco no *Baco e Ariadne*, de Ticiano, devemos responder "Carmim". Esta seria a resposta correta tanto no momento em que a pintura foi terminada, como depois, quando o verniz descolorido e a sujeira tornaram marrom a parte da tela que está em questão – e também agora, que a tela foi limpa. Mas a segunda versão da teoria do objeto estético também não está livre de problemas, os quais são análogos a alguns dos que se apresentaram à primeira versão. Mais uma vez, as dificuldades referem-se a uma das premissas de que deriva a teoria: neste caso, a premissa de que as obras de arte são incorruptíveis. Pois parece essencial a nossa concepção das obras de arte – ao menos das obras individuais – que sejam incorruptíveis: mas também somos forçados a pensá-las como corruptíveis. Precisamos de ambas as concepções. Ao procurar apreciar esse tipo de obra, sem dúvida nos esforçamos para determinar a sua condição estética real ou original. Esse é, com efeito, o tema do Ensaio IV. Mas a melhor maneira de entender esse esforço não é vê-lo como algo que se impõe a nós por um processo totalmente acidental de corrupção, a que as obras de arte estão sujeitas por contingência. Duas considerações corroboram isto. A primeira é a de que, em todas as artes, a condição estética corre um permanente risco cognitivo, através de mudanças na cultura, convenção e percepção. É um espelho disso o fato de, nas artes individuais, a condição estética correr também um permanente risco físico. Mas, em segundo lugar, tem-se a consideração de que não possuímos uma maneira clara de conceber qualquer coisa que tenha constituição física como ocorre necessariamente com as obras dessas artes – e, ainda assim, nunca perca a cor ou se deteriore. Aquilo de que precisamos não é tanto uma bifurcação teórica entre o objeto físico e o objeto estético, mas uma explicação sistemática de como os mesmos predicados podem ser afirmados da obra de arte apenas em certos períodos de sua existência e também, e como consequência, ao longo de toda a sua existência.

No começo deste ensaio, afirmei que a teoria do objeto estético não é a única alternativa, é apenas a alternativa mais admissível à hipótese do objeto físico. A segunda alternativa mais admissível é derivada de uma sugestão de Nelson Goodman, de que não devemos perguntar "O que é a arte?", mas "Quando é a arte?". A sugestão depara com dois problemas. Ela nos pede que aceitemos o que seu autor reconhece ser uma proposição anti-intuitiva, a de que algo que em certos momentos é uma obra de arte não o seja em outros momentos. Mas, o que é mais significativo, ela exige que tenhamos muita clareza acerca da função da arte, para que possamos identificar aqueles momentos em que a coisa se torna uma obra de arte. Na verdade, a sugestão se resume à ideia de que a propriedade estável da arte seja compreendida em termos da função intermitente da arte. A função da arte é uma questão obscura, mas existe um problema adicional, que aqui é relevante, e que uma teoria como a Teoria Institucional, apesar de todas as suas imperfeições, propõe à nossa consideração: o de que algumas das funções desempenhadas pelas obras de arte só são desempenhadas em virtude de os objetos em questão terem sido reconhecidos como obras de arte. A arte é um ramo baseado na confiança.

ENSAIO IV
A CRÍTICA COMO RESGATE

É uma deficiência da língua inglesa, ao menos, que não haja uma palavra única, aplicável a todas as artes, que designe o processo de vir a compreender uma determinada obra de arte. Para suprir essa deficiência, apropriar-me-ei da palavra "crítica", posto saiba que isso concorda com o uso que normalmente se dá à palavra em relação, digamos, à literatura, mas vai contra o costume na esfera das artes visuais, onde *crítica* é o nome de uma atividade puramente avaliativa.

A questão essencial a se propor sobre a crítica é: o que ela faz? Como se deve avaliar um processo qualquer de crítica, e o que determina se é adequado? Para mim, a melhor resposta sucinta que se pode dar, e da qual este ensaio pretende fazer uma apresentação e uma breve defesa, é: a crítica é um *resgate*. A tarefa da crítica é a reconstrução do processo criativo, e por esta expressão não se deve entender algo que termine onde começa a obra de arte, mas algo que culmina com a própria obra de arte. Uma vez reconstruído o processo criativo, ou terminado o resgate, a obra passa a estar aberta à compreensão.

Várias objeções são propostas ao ponto de vista de que a crítica seja um resgate.

1. A primeira opinião contrária é a de que, em termos gerais, essa perspectiva torna impossível a crítica: e isso porque, a não ser em circunstâncias excepcionais, a reconstrução do processo criativo é algo praticamente impossível.

Qualquer raciocínio que chegue a essa conclusão precisa partir de outras premissas – acerca da natureza do conhecimento e de seus limites, ou acerca da natureza da mente e de sua inacessibilidade –, e o caráter dessa premissas se revela exatamente na maneira pela qual a conclusão é formulada, ou como recebe restrições. Pois, embora a forma extrema da objeção seja a de que o processo criativo nunca pode ser reconstruído, é mais provável que a conclusão tome outra forma, tal como a de que a crítica é impossível a menos que o crítico e o artista sejam a mesma pessoa, ou que a obra tenha sido criada no ambiente do crítico, ou que o processo criativo tenha sido documentado pelo artista de forma plena e inequívoca, simultaneamente à realização da obra. Este não é o lugar adequado para apreciar as teses filosóficas gerais do ceticismo ou do solipsismo, ou suas variantes, mas é importante observar que não se deve atribuir a tais teses, fora do âmbito da filosofia geral, uma força maior do que possuem em seu interior. Esta observação é necessária porque tradicionalmente os filósofos da arte permitem que o processo criativo, ou, mais genericamente, a vida mental dos artistas, dê origem a problemas epistemológicos cuja existência não admitiriam numa investigação de caráter geral.

Descontadas essas dificuldades, a objeção tal como a temos nos proporciona um argumento mais persuasivo do que concludente contra o ponto de vista do resgate. Pois talvez seja verdade que a crítica *seja* uma impossibilidade prática, ou só não o seja em circunstâncias muito favoráveis. Mas às vezes se dá a essa objeção um teor mais forte, e afirma-se uma incompatibilidade não apenas entre as premissas céticas ou solipsistas (qualquer que seja a sua formulação) e a prática da crítica enquanto resgate, mas também entre aquelas premissas e o ponto de vista de que a crítica é um resgate.

Um passo além, e passa-se a afirmar que dessas mesmas premissas decorre uma concepção diferente da crítica. Essa concepção alternativa pode ser expressa assim: a crítica é uma *revisão*, a tarefa da crítica é interpretar a obra de modo que, tanto quanto possível, ela diga algo ao crítico naquele momento e naquele lugar. Assumindo o papel crítico, precisamos fazer com que a obra de arte diga algo *a nós, hoje*.

Fica claro que também este corolário deve assentar-se sobre outras premissas, embora não seja tão claro que premissas são essas. Mas uma coisa parece certa, embora seja frequentemente ignorada pelos partidários da concepção revisionária: se é justificável que a crítica seja uma revisão naqueles casos em que nos faltam os dados necessários para a reconstrução do processo criativo, é necessário que ela seja também uma revisão naqueles casos, se houver, em que possuímos dados suficientes para o resgate. Enquanto críticos, não estamos autorizados a fazer com que uma obra de arte se relacione conosco quando encontramo-nos num estado de ignorância acerca de sua história, a menos que tenhamos a obrigação de fazê-lo; e é necessário que essa obrigação continue a vigorar mesmo na presença de outros conhecimentos. Caso contrário, a revisão nunca será uma atividade crítica: será apenas, às vezes, um *pis aller*, uma alternativa subsidiária. de que a crítica dispõe. Com efeito, o melhor argumento em favor da opinião revisionária da crítica busca apoio em uma tese que parece prescindir do ceticismo, ou, no mínimo, tomar um atalho que o deixa de lado.

A tese em que estou pensando, geralmente chamada de *historicismo radical* e mais conhecida pela defesa que dela fez Eliot, sustenta que o significado das obras de arte modifica-se no decorrer da história. Segundo essa tese, o papel do crítico, em qualquer momento histórico determinado, não é tanto o de impor um novo significado à obra de arte, mas o de extrair dela o novo significado. O fato de as obras de arte serem semanticamente mutáveis não é explicado simplesmente – tomando-se como exemplo uma obra literária – pela mudança linguística ou por variações no significado de palavras e expressões idiomáticas, mas, num nível mais fundamental e radical, pelo modo como toda nova obra de arte reformula, em algum grau, toda obra de arte feita na mesma tradição e que com ela se relaciona, ou mesmo toda obra conhecida da mesma tradição. A essa afirmação central a tese acrescenta o corolário de que, à medida que um determinado significado de uma obra de arte torna-se inválido ou obsoleto, ele se torna também inacessível: deixa de ser um possível objeto de conhecimento.

À semelhança da tese whorfiana acerca da intraduzibilidade das línguas naturais, o historicismo radical – que com aquela tese tem muito em comum – é uma doutrina que exerce o seu maior atrativo quando nos leva a imaginar algo que, depois de examinado, revela-se como exatamente aquilo que ela afirma ser inimaginável. Por exemplo, influenciados pelo historicismo radical (*ou* aparentemente influenciados por essa doutrina), começamos a imaginar como um contemporâneo de Shakespeare acharia monótona ou inexpressiva a leitura herdada do *Troilus* de Chaucer, e de pronto nos vemos a simpatizar com sua preferência por uma leitura nova, revitalizada, inspirada por *Troilus e Cressida*. E depois refletimos que, se o historicismo radical é mesmo verdadeiro, uma comparação como essa jamais poderia ter sido feita por um contemporâneo de Shakespeare, e muito menos por nós. Ele teria acesso a apenas um dos termos da comparação: nós não temos acesso a nenhum.

2. Uma segunda objeção à ideia de que a crítica é um resgate vai mais ao fundo, na medida em que se centra na ideia em si mesma e não apenas em suas consequências. Segundo essa oposição, do ponto de vista crítico, o resgate é, em qualquer dada ocasião, ou enganador ou desnecessário. Desde o início, a objeção contrapõe o resgate a seu próprio modo de ver a crítica, segundo o qual a crítica é um *exame* – exame do texto literário, da partitura musical, da superfície pictórica; o resgate é enganador quando seus resultados divergem das constatações do exame, e desnecessário quando seus resultados concordam com os do exame. Neste último caso (note-se), o que é considerado desnecessário é o resgate, e não o exame: para justificar isso, alega-se que a confiança na veracidade do resgate depende de um exame, mas não vice-versa. O exame vem em primeiro lugar porque é só tendo à nossa frente também os resultados do exame que podemos ter certeza de estarmos lidando com um caso em que os resultados do resgate apenas repetem os do exame, de modo que o resgate não é enganador. Assim, em resumo, o resgate nunca pode ser melhor que o exame, pode às vezes ser pior, e não se pode saber se é melhor ou pior a não ser com auxílio do exame.

Mas como essa objeção caracteriza a diferença entre os casos em que o resgate fica em pé de igualdade com o exame, e aqueles em que é pior? Os casos distinguem-se pelo fato de, dados uma obra de arte e o processo criativo que nela culmina, existirem duas possibilidades. Uma delas é a de o processo criativo realizar-se na obra de arte; a outra é a de não conseguir realizar-se. Ora, é neste último caso que o resgate é enganador, ao passo que, no primeiro caso, é simplesmente desnecessário. No primeiro caso, o exame mostrará ao crítico que a obra é tal qual o resgate, laboriosamente, permite-lhe inferir que seja; no segundo caso, o resgate o levará a inferir que a obra é algo que o exame logo lhe mostrará que não é.

Esta objeção à ideia do resgate mostra-se vulnerável sob diversos aspectos.

Em primeiro lugar, embora não haja dúvida de que o processo criativo pode realizar-se ou não na obra de arte, não é menos verdade que, se *realizado* significa (como é provável) *plenamente realizado*, do ponto de vista crítico a maneira proposta não é a melhor para separar e definir as alternativas. Isso porque, para a crítica, tem grande relevância o fato de o processo criativo poder realizar-se na obra em graus variados. (Existem, com efeito, fortes razões teóricas – as quais não pretendo citar – para se pensar que o processo criativo nunca se realiza na obra em grau 1 ou em grau 0: a realização sempre se dá num grau intermediário.) Mas, poder-se-ia pensar, isso não constitui um verdadeiro problema. A objeção pode certamente admitir que o processo criativo possa realizar-se em graus variáveis, e também que, às vezes, mesmo quando o processo criativo não se realizou plenamente, o resgate possa não ser enganador. Só não pode abrir mão do seguinte: embora o processo criativo possa ser reconstruído (desnecessária mas inofensivamente) até o ponto em que foi realizado na obra de arte, o resgate torna-se enganador se, e quando, ultrapassar esse ponto. Mas, como veremos, essa concessão acarreta seus próprios problemas.

Em segundo lugar, suponhamos que nos limitemos (como prega a objeção) àquela parte do processo criativo que é realizada na obra de arte. Torna-se claro que existe alguma coisa que pode ser trazida à luz pela reconstrução dessa parte do processo criativo, mas que não pode ser revelada pelo exame da parte correspondente da obra. A reconstrução pode mostrar que aquela parte da obra que se realizou mediante um projeto efetivamente realizou-se mediante um projeto, e não por acidente ou por engano. O exame, que *ex hypothesi* limita-se ao resultado, não pode demonstrá-lo. (Uma analogia da filosofia da ação: se uma ação for intencional, pode-se pensar que a reconstrução do processo mental do agente não nos dirá acerca da ação nada além do que poderíamos depreender pela observação desta: mas só poderíamos depreender esse fato da observação da ação caso já soubéssemos de antemão, ou independentemente, que a ação é intencional.) Do mesmo modo – e, por ora, isto só se pode afirmar de modo hipotético –, se a crítica não tem apenas o objetivo de descobrir como é a obra, mas também o de descobrir como é segundo um projeto, decorre que, ao contrário do que afirma a objeção, o exame depende do resgate para que possa ser uma fonte de conhecimento.

Em terceiro lugar, a objeção, em sua forma modificada, sustenta que aquela parte do processo criativo que não se realiza na obra de arte não deve ser reconstruída. Mas como identificar essa parte do processo? Há duas formas diversas de traçar a distinção, e elas produzem resultados diferentes. Poderíamos excluir da consideração crítica qualquer parte do processo criativo em que a obra de arte não esteja prefigurada de modo mais ou menos direto (tendo-se em conta as necessárias ressalvas: ver seção 23); ou então poderíamos excluir apenas aquela parte do processo criativo que não tem relação alguma com o caráter da obra. Dois exemplos demonstram quão decisivo é o modo como se traça a distinção. O primeiro caso é aquele em que o artista muda de ideia. O *Monumento a Balzac*, de Rodin, começou como a escultura de um nu. A parte do processo criativo que tem relevância para a crítica seria somente aquela que abarca a mudança de ideia de Rodin e sua subsequente concentração no Balzac vestido, ou deveria incluir também sua concentração no Balzac nu, e sua subsequente mudança de ideia? O segundo caso é aquele em que um artista insiste em sua intenção, mas fracassa em realizá-la. Ao escrever *O idiota*, Dostoiévski se dispôs a retratar um homem totalmente bom. O Príncipe Mishkin não é um homem totalmente bom, mas é claro que o retrato que Dostoiévski dele pinta carrega a marca do objetivo original: é o retrato fracassado de um homem totalmente bom. Será que o objetivo original de Dostoiévski, embora irrealizado na obra de arte, deve ou não deve ser visto como parte do processo criativo relevante para a crítica?

À luz da proposição seguinte, a quarta, os dois pontos anteriores serão aguçados. Pois a objeção, ao afirmar que o exame pode revelar tudo aquilo que, simultaneamente, é relevante para a crítica e pode ser revelado pelo resgate, forma um conceito totalmente errôneo da natureza do interesse que a crítica pode ter pelo processo criativo, e, portanto, das vantagens que ela pode tirar da sua reconstrução. A objeção parece partir do pressuposto de que, se o crítico se interessa pelo processo criativo, é porque esse processo pode fornecer-lhe bons dados acerca da natureza da obra. O crítico buscaria inferir, a partir do modo como a obra foi realizada, o que ela é. Bem, se isso fosse verdade, haveria razão, ao menos à primeira vista, para se pensar que o resgate seria, quando muito, um desvio para um objetivo que seria atingido mais rapidamente pelo atalho do exame. O erro desse conceito é posto a nu pelo fato de o crítico que trabalha com a teoria do resgate não se ocupar de quaisquer pressupostos acerca do provável grau de compatibilidade entre o processo criativo e a obra resultante, e de continuar a interessar-se pelo processo criativo mesmo quando sabe que entre os dois há uma discrepância. O crítico que tenta reconstruir o processo criativo tem um objetivo muito diferente daquele pressuposto pelos adversários da ideia do resgate. Ele o faz para compreender a obra de arte – embora não seja correto dizer, como tendem a fazer certos filósofos da arte, que ele busca a compreensão em lugar da descrição. A compreensão é atingida mediante a descrição, mas mediante uma descrição profunda, ou mais profunda do que a que pode ser proporcionada pelo exame; e dessa descrição pode-se esperar que inclua questões tais como a proporção da obra que foi feita segundo um projeto, quanto resultou de mudanças de intenção e quais foram as ambições que contribuíram para sua confecção mas não se realizaram no produto final.

Mas, por fim, em quinto lugar, ao opor o exame ao resgate, a objeção apresenta o exame como se ele, em si, não contivesse quaisquer problemas: como se, dada uma obra de arte, não houvesse qualquer dificuldade, ao menos no plano teórico, para dividirem-se as suas propriedades entre aquelas que são acessíveis e as que não são acessíveis ao exame. Ao considerar a objeção, aceitei o pressuposto, especialmente na segunda proposição que fiz. No entanto, no texto principal de *A arte e seus objetos*, rejeitei essa suposição tradicional (seções 24, 33), embora preferisse defender a minha tese através da consideração de propriedades específicas que desafiavam essa dicotomia (seções 25-31). Agora, examinarei a questão de modo mais direto.

Essencialmente, a concepção de que a crítica é um exame padece de um sério problema de definição até que seja respondida a pergunta: exame por parte de quem? Os casos seguintes ilustram o problema. O ouvinte que ignora a missão de Cristo perderá boa parte do impacto emocional da Paixão segundo São Mateus; o espectador que não percebeu que a escultura da fase madura de Bernini precisa ser vista de frente, em contraposição à multiplicidade de pontos de vista contra a qual ela reagiu, deixará de discernir o caráter imediato de transmissão de emoção que ela objetivava atingir; a reação do leitor ao "At Castle Boterel", de Hardy, será modificada quando ficar sabendo que a esposa do poeta acabara de falecer, e modificar-se-á novamente quando souber o quão infeliz fora o casamento; o espectador que sabe que, no painel pertinente do retábulo de S. Francisco, para pintar o manto de que o santo se desfez, renunciando assim à sua herança, Sasseta usou o pigmento mais caro e de mais difícil obtenção, começará a perceber o caráter dramático do gesto e, depois, da pintura como um todo, caráter de que antes não tinha conhecimento. Em qualquer forma de percepção – e o exame é uma forma de percepção –, aquilo que é perceptível sempre depende não só dos fatores físicos, tais como a natureza do estímulo, o estado do organismo e as condições locais, mas também de fatores cognitivos. Assim, a concepção do exame precisa ser completada por uma definição da pessoa cujo exame tem autoridade, ou do *crítico ideal*; e essa definição deve ser feita, em parte, em termos do cabedal cognitivo a que o crítico pode recorrer. Existem várias definições possíveis; para cada uma variará o atrativo da concepção do exame, bem como o direito que a concepção tem de ser chamada por esse nome.

Uma proposta extrema, baseada em Kant, e com o objetivo de assegurar a democracia da arte, consiste em definir o crítico ideal como aquele cujo cabedal cognitivo é nulo, ou que vê a obra de arte sem nenhum conhecimento, crença ou conceito. Mas essa proposta tem a seu favor apenas o seu objetivo. É impossível colocá-la em prática, e, se o fosse, produziria juízos críticos universalmente inaceitáveis.

Outra proposta define o cabedal cognitivo em que se baseia o exame como sendo composto apenas de crenças que pudessem ter sido derivadas – embora não fosse necessário que o tivessem sido na prática – de um exame da obra de arte em questão. Mas isso nos faz caminhar em círculos: qual a exigência que se faz a respeito do cabedal cognitivo de que depende o próprio exame que dá origem a tais crenças?

Uma terceira proposta consiste em definir o cabedal de conhecimentos a que o crítico ideal pode recorrer não em termos de sua origem, mas em termos de sua função. Não importa mais que as crenças tenham sido derivadas de um exame, ou possam tê-lo sido: a única exigência é que contribuam para o exame. Ora, é verdade que, em sua maioria, as crenças capazes de modificar nossa percepção de uma obra de arte são aquelas que, dado um conjunto apropriado de crenças já conhecidas, poderiam ter sido derivadas da percepção da obra – ou, pelo menos, de alguma outra obra de arte de mesma espécie e do mesmo artista. Não obstante, existem algumas crenças desse tipo que não poderiam ter sido adquiridas dessa maneira, mas sim de modo independente: a novidade da proposta em questão consiste em afirmar que também estas crenças podem estar disponíveis ao crítico ideal. Eis alguns exemplos de crenças que não poderiam ter sido intuídas a partir da percepção das obras de arte, mas poderiam contribuir para essa percepção: a de que Palladio acreditava que o templo antigo evoluíra a partir da casa antiga, e assim considerou que os frontões de templos compunham fachadas adequadas às suas *villas* particulares; a de que os instrumentos prediletos de Mozart eram o clarinete e a viola; a de que Franz Hals encontrava-se num estado de miséria e de total dependência em relação aos diretores e diretoras dos asilos para velhos de Haarlem quando pintou seus dois grandes retratos de grupos; a de que os pintores de cerâmica da época geométrica ateniense que introduziram figuras de leões em suas pinturas nunca poderiam ter visto aquele animal; e a de que Ticiano pintou o retábulo de *S. Pedro mártir* competindo com Pordenone, e decidido a superá-lo na dramaticidade dos gestos.

Contudo, é importante perceber que a argumentação acabou de sofrer uma mudança. Não convém considerar que a nova proposta, à semelhança das duas primeiras, opere dentro do âmbito da ideia do exame mediante a imposição de uma restrição substancial ao cabedal cognitivo a que o crítico pode recorrer em seu exame. Pois, para que uma crítica seja considerada válida enquanto exame, é condição mínima que as crenças nas quais se baseia sejam capazes de modificar a percepção. Logo, precisamos entender a proposta de outra maneira, e uma de pronto nos vem à mente: que a vejamos como uma proposta que apresenta o exame como uma restrição ao resgate. Em outras palavras, admite-se que a reconstrução do processo criativo seja a tarefa central da crítica, ou uma das tarefas centrais, mas é necessário que ela tenha um propósito: o de que suas descobertas sejam postas em uso no exame da obra. O resgate é legítimo porque, através de suas descobertas, contribui para a percepção e essa é a única condição de sua legitimidade.

Mas, com essa mudança de direção, impõe-se a pergunta: essa nova tese é legítima? A condição que impõe ao resgate é aceitável? Os únicos fatos de uma obra de arte relevantes para a crítica são aqueles que modificam, ou podem modificar, a percepção que temos da obra?

Normalmente, esta pergunta é feita – e a tese afirmada num contexto especial e altamente artificial, e, a menos que se tome grande cuidado, a própria artificialidade do contexto pode distorcer seriamente a resposta que obtemos. O contexto é o da *falsificação perfeita*. Suponhamos que existam duas pinturas, uma de autoria de Rembrandt, a outra uma falsificação desta, e que ambas sejam perceptualmente indistinguíveis. Ora, *ex hypothesi*, os fatos da autoria não podem modificar a percepção que temos de ambas as pinturas. Neste caso, não teriam esses fatos uma pertinência nula em relação à crítica, exatamente por essa razão?

Deve-se observar, de início, que o caso suposto não é somente implausível, é também altamente subversivo. Para percebê-lo, precisamos pôr em foco exatamente aquilo que se pede que suponhamos. Se nos fosse pedido apenas para acreditar que, até o dia de hoje, ou algum outro momento histórico específico, ninguém discernia a diferença entre o original e a falsificação, essa suposição só iria, na pior das hipóteses, subverter as expectativas que alimentamos em relação à crítica – e talvez nem isso, se houvesse uma explicação histórica suficientemente boa do motivo pelo qual a falsificação não fora detectada (cf. Ossian, ou o primeiro dos Vermeers de Van Meegeren). Mas, ao nos pedir que imaginemos não haver tal diferença, a suposição subverte nossas expectativas em relação à própria arte. Subverte, por exemplo, a crença em que é necessário um artista genial para fazer uma obra de gênio – e todas as crenças subsidiárias. E, mesmo assim, a natureza amplamente subversiva da suposição de uma falsificação perfeita é abrandada pela forma que ela assume neste caso. Na forma que ora está em pauta, a suposição pretende nos levar a crer apenas que o falsificador tenha sido capaz de fazer uma cópia idêntica de uma obra existente, autógrafa, de Rembrandt: em outras palavras, usa a mesma noção fraca de falsificação que Nelson Goodman emprega para apresentar a distinção entre autográfico e alográfico (Ensaio III). Mas basta reforçar um pouco a suposição, e imaginar que o falsificador seja capaz de igualar-se a Rembrandt não apenas em *esecuzione* (como diria um teórico do século XVII), mas também em *invenzione* – e seríamos forçados a reformular, degradando-as de modo considerável, as opiniões que temos em relação a Rembrandt e, depois, em relação à arte. Mas, mesmo no estado em que as coisas ora se apresentam, menosprezamos tanto Rembrandt quanto a arte se levamos a sério a suposição.

Mas imagine-se que o fazemos. É mesmo tão evidente que, num tal caso, a crença de que uma pintura é falsificação da outra não pode modificar a percepção que temos de ambas? A suposição da falsificação perfeita revela uma importante ambiguidade na tese em questão. Pois há duas maneiras diferentes pelas quais se pode dizer que o cabedal cognitivo de um crítico influencia sua percepção de uma obra de arte. Pode afetar aquilo que ele percebe numa obra – a crença pode torná-lo sensível a algo que de outro modo não teria percebido, como o crânio anamórfico nos *Embaixadores* de Holbein, ou o uso que Manet faz do reflexo do homem no *Bar aux Folies-Bergeres* para incriminar o espectador das propostas amorosas do homem –, ou pode afetar o modo como o crítico percebe a obra. O exame da questão sugere que não pode ser apenas o primeiro caso que assegura a relevância que uma crença tem para a crítica: o segundo caso deve fazer o mesmo. Parte do processo que nos leva a compreender uma obra de arte consiste em aprender como percebê-la, e isso vai muito além do mero dar-se conta, por meio da percepção, de tudo o que há para se ver. Ora, nada há na suposição da falsificação perfeita que elimine *ex hypothesi* a influência da crença do crítico acerca da autoria das pinturas sobre o modo como as vê. A suposição exclui apenas a influência dessa crença – aliás, de toda crença – sobre aquilo que ele vê nas pinturas: pois não há nada que possa ser visto nas pinturas que corresponda à diferença de autoria ou ao fato de uma ser falsificação da outra.

Esta última questão faz-se mais patente se mudamos outra vez nossa suposição. É perfeitamente possível que, tomando a suposição tal como está, a capacidade atribuída ao falsificador desvalorize de tal modo Rembrandt, e, como consequência, a atribuição de uma pintura a Rembrandt, que já não seja claro como essa crença poderia mudar nossa percepção daquela pintura, ou por que deveria fazê-lo. Frente à suposição, um espectador desiludido poderia dizer: "De Rembrandt – e daí?". Imaginemos então, em vez disso, duas pinturas que sejam indistinguíveis pela percepção, uma das quais seja de Rembrandt, e a outra de um aluno seu muito talentoso; desse modo será, talvez, mais fácil saber como um espectador olharia para ambas as pinturas, saberia qual o autor de cada uma e seria influenciado por esse conhecimento no modo como vê cada uma delas. Poderia ver o Rembrandt de maneira diferente de como vê o Aert de Gelder, só porque sabe ser um Rembrandt, e embora tenha à sua frente a evidência visível que lhe demonstra que Aert de Gelder, em certo estado de espírito, sabia pintar de modo idêntico a seu mestre.

Mas existe uma objeção mais fundamental à tese em questão, objeção que essa segunda suposição não revela. Na verdade, ajuda a obscurecê-la. Pois a tese pressupõe uma concepção equivocadamente atomística da crítica. É certo que, ao procurar compreender uma determinada obra de arte, tentamos vê-la em sua particularidade, e assim concentramos nossa atenção sobre ela tanto quanto possível; mas, ao mesmo tempo, estamos tentando elaborar uma imagem global da arte, e relacionamos a obra a outras obras e à própria arte. Quase tudo que aprendemos sobre a obra e que tem relevância para a crítica contribui para ambos os projetos. Mas pode haver informações acerca de uma obra que tenham relevância para a crítica mas só contribuam para o segundo projeto. Pode-se sustentar que, caso a suposição da falsificação perfeita tenha algum valor teórico, aquilo que ela nos deve demonstrar é a existência de certos conceitos que desempenham papel fundamental na organização de nossa vivência da arte – neste caso, os conceitos de obra autógrafa e falsificada –, mas que podem, em circunstâncias especiais e inteiramente isoladas, não ter qualquer influência sobre nossa percepção de obras de arte individuais.

3. Uma terceira objeção à concepção do resgate, e que se abre tanto aos defensores das teorias revisionária e do exame quanto a outros, é a de que a concepção confunde o significado da obra de arte e o significado intentado pelo artista, e que encoraja o crítico a investigar. O segundo aspecto à custa do primeiro. A distinção sobre a qual essa objeção se ergue não é, de início, difícil de entender. Eliot salientou o engano que Poe evidentemente cometeu quando escreveu *"My most immemorial year"*, e em *Chrome Yellow*, Aldous Huxley fala do jovem poeta que está mais do que satisfeito com a frase *"Carminative as wine"* até o momento em que, na manhã seguinte, descobre o significado da primeira palavra num dicionário. Nenhum dos dois poetas teve a intenção de expressar aquilo que suas palavras significam. Mas estes são casos muito simples: os problemas surgem tão logo tentamos projetar a distinção sobre áreas de interesse.

O problema básico é o seguinte: A fim de determinar o significado de uma obra de arte, precisamos antes determinar quais são as propriedades-portadoras-de-significado da obra; e é somente tendo do assunto uma concepção muito ingênua que podemos fazer isso sem trazer à baila o próprio processo criativo, e, assim, obnubilar a clareza presente nos casos mais simples. Seria uma típica concepção ingênua a que equipara as propriedades-portadoras-de-significado de um poema às palavras ordenadas e sequenciadas, ao *texto*. No Ensaio II afirmei que, se optarmos por essa concepção, decorrerão consequências absurdas, mesmo no que diz respeito à identidade de poemas; e concepções semelhantes acarretam consequências semelhantes. Não obstante, a afirmação de que devemos trazer à baila o processo criativo para determinar as propriedades-portadoras-de-significado da obra de arte não nos compromete com aquela outra concepção, já refutada, de que toda obra de arte possui todas as propriedades-portadoras-de-significado que o artista quis que possuísse. A concepção do resgate admite que um artista pode fracassar. Assim, a objeção perde seu poder. A concepção do resgate não tem problemas em distinguir – em princípio – entre o significado da obra de arte e o significado intentado pelo artista, e identifica o primeiro desses como o objeto próprio da atenção da crítica.

Deixando de lado todas as objeções – e não pretendo examinar mais nenhuma –, o ponto de vista do resgate pede por um esclarecimento a propósito de um aspecto importante. Pois os argumentos que vim examinando, contrários e favoráveis à concepção de que o processo criativo é o objeto próprio da crítica, assemelham-se de perto aos argumentos, apresentados em anos recentes, contrários e favoráveis à pertinência das intenções do artista para a crítica. Parece, portanto, adequado perguntar: como relacionam-se o processo criativo (tal como o apresentei) e a intenção do artista (tal como apresentada pela recente discussão)?

O processo criativo, tal como o vejo, é um fenômeno mais abrangente que as intenções do artista, e isso ocorre de dois modos. Em primeiro lugar, o processo criativo inclui as várias vicissitudes a que estão sujeitas as intenções do artista. Algumas são intencionais – mudanças de ideia –, mas outras ocorrem por acaso ou sem premeditação. Em segundo lugar, o processo criativo inclui muitas crenças, convenções e modos de produção artística que configuram um pano de fundo contra o qual o artista projeta suas intenções: entre elas, podemos contar as normas estéticas da época, as inovações referentes ao veículo, as regras de decoro, as visões de mundo ideológicas ou científicas, os sistemas de simbolismo e prosódia prevalecentes na época, as convenções fisionômicas e o estado geral da tradição. Decorre daí uma consequência de suma importância para o processo de resgate. Ao registrar a intenção de um artista, o crítico deve formulá-la segundo o ponto de vista deste, ou em termos a que o artista pudesse dar uma aprovação consciente ou inconsciente. O critério precisa conformar-se à intencionalidade do artista. Mas, em geral, a reconstrução do processo criativo não está sujeita a semelhante restrição. É certo que o crítico precisa respeitar a intencionalidade do artista, mas não precisa conformar-se a ela. Ao contrário, está autorizado a fazer uso tanto de teorias quanto da perspectiva temporal inacessíveis ao artista, se com isso conseguir chegar a uma explicação tão boa quanto possível do que o artista fez. O resgate, como a arqueologia – e esta é a base de muitas das metáforas que melhor servem para se conceber o resgate –, é ao mesmo tempo uma investigação acerca da realidade passada e uma exploração dos recursos atuais. A confusão entre épocas não surge quando o crítico caracteriza o passado em termos da sua própria época, mas quando, ao fazê-lo, falseia o passado. Não há confusão temporal em identificar a origem de *A Virgem e o Menino com Sant'Ana* nos conflitos edipianos de Leonardo, ou em dizer que Adolf Loos transpõe a brecha existente entre C. F. A. Voysey e Le Corbusier – supondo que ambas as afirmações sejam verdadeiras. No texto principal, afirmei que a constante possibilidade de reinterpretação é uma das principais fontes do contínuo interesse que a arte tem para nós, e continuo a sustentar essa opinião.

Com respeito a uma questão ligada a essa, porém, creio ter-me expressado de forma obscura, quando falei da insuprimibilidade da interpretação (seções 37-8); gostaria de lançar alguma luz sobre o assunto. Pois qualquer debate acerca desse tema deve começar – o que não ocorreu no texto – com uma distinção simples, mas sumamente importante, entre os diferentes modos pelos quais as interpretações de uma mesma obra podem relacionar-se entre si. Elas podem ser compatíveis; podem ser incomparáveis; podem ser incompatíveis. O primeiro caso não apresenta problemas e o terceiro é claramente inaceitável; assim, é só no segundo que nos precisamos deter, embora a identificação de cada um desses casos não seja o menor de nossos problemas. Com efeito, é fundamental saber se a incomparabilidade é uma característica real dos conjuntos das interpretações, ou se é apenas uma miragem epistêmica produzida por nossa incapacidade de ver como as interpretações harmonizam-se. Em última análise, essa questão diz respeito aos limites de nossa faculdade cognitiva. No estado atual em que se encontra o problema, o máximo que podemos fazer pela estética consiste em salientar que problemas idênticos surgem no campo da explicação psicológica. As explicações que nos dão de outros indivíduos são formuladas em termos de insuficiência moral, por um lado, ou das vivências de infância, por outro, ou, ainda, em termos dos papéis sociais e do interesse pessoal; e o conhecimento que temos da natureza humana é tal que não nos deixa saber como harmonizar esses pares de explicações, ou como dar a cada membro do par o seu devido peso – e é provável que essa situação permaneça sempre assim.

Resta uma questão: há um limite para o resgate? É evidente que, onde nos faltam dados, falta-nos também a compreensão. Em última análise, os cerca de 30.000 anos da arte paleolítica devem permanecer misteriosos para nós, a menos que a arqueologia obtenha sobre o tempo uma vitória esmagadora. É provável que nunca venhamos a conhecer o ritmo e o fraseado autênticos do cantochão medieval. Mas existiriam casos em que, simultaneamente, o resgate é impossível (ou quase – pois deve-se admitir que, como o próprio processo criativo, a reconstrução deste pode realizar-se em vários graus) e a explicação reside numa diferença radical de perspectiva entre o artista e nós, os intérpretes?

Suspeito que tais casos existam, e uma analogia pode nos ajudar a compreender a situação. Pois, ao menos no domínio das artes visuais, a restauração física de uma obra de arte é exteriormente análoga à reconstrução do processo criativo. É muito provável que os admiradores da arquitetura românica francesa, mesmo sabendo que muitas das esculturas que adornam esses edifícios eram originalmente pintadas em cores brilhantes, lastimem-se ao deparar com os resultados de tentativas de restaurá-la à sua condição original – como, por exemplo, nos capitéis de Issoire, com suas figuras que contam histórias. A mão pesada do restaurador tem nisso uma parte da culpa, mas não toda. Para o espectador moderno, parece não haver uma maneira de aproximar-se das cores originais de modo tal que produzam sobre ele o efeito pretendido. Podemos formular o problema de outro modo, empregando os termos do debate em curso, e dizer que o espectador parece não ter o poder de reconstruir o processo criativo de uma maneira que simultaneamente atenda às exigências de coerência interna e pareça culminar naturalmente na obra que tem frente aos olhos. É possível que ele o possa fazer mediante cálculos ou processos formais, mas seja incapaz de interiorizar o resultado; como consequência, é possível que, nesse caso, tenha-se chegado a tocar os limites do resgate.

Numa tal eventualidade, o restaurador pode recorrer a uma solução conciliatória. Pode inventar um esquema de cores que seja aceitável aos nossos olhos e funcionalmente equivalente ao esquema original. Do mesmo modo, um musicólogo pode orquestrar os madrigais de Monteverdi para os instrumentos modernos, e podemos ouvi-los numa confortável sala de concertos. Ou um esperto produtor contemporâneo pode apresentar *Antígona* como um drama político acerca dos direitos da mulher, ou relacionar *O mercador de Veneza* à retórica antissemita da Europa Central deste século. Toda experiência desse tipo, em variados graus, confunde ou combina elementos de duas épocas. Algo da grande arte produzida no passado nos é acessível, algo não é. Quando é acessível, devemos sem dúvida procurar resgatá-lo. Mas quando não é, ou só é resgatável num grau insuficiente, talvez seja sábio de nossa parte conformarmo-nos com um equivalente. Tanto num caso como no outro, convém saber o que estamos fazendo.

ENSAIO V
VER-COMO, VER-EM E A REPRESENTAÇÃO PICTÓRICA

Em *A arte e seus objetos*, fiz duras afirmações acerca da representação pictórica. A primeira foi a de que a representação (chamá-la-ei agora assim) deve ser entendida por meio de uma certa espécie de visão (posto que não somente por meio disso), a qual pode ser concebida, mas não definida – evidentemente –, como a visão própria das representações. A representação não deve ser entendida exclusivamente nesses termos: se não por outra coisa, ao menos porque a referência também é condição necessária para que um objeto seja reconhecido como tendo sido produzido por mãos humanas. A segunda afirmação foi a de que a visão própria das representações é uma espécie pertencente a um gênero de percepção mais amplo, o qual designei – de modo confuso, devo agora reconhecer embora continue a utilizá-lo – como *visão de representação*. Este ensaio desenvolve a segunda afirmação.

A natureza da espécie de percepção, ou aquilo que é peculiar à visão própria das representações, pode ser caracterizada com mais facilidade que a natureza do gênero de percepção a que essa espécie pertence, ou aquilo que é comum a toda visão de representação. O peculiar à visão própria das representações é isto: a ela aplica-se um padrão que a define como sendo correta, e esse padrão deriva da intenção do indivíduo que fez a representação, o *artista*, como geralmente é chamado – costume bastante inofensivo, desde que se reconheça que a maior parte das representações é feita por pessoas que não são nem se proclamam artistas. Naturalmente, o padrão de correção não pode exigir que alguém veja uma determinada representação de determinado modo, se até mesmo um espectador competente e plenamente informado é incapaz de vê-las desse modo. O que o padrão faz é selecionar a percepção correta de uma representação dentre as várias percepções possíveis, sendo tais percepções aquelas acessíveis aos espectadores que possuem todas as habilidades e crenças pertinentes. Se, pela incompetência, ignorância ou azar do artista, as percepções possíveis de uma dada representação não incluem uma percepção que corresponda à intenção do artista, não haverá percepção correta para essa representação e, consequentemente (lembrando a primeira asserção feita em *A arte e seus objetos*), não haverá coisa alguma ou pessoa alguma representada.

Note-se que o padrão aplica-se tanto às representações de coisas particulares como às representações de coisas de uma espécie particular, como demonstrarão os exemplos seguintes. Em certa gravura do século XVI, atribuída a um discípulo de Marcantonio, alguns historiadores da arte enxergaram um cão a dormir enrodilhado aos pés de uma santa. Uma atenção mais detida ao tema, e à própria gravura, mostrará ao espectador que o animal é um cordeiro. No famoso retrato de Holbein em meio-perfil (coleção Thyssen), normalmente vejo Henrique VIII. Entretanto, pode ser que eu venha assistindo a muitos filmes antigos nos últimos tempos, e, ao olhar para o retrato, em vez de ver Henrique VIII, percebo que agora vejo Charles Laughton. Nesses dois casos, existe um padrão que diz ser uma das percepções correta e a outra, incorreta, padrão que remonta às intenções do gravador desconhecido ou de Holbein; e, na medida em que me disponho a olhar para a representação como uma representação, preciso procurar fazer com que minha percepção conforme-se a esse padrão. Mas, se o gravador desconhecido se houvesse mostrado incapaz de desenhar um cordeiro, de modo que nenhum cordeiro fosse visível na gravura, ou se Holbein houvesse sido incapaz de retratar Henrique VIII (e a pintura encomendada pôs à prova suas capacidades) e, assim, a figura de Henrique VIII não fosse visível na pintura, o padrão não exigiria que eu visse, no primeiro caso, um cordeiro, e, no segundo, Henrique VIII, e tampouco haveria uma percepção correta para cada uma das obras.

É importante perceber que, ao passo que um padrão de correção aplica-se à visão própria das representações, não é necessário que um determinado espectador, para ver certa representação de modo apropriado, efetivamente recorra a esse padrão, além de simplesmente conformar-se a ele. Em outras palavras, ao ver o que a pintura representa, ele não precisa antes saber que esta é ou foi a intenção do artista. Ao contrário, ele pode – como frequentemente fazem os historiadores da arte – inferir a maneira correta de ver a representação a partir da maneira segundo a qual efetivamente a vê, ou pode reconstituir a intenção do artista a partir do que lhe é visível na pintura; e, para um espectador moderadamente confiante em possuir as habilidades e a informação pertinentes, trata-se de algo perfeitamente legítimo.

O fato de a visão própria das representações estar sujeita a um padrão de correção estabelecido por uma intenção a distingue das outras espécies do mesmo gênero de percepção – isto é, a visão de representação – na medida em que estas não possuem um padrão de correção ou, quando o possuem, não se trata de um padrão estabelecido por uma intenção, isto é, estabelecido unicamente por uma intenção. Uma espécie do primeiro tipo seria a percepção dos testes de Rorschach; uma espécie do segundo tipo seria a visão própria das fotografias.

A eficácia dos testes de Rorschach para a obtenção de diagnósticos exige que não se apliquem critérios de correção ou incorreção à sua visão. Em contraposição, critérios de correção e incorreção aplicam-se à visão própria das fotografias, mas a participação de um processo mecânico na produção das fotografias faz com que a causalidade tenha sua importância no mínimo equivalente à da intenção para o estabelecimento do critério de correção. A pessoa ou o objeto que vemos corretamente ao olharmos para uma fotografia depende, em grande medida, da pessoa ou do objeto que interagiu de maneira correta com os processos causais realizados pela câmera, e é em absoluta concordância com isto que a distinção entre modelo e pessoa retratada, que vigora para as pinturas, não vigora para fotografias. No caso de uma pintura, o irmão gêmeo de A poderia servir como modelo para um retrato de A, ou seja, um retrato no qual A é a pessoa retratada; e se o retrato se realiza, a pessoa que se vê lá, segundo o padrão de correção, é A, e não seu irmão gêmeo. Mas nos casos em que uma fotografia retrata algo ou alguém, a coisa ou pessoa retratada precisa ser a mesma que serviu de modelo, ou causa da fotografia, e o modelo é a pessoa ou coisa que se vê na fotografia segundo o padrão de correção – embora possa também ocorrer um fracasso, de modo que não se possa ver corretamente nada ou ninguém na cópia fotográfica, e a fotografia seja de ninguém.

Deve-se salientar que isto se aplica à visão *própria* às fotografias, ou seja, ao ato de ver fotografias como fotografias. Pois é possível fazer-se uma fotografia e depois utilizá-la como representação pictórica; nesse caso, ela deve ser vista da mesma maneira que se vê uma representação, ou seja, em conformidade com os mesmos padrões de correção. Assim, alguém fotografa um figurante de cinema e usa a fotografia para retratar Alcibíades, ou (como Cecil Beaton) tira uma foto de uma de suas amigas trajada como uma grã-duquesa e a usa para representar uma grã-duquesa. Nestes casos, o que é correto ver-se não é o figurante de cinema ou a amiga do fotógrafo – embora as fotografias ainda sejam fotografias do figurante e da amiga –, mas Alcibíades ou uma grã-duquesa. A distinção entre modelo e pessoa retratada volta a vigorar, a intenção cancela as c,onsequências do processo causal, e isso tudo ocorre porque tais fotografias não devem mais ser vistas como fotografias.

Como já afirmei, a natureza do gênero de percepção do qual a visão própria das representações é uma espécie tem mais difícil caracterização. Atualmente, considero errônea a única tentativa que, no texto principal, empreendi para caracterizá-la – afirmando que a visão de representação (pois é disto que estamos falando), se não é idêntica a um ver-como, poderia ser explicada em termos de um ver-como. Havia muito a recomendar essa explicação. Além de seu atrativo imediato, ela evocava um fenômeno do qual, mediante a iniciativa de Wittgenstein, parecíamos estar obtendo uma boa compreensão. Entretanto, agora penso que a visão de representação não deve ser compreendida como sendo constituída pelo ver-como e portanto explicada através desse conceito, mais sim por meio de outro fenômeno bastante próximo, ao qual chamo *ver-em*. Ao passo que, antes, eu teria dito que a visão de representação consiste em ver x (= o veículo, ou representação) como y (= o objeto, ou aquilo que é representado), agora digo que ela consiste, dando-se às variáveis os mesmos valores, em ver y em x.

Três considerações apoiam essa mudança, e ao mesmo tempo contribuem bastante para esclarecer a distinção entre os dois fenômenos. Pois devo salientar que, ao passo que existem para mim dois fenômenos distintos, aos quais associo os termos *ver-como* e *ver-em*, nem por um momento penso em defender a ideia de que a natureza dos fenômenos, ou a distinção entre eles, possa ser entendida mediante uma concentração nas próprias expressões que servem para designá-los. Ao desenvolver a distinção, certamente não recorri com insistência a intuições linguísticas nem sequer estou certo de que tudo o que digo acerca dos fenômenos esteja de acordo com as intuições que normalmente temos a respeito dessas expressões. O uso que faço destas é quase técnico, e sei muito bem que, para uma melhor compreensão do ver-como e do ver-em, precisamos fazer aquilo que tento mais à frente neste ensaio: elaborar uma descrição dos dois projetos perceptivos fundamentalmente diferentes aos quais esses fenômenos correspondem.

A primeira consideração a apoiar a mudança do ver-como para o ver-em, e aquela que mais se aproxima da linguística, diz respeito à extensão da gama de coisas que podemos ver em alguma coisa, em contraposição à gama de coisas como as quais algo pode ser visto. Supondo-se que o objeto visto seja um particular – e é este o caso pertinente à visão de representação –, tudo como o que podemos vê-lo é necessariamente um particular; mas, no que toca ao ver-em, é possível vermos no objeto não só particulares, mas também estados de coisas. Para dizê-lo de outro modo, o objeto do ver-em pode ser expresso por um substantivo ou uma descrição, mas pode também ser expresso por uma oração subordinada, enquanto a única maneira legítima de expressar o objeto do ver-como é pelo uso de um substantivo ou descrição. Um exemplo: Se estou olhando para x, e x é um particular, posso ver uma mulher em x, e posso também ver em x que uma mulher está lendo uma carta de amor: mas, ao passo que posso ver x como uma mulher, não posso ver x como o fato de que uma mulher está lendo uma carta de amor.

A isto parece haver uma réplica. Embora certamente não se possa dizer que eu vejo x como o fato de que uma mulher está lendo uma carta de amor, a situação pode ser salva em tais casos pela nominalização da oração em questão, e pela posterior inserção dessa nominalização no lugar do objeto. Assim, no caso citado, a situação é salva porque se pode dizer, sem impedimentos, que eu vejo x como a leitura de uma carta de amor pela mulher. (E não, deve-se salientar, como uma mulher lendo uma carta de amor, pois o que teríamos então seria, novamente, a descrição de um particular, "uma mulher lendo uma carta", e não uma oração subordinada; e isso nos levaria de volta ao caso que não apresenta problemas.) Entretanto, o problema desta réplica é que não parece haver maneira coerente de construir a locução que ela propõe a não ser como uma forma elíptica para "vejo x como a representação da leitura de uma carta de amor por uma mulher": e isso, evidentemente, introduz na explicação a própria noção que se pretende explicar.

Não é necessário dizer que, se o ver-em e o ver-como realmente diferem dessa maneira, ou em relação aos objetos que se lhes podem predicar, o gênero de percepção a que pertence a visão própria das representações deve estar ligado ao ver-em, e não ao ver-como. Pois é certo que não só pessoas e coisas, mas também cenas, podem ser representadas.

A segunda consideração é a seguinte: quando vejo x como y, há sempre alguma parte de x a que vejo como y (podendo chegar até ao todo). Além disso, se afirmo ver x como y – e posso ver x como y sem afirmar que o faço, e mesmo sem saber que o faço –, devo ser capaz de especificar qual a parte de x, caso não seja a totalidade de x, que supostamente vejo como y. O ver-como precisa atender à exigência de localização, exigência que não se impõe para o ver-em. Posso ver y em x sem que haja resposta à pergunta de em que lugar de x posso ver y, e, consequentemente, sem que seja obrigado a apresentar qualquer resposta desse tipo para corroborar minha possível asserção de que vejo *y* em *x*.

Se, desse modo, o ver-como exige uma localização enquanto o ver-em não a exige, é o ver-em que corresponde à visão de representação. Isso porque a visão própria da representação não exige localização. Esse aspecto pode ser obscurecido, a princípio, pela consideração de uma gama demasiado restrita de casos, pois, às vezes, a visão das representações é localizada. Olhando para o retrato que Piero fez de Federigo da Montefeltro, e vendo a reentrância no perfil do nariz, posso prosseguir a partir daí e dizer qual o lugar exato do painel em que vejo isso. Contudo, eu não poderia ter uma resposta análoga, e nem tal coisa seria de esperar, naqueles casos em que o que vejo é, por exemplo, uma multidão de pessoas da qual só se vêem as principais figuras, estando as demais ocultas por uma depressão do terreno (cf. o *Dilúvio* de Michelangelo, na Capela Sistina) ou cortados pela moldura (cf. a *Subida do Calvário* de Cosimo Rosselli; coleção Mount Trust); ou a formação da tempestade; ou que o veado está quase morrendo; ou o estado lastimável do jovem libertino. Tampouco, nesses casos, seria correto afirmar-se que vejo o que vejo "na pintura como um todo". Pois, embora tal resposta seja idiomaticamente aceitável, e às vezes sirva para localizar o objeto do ver-em, ela não o faz nos casos em questão. Só o faria (*grosso modo*) quando há um objeto representado e os limites da pintura coincidem com o contorno da representação do objeto. Nos outros casos, como os que estão em pauta, a resposta seria apenas uma maneira de recusar-me a dizer onde vejo o que vejo. Desse modo, a resposta seria coerente com minha ideia de que, para o ver-em, tal recusa vem bem a propósito.

Eis uma terceira consideração: o ver-em permite que se dê uma atenção simultânea ilimitada àquilo que se vê e às características do veículo. Isso não ocorre com o ver-como. Limitemo-nos àqueles casos – os únicos que, mesmo em potência, dizem respeito à representação – em que algo é visto como aquilo que não é nem se acredita que seja. Nesses casos, há uma restrição à atenção simultânea àquilo como algo é visto e a esse algo: embora, evidentemente, não se imponham quaisquer limites à alternância da atenção, à mudança da atenção de uma para o outro. As restrições à atenção simultânea, no caso do ver-como, podem ser explicadas por meio da noção de características de sustentação. Quando vejo *x* como *y*, existem certas características de *x* que me permitem vê-lo como *y*, ou explicar que o veja como tal. Direi que tais características são as características de sustentação de minha visão de *x* como *y*, e as restrições à atenção simultânea, no caso do ver-como, podem ser expressas dizendo-se que não posso ver *x* como *y* e, simultaneamente, ter consciência visual das características de *x* que sustentam essa percepção. Para adquirir consciência visual dessas características, preciso mudar o foco da atenção. Ora, daquilo que afirmei acerca da não exigência de localização para o ver-em, decorre que posso perfeitamente ver *y* em *x* sem que existam características delimitáveis de *x* que possam ser consideradas características de sustentação dessa minha visão. Todavia, naqueles casos em que existem características de sustentação de minha visão de *y* em *x*, o ver-em contrapõe-se ao ver-como na medida em que me possibilita uma consciência visual simultânea do *y* que vejo em *x* e das características de sustentação dessa percepção.

O fato de a visão própria das representações permitir uma atenção simultânea à representação e ao que é representado, ao veículo e ao objeto, e assim consubstanciar-se como ver-em e não ver-como, decorre de uma tese mais vigorosa que é verdadeira para as representações. Essa tese é a de que, quando vejo uma representação como uma representação, não me é apenas permitido, mas exigido, que preste atenção simultaneamente ao objeto e ao veículo. Assim, quando olho para o retrato de Holbein, o padrão de correção exige que eu veja Henrique VIII nesse retrato; mas, além disso, é necessário – e não apenas recomendável – que eu tenha consciência visual de uma gama ilimitada de características do painel de Holbein para que minha percepção da representação seja adequada.

A essa exigência que se impõe sobre a visão própria das representações darei o nome de *tese dúplice*. A tese diz que minha atenção visual deve distribuir-se entre duas coisas, embora seja evidente que não precise distribuir-se igualmente entre elas; defendi esta ideia quando argumentei contra Gombrich. Pois é uma tese central de *Arte e ilusão* a de que, quando olho para pinturas figurativas, esse tipo de dúplice percepção não me é acessível. Gombrich procura esgotar o assunto ao assimilar o que chama de disjunção entre o "ver a tela" e o "ver a natureza" aquilo que exprimi como ver-o-veículo *versus* ver-o-objeto –, a qual vigora para a percepção das pinturas de modo geral, à disjunção entre ver-o-pato e ver-o-coelho, que vale para o caso especial em que se vê uma pintura em que há ambiguidade entre a imagem de um pato e a de um coelho. Todos reconhecem que a segunda disjunção é exclusiva, ou seja, que não podemos ver simultaneamente o pato e o coelho na figura; e, ao assimilar as duas disjunções, Gombrich pode afirmar que a primeira delas também é exclusiva. Não posso ter consciência visual simultânea do veículo e do objeto da representação, e para perceber os dois tenho de mudar o foco da atenção.

Existem vários argumentos a favor da tese dúplice.

O menos consistente reza que a tese dúplice nos confere ao menos *uma* explicação, que nos é necessária, daquilo que, de um ponto de vista fenomenológico e não simplesmente causal, caracteriza o ato de ver algo ou alguém numa representação. Ela nos diz qual é a diferença vivencial entre, por exemplo, ver Henrique VIII no retrato feito por Holbein e vê-lo face a face. A opinião proposta por Gombrich – segundo a qual, ao ver o retrato de Holbein, é-me sempre possível deixar de ver Henrique VIII, mudar o foco de minha percepção e ter consciência visual da tela – claramente não preenche esse requisito. Pois, em vez de mencionar alguma característica real de uma experiência em curso, simplesmente invoca a possibilidade de uma experiência alternativa, e isso não é fenomenologia. Com efeito, é a incapacidade de Gombrich de atribuir à visão própria das representações uma fenomenologia característica que o leva a adotar a opinião de que não há nada que caracterize a visão de representações, ou que a visão da representação de alguém é algo que não difere da visão dessa pessoa cara a cara – com tudo o que uma tal opinião implica ou acarreta. O próprio Gombrich negou muitas vezes que sua explicação de como vemos as representações seja uma explicação baseada na ilusão: a ocorrência do termo *ilusão* (no título de seu livro, por exemplo) não deve ser tomada literalmente. Todavia, é fácil perceber como uma explicação que envolve a ilusão literal poderia ser deduzida das premissas que ele estipula, e, desse modo, sua formulação parece não ser uma mera coincidência.

Mas esse é um argumento fraco em favor da tese dúplice, pois existem outras maneiras de tentar definir a fenomenologia distintiva da visão de representação que não recorrem à duplicidade. Por exemplo, Sartre, que com grande vigor procurou distinguir a fenomenologia da visão de *y* numa representação daquela da visão de *y* cara a cara, ao mesmo tempo insiste que a visão do objeto de uma representação não só não depende de prestar atenção às características materiais da representação, como é incompatível com isso. Não nos precisamos deter nos detalhes da explicação de Sartre, mas sua existência é significativa.

Existem, porém, dois argumentos mais fortes em favor da tese dúplice; um deles defende a ideia de que esse é o modo pelo qual é necessário que vejamos as representações, e o outro afirma ser esse o modo conveniente. O primeiro argumento tira suas premissas da psicologia da percepção e propõe-se a explicar um fato notável que diz respeito a nossa percepção das representações. Esse fato é o de que qualquer movimento que o espectador empreende a partir do centro de projeção, ou do ponto de observação padrão, não acarreta necessariamente, ao menos para a visão binocular, uma distorção de perspectiva. Por mais que mude o ponto de observação, a imagem permanece surpreendentemente livre de deformações, e isso a um grau que não ocorreria caso o espectador estivesse a olhar cara a cara o objeto real, ou caso a representação fosse fotografada a partir dos mesmos pontos. A explicação que se dá para essa constância é a de que o espectador tem e continua a ter uma consciência visual não só daquilo que é representado, mas também das qualidades superficiais da representação. Empenha-se, em outras palavras, numa dúplice atenção, e precisa fazer isso caso queira ver as representações daquela maneira que hoje consideramos padrão. O segundo argumento que tenho em mente leva em conta uma virtude característica que constatamos e admiramos na grande pintura figurativa: em Ticiano, em Vermeer, em Manet, maravilhamo-nos ilimitadamente frente ao modo pelo qual as linhas, pinceladas ou massas de cor são utilizadas de maneira a produzir efeitos ou estabelecer analogias que só podem ser identificadas em referências à representação; e a alegação é a de que essa virtude não poderia ter sido reconhecida se, ao olharmos para as pinturas, tivéssemos de alterar nossa atenção visual entre as características materiais e o objeto da representação. Vem a nossa mente uma comparação com os empecilhos que adviriam para nossa apreciação da poesia caso a consciência simultânea do som e do significado das palavras fosse algo que estivesse além de nossa capacidade. Na pintura e na poesia, a duplicidade deve ser uma exigência normativa para quem quer que deseje apreciar obras dessas artes.

Mas teremos avançado muito pouco se, ao aceitarmos a ideia de que a visão própria das representações deve ser entendida em termos do ver-em e não do ver-como, o próprio ver-em continue não sendo mais do que o portador de três características explicadas só em parte e aparentemente sem nenhuma relação entre si. A situação é agravada pelo fato, já admitido, de as expressões *ver-em* e *ver-como* não oferecerem muitos subsídios teóricos. O que se faz necessário é uma explicação integrada do ver-em que o contraponha sistematicamente ao ver-como, e a melhor maneira de chegar a isso consiste em relacionar o ver-em e o ver-como a dois projetos claros e distintos de percepção. É o que agora procurarei fazer.

A diferença crucial entre o ver-em e o ver-como, da qual procedem todas as suas características, reside nos diferentes modos pelos quais os dois tipos de visão relacionam-se com algo que chamo de *percepção direta*. Por este termo, refiro-me à capacidade que nós, seres humanos, e os outros animais temos de perceber coisas que se apresentam aos sentidos. Provavelmente, a melhor explicação que se pode dar a qualquer ato em que essa capacidade é posta em prática faz-se em termos da ocorrência de uma experiência perceptiva apropriada e do correto vínculo causal entre a experiência e a coisa ou coisas percebidas. O ver-como acha-se em relação direta com essa capacidade, e é, na verdade, uma parte essencial dela. O ver-em, em contrapartida, deriva de uma capacidade perceptiva especial que pressupõe a percepção direta, mas a supera e ultrapassa. Essa capacidade perceptiva especial é algo que talvez compartilhemos com alguns animais, mas que certamente não está presente na maioria deles, e nos faculta ter experiências perceptivas de coisas que não se apresentam aos sentidos: isto é, tanto de coisas ausentes como de coisas que não existem. Tanto a percepção direta quanto essa outra capacidade de percepção existem em todas as modalidades sensíveis; mas, para a explicação do ver-como e do ver-em, será suficiente considerá-las na medida em que se aplicam à visão.

Se buscarmos as manifestações mais primitivas da faculdade perceptiva com a qual relaciona-se o ver-em, será plausível que possamos encontrá-las nos sonhos, devaneios e alucinações. No entanto, é importante reconhecer que, embora tais experiências prefigurem o ver-em ou sejam semelhantes a ele, certamente não constituem em si mesmas casos de ver-em. Para que o ver-em possa manifestar-se é necessário que ocorra um desenvolvimento decisivo: que as experiências visuais em questão deixem de surgir somente no olho da imaginação; as visões de coisas que não se acham presentes agora surgem por meio do olhar para coisas presentes. Este desenvolvimento é invocado; por exemplo, por Leonardo, quando, em seu famoso conselho ao aspirante a pintor (citado na seção 12), o encoraja a olhar para paredes encharcadas e manchadas pela umidade ou para pedras ou pinturas descascadas, e lá discernir cenas de batalhas ou de ação violenta e paisagens misteriosas. Ora, ao passar por tais experiências, o espectador goza de uma indiferença ou indeterminação um tanto especial. Por um lado, se o quiser, acha-se livre para não ver senão as características mais gerais daquilo que se apresenta a seus olhos. Por outro lado, nada há que o impeça de prestar atenção a qualquer característica do objeto por ele selecionada: é evidente que pode não dirigir para elas sua atenção total, mas pode certamente trazê-las para o âmbito de sua atenção periférica. A origem dessa indiferença, ou da capacidade que o espectador possui de prestar ou não prestar atenção às características da coisa que se apresenta, reside no fato de seu interesse estar essencialmente voltado para a experiência visual ulterior, para a visão das cenas de batalha ou paisagens, e isso, exceto pelas linhas gerais, distingue-se da consciência visual da parede ou das pedras. Como consequência, esta última pode variar quanto ao grau, ou flutuar. Pode ser não mais que uma consciência mínima: mas pode tornar-se intensa – e o fato de que à experiência visual ulterior caracteristicamente falta uma especificidade faz com que essa intensidade não tenha um limite superior. Mas é exatamente essa indiferença que deixa de existir quando ocorre o desenvolvimento seguinte da faculdade perceptiva adicional. Esse desenvolvimento seguinte ocorre quando alguém modifica ou adapta um objeto externo de modo que, quando este é apresentado a um espectador, o espectador será levado a ter, ou terá por sua própria intenção (estando atendidas outras condições), experiências visuais de uma espécie pretendida pela pessoa que modificou o objeto. A modificação em que estou pensando é caracteristicamente efetuada pela aplicação da linha e da cor; a pessoa que a realiza é (na terminologia deste ensaio) o artista; e chegamos assim à representação pictórica. E, com a representação pictórica, o espectador é chamado a abandonar sua indiferença perceptiva. Sendo capaz de ignorar ou de prestar atenção às características da representação, pede-se dele agora que preste atenção a elas. Ou – o que talvez seja mais realista–, à medida que se desdobra a história da representação pictórica, exige-se cada vez mais do espectador que o faça, a fim de fazer valer sua asserção de estar olhando para representações do modo adequado, vendo-as como representações. A duplicidade torna-se uma exigência da visão própria das representações, mas só se torna uma exigência à medida que adquire uma justificação racional. Isso porque, se o espectador atende à exigência, o artista pode retribuir procurando estabelecer correspondências e analogias cada vez mais complexas entre as características da coisa que se apresenta aos sentidos e as características daquilo que é visto nessa coisa. São os deleites da representação.

O ver-como, em contraposição, não recorre a nenhuma faculdade perceptiva especial que ultrapasse e supere a percepção direta. Ao contrário, ele é em parte um aspecto da percepção direta, e em parte um desenvolvimento de um aspecto dessa percepção. O aspecto é este: Toda vez que percebo algo diretamente, o qual está *ex hypothesi* presente a meus sentidos, minha percepção desse algo é medida por um conceito, ou, ao percebê-lo, classifico-o segundo um conceito. Qualquer que seja x, toda vez que percebo x, existe um f tal que percebo x como f. Mas, para uma compreensão do ver-como, é essencial entender que minha visão de x como f não é uma mera conjunção de minha visão de x e do fato de considerá-lo f. Tal concepção, que se tornou comum entre os psicólogos da percepção que falam da percepção como de uma hipótese, erra por tornar o juízo externo à percepção. Foi exatamente essa perspectiva que Wittgenstein tentou combater quando nos chamou a examinar casos em que deixemos de ver algo como isto e passamos a vê-lo como aquilo. A importância de tais casos reside em nos permitirem observar como a experiência e o conceito não apenas mudam simultaneamente, mas mudam como uma só coisa. Infelizmente para a exposição que Wittgenstein fez de seu raciocínio, ele escolheu como exemplos de percepção alternante certos casos de percepção alternante de representações: em especial, o desenho do pato-coelho. Tais casos apresentam complexidades adicionais, que podem dar origem a confusões. Mas o tema central do argumento de Wittgenstein, que permanece válido, é este: quando vejo x como f, f infunde-se na percepção, ou mistura-se com ela; o conceito não fica fora da percepção, expressando uma opinião ou conjectura minha acerca de x, e não se pode dizer que a percepção dê sustentação ao conceito neste ou naquele grau.

Como o ver-em ou a faculdade perceptiva ulterior, o ver-como apresenta um desenvolvimento, que ocorre quando uma complexidade introduz-se em uma ou outra dimensão, ou em ambas. A complexidade pode introduzir-se no modo como o conceito origina-se na percepção ou é arregimentado por ela, e também pode introduzir-se no papel cognitivo que o conceito desempenha depois de tornar-se integrado à percepção.

Assim, o caso mais simples de todos, simples em ambas as dimensões, é aquele em que o conceito surge imediatamente na mente ao lado da percepção; e, tendo assim surgido, dá conteúdo a uma crença. O conceito f entra na mente junto com a percepção de x, mistura-se com essa percepção e permanece na mente de modo a formar a crença de que x é f. Assim, eu olho pela janela de um trem e vejo uma árvore que de imediato vejo como sendo um carvalho, o que no mesmo momento passo a crer que ela seja. Nos casos mais complexos, a mistura de conceito e percepção permanece a mesma, mas a mudança ocorre nas duas dimensões. Em uma dimensão, temos em primeiro lugar o caso em que o conceito associa-se à percepção devido a uma crença prévia: vejo a árvore que está ao final do caminho como um carvalho porque já havia sido levado a acreditar que o caminho conduz a um carvalho. Existe também o caso em que o conceito me é sugerido por outra pessoa: a árvore aparece indistinta em meio ao nevoeiro, e alguém diz "Olha um carvalho ali", e a vejo como tal. Depois existe o caso em que o conceito só se junta à percepção após um prolongado exame do objeto: a árvore foi danificada, ou podada, ou cobriu-se de ervas trepadeiras, e só depois de considerável esforço eu a vejo como um carvalho – um *aspecto desponta*. E, por fim, há o caso em que só um ato de minha vontade reúne conceito e percepção: preciso ou desejo ver a árvore como um carvalho, e meus esforços são recompensados. Isso basta para a primeira dimensão, ou o modo como o conceito origina-se na percepção ou é arregimentado por ela. Na outra dimensão, do papel cognitivo que o conceito desempenha, as mudanças são demarcadas de modo menos claro ou nítido, não existem estágios distintos que lhes correspondam, e tudo o que se pode identificar são graus decrescentes de assentimento, indo da crença para a suposição provável, o palpite informado, a aposta desfavorável e, por último, aquele caso em que se alivia o objeto de toda obrigação de corresponder ao conceito, e a imaginação ou o faz de conta toma as rédeas. (Claro que, ao falar de graus de assentimento, só o faço em relação a um dado conceito: assim, em relação a f, posso com algum esforço ver x como f, ao passo que existe algum g de tal modo que posso ao mesmo tempo ver x como g e acreditar que x é g.)

É evidente que as mudanças nas duas dimensões não são inteiramente independentes umas das outras, e o caso-limite, que de nenhum modo é incomum, ocorre quando deliberadamente dou a um objeto uma aparência que sei que ele na realidade não tem, assim como posso, fisicamente, colocar uma barba ou uma nariz postiço sobre um rosto para ver com que aspecto ele fica. Assim, vejo uma sequência de árvores como uma fileira de piratas; ou uma igreja como um escabelo revirado; ou uma cadeia de montanhas como o corpo nu de uma mulher. Neste caso, *como* quase equivale a *como se fosse*.

Tendo agora a nossos olhos os dois projetos perceptivos distintos, não deverá ser muito difícil reconhecer de que modo o ver-como e o ver-em possuem exatamente aqueles conjuntos de características que lhes atribuí.

O ver-como demonstra ser, fundamentalmente, uma forma de interesse visual ou curiosidade por um objeto que se apresenta aos sentidos. Essa curiosidade pode assumir a forma de um interesse pelo aspecto que o objeto tem, ou de um interesse pelo aspecto que ele poderia ter ou poderia ter tido. (Talvez alguns filósofos essencialistas exijam que a curiosidade que se exprime no ver-como seja concebida como uma curiosidade que se difunde entre um objeto e seus congêneres mais íntimos: essa exigência pode ser aceita sem que se altere o argumento em qualquer ponto importante.) Se isso é verdade, decorre daí que não podemos ver algo como algo que esse objeto (ou seu congênere) jamais poderia ser. Assim, ao olharmos para um particular, só o podemos ver como algo que possui propriedades que poderiam pertencer a um particular, ou como algo que se classifica sob conceitos que poderiam se aplicar a um particular. Trata-se, evidentemente, da primeira característica que foi atribuída ao ver-como, e a segunda característica tem com essa uma íntima relação. Pois, se o ato de ver x como f consiste em exercitar a curiosidade visual que temos a respeito de x, não apenas deve ser imaginável que x seja f, mas, de modo mais específico, é necessário que possamos imaginar como x teria, ou teria tido, de mudar ou de se adaptar a fim de assumir a propriedade de ser f. Deveríamos ser capazes de imaginar quanto de x teria de sofrer essa transformação, e quanto poderia eximir-se a ela. E, refletindo, constata-se que isso é a exigência de localização. A terceira exigência nos leva um passo adiante, e confirma ainda mais a união entre o ver-como e a curiosidade visual.

Já notamos que, naqueles casos em que realmente se crê que x seja f, a visão de x como f ultrapassa a mera simultaneidade de ver x e julgar que x é j: a visão de x como f é uma experiência visual particular de x. Assim, do mesmo modo, no caso em que não se crê que x seja j, ou mesmo naquele caso em que se crê que x não seja f, a visão de x como f ultrapassa a mera simultaneidade de ver x e imaginar que x seja f: trata-se também de uma experiência particular de *x*, posto que bastante diferente. Ora, pelo fato mesmo de sê-lo, não é possível, quando vemos *x* como contraposto factual de *f*, ter também uma consciência visual daquelas propriedades de *x* que teriam de mudar para que *x* de fato fosse, ou se tornasse, *f*. Em outras palavras, as propriedades mesmas que dão sustentação à minha percepção de *x* como *f* teriam de estar ocultas à minha percepção para que eu pudesse – como afirmei – dar a *x* a aparência de *f*. Assim, exclui-se a duplicidade para o ver-como.

O ver-em, em contraposição, não é um exercício de curiosidade visual sobre um objeto que se apresenta aos sentidos. É o cultivo de um tipo especial de experiência visual, a qual prende-se a certos objetos do ambiente para que possa ocorrer. E é disso que decorrem as várias características do ver-em, particularmente aquelas que o distinguem do ver-como. Essa experiência cultivada, como as experiências em geral, pode ser de dois tipos: a experiência de um particular ou a experiência de um estado de coisas. E isso é verdade mesmo quando a experiência é cultivada, ou induzida, pela visão de um particular: em outras palavras, um estado de coisas pode ser visto num particular. Trata-se da primeira característica que atribuí ao ver-em; ela dá testemunho da relativa dissociação entre a experiência cultivada e a consciência visual daquilo que lhe serve de suporte, e disso, por sua vez, derivam as outras duas características atribuídas ao ver-em: a saber, o caráter contingente da localização e a possibilidade de dúplice atenção. A exigência de localização equivaleria a uma negação de qualquer dissociação, e, portanto, não pode existir; e a dúplice atenção é uma maneira de fazer uso da dissociação.

Falei, no entanto, de uma *dissociação relativa*, e o fiz refletidamente. Pois o artista que (como vimos) faz uso da duplicidade para elaborar analogias e correspondências entre o veículo e o objeto da representação não pode se dar por satisfeito se combinar as duas experiências visuais de tal modo que uma se limite a flutuar acima da outra. Sua preocupação deve ser a de remeter uma experiência à outra. Com efeito, ele busca constantemente um *rapport* cada vez mais íntimo entre as duas experiências, mas o modo como isso deve ser explicado constitui um desafio à perspicácia fenomenológica, desafio que eu não saberia como enfrentar.

Indicarei algumas questões deixadas em suspenso por este ensaio.

Um dos principais problemas da filosofia da arte, por um lado, e da filosofia da percepção, por outro, diz respeito ao alcance ou ao âmbito do ver-em. De que modo, na percepção em geral e na percepção das artes visuais em particular, pode-se definir quais são as esferas que pertencem ao ver-como e ao ver-em? A resposta certamente não parece ser a de que as esferas dividem-se de acordo com as espécies de objetos percebidos. Ao contrário, existem muitas espécies de objetos que às vezes estimulam o ver-como, às vezes o ver-em. Um exemplo nos vem à mente, exemplo que muitas vezes é apresentado, sem reflexão, como caso típico de ver-como: a visão das nuvens. Pois às vezes parece correto dizer que vemos uma nuvem como uma baleia; mas às vezes, se levamos a sério a distinção, parece ocorrer que vemos uma ravina, ou uma vasta extensão de areia, ou um ataque de cavalaria, em uma nuvem.

É mais difícil a questão de saber se existem percepções que partilham tanto do ver-em quanto do ver-como. Impõe-se como exemplo o modo como vemos certas pinturas-bandeira de Jasper Johns. A tendência a concebermos nossa percepção dessas pinturas como um caso de ver-em decorre do fato de termos consciência de tratar-se de representações, com tudo o que isso acarreta. Existe a intenção de que sejam representações de bandeiras; as bandeiras são visíveis nelas; e uma consciência das características de pigmentação da tela é possível e encorajada. No entanto, a reflexão nos mostra que, se essas pinturas são representações, elas abriram mão de várias características muito importantes que as representações podem ter. Em primeiro lugar, cada pintura representa um único particular: nunca nos é mostrado um estado de coisas de que o particular representado constitua um elemento. Isso, porém, ainda que seja raro em representações, não é irregular. Em segundo lugar, os limites da representação (nos casos que tenho em mente) coincidem com o contorno da representação do objeto – isto é, da bandeira. O que, como já vimos, também é compatível com o ver-em: pois é exatamente aquele caso em que temos razão de dizer que vemos a bandeira "na pintura como um todo". Em terceiro lugar, o objeto compartilha suas propriedades essenciais (ou a maioria delas) com a própria pintura – ambos são bidimensionais, ambos são feitos de tecido, ambos são coloridos e proporcionados segundo as mesmas instruções de projeto. Ora, essas três maneiras de afastamento em relação às normas de representação trabalham para estabelecer uma tendência contrária. O espectador começa a imaginar que a pintura assume a propriedade de ser uma bandeira: e, ao fazê-lo, ele aos poucos perde (como é necessário que ocorra) consciência visual daquelas propriedades da pintura que teriam de mudar para que tal transformação se efetuasse. Assim, ele é levado a ver a pintura como uma bandeira. Evidentemente, o que é essencial no caso da obra de Johns é que não apenas é problemática como também foi concebida para sê-lo, e a ambiguidade é um estado a que somos deliberadamente conduzidos. Se existe uma maneira de escapar dessa ambiguidade, não é por falha de Johns. É possível que essas pinturas ilustrem um problema filosófico, mas o fazem a fim de apresentar um problema estético, o qual não somos chamados a resolver, mas a vivenciar.

A questão mais difícil, e sobre a qual nada falei, embora talvez tenha proporcionado alguma matéria-prima a partir da qual algo possa ser dito, é a da correta percepção da escultura. Não é improvável que exista uma relação com a percepção do teatro.

Para concluir, vale fazer uma observação que talvez explique parcialmente a persistência da opinião de que a visão própria das representações pictóricas implica o ver-como, podendo assim ser esclarecida por meio dele. Se é verdade que a percepção adequada exige que um espectador, ao defrontar-se com a representação de y, veja y na representação, o espectador só é capaz de fazer isso porque, antes de mais nada, ele vê a representação como uma representação. "Ver a representação como uma representação" descreve aqui uma configuração mental que o espectador pode ou não ter à sua disposição, e que alguns, embora de modo não conclusivo, afirmaram ser uma questão de diversidade cultural. Mas é essencial reconhecer que, se o que se quer é demonstrar que o ver-em repousa sobre o ver-como, aquilo como o que a representação é vista nunca é o mesmo que aquilo que é visto na representação. A visão de y em x pode repousar sobre a visão de x como y, mas nunca para os mesmos valores da variável y.

ENSAIO VI
ARTE E AVALIAÇÃO

Um dos tópicos que *A arte e seus objetos* se omitiu de tratar, e deliberadamente, foi o da avaliação da arte. Isso se deu em grande medida como uma reação a duas tendências de pensamento então (1966-7) prevalecentes na estética acadêmica, das quais eu quisera desassociar o meu livro. Uma das tendências chegara à estética vinda de fora da filosofia, e a outra vinda de dentro. A primeira consistia em separar a avaliação da arte de outras abordagens mais cognitivas à arte, a partir da convicção de que a avaliação seria obscurecida, e provavelmente corrompida, por quaisquer conhecimentos ou crenças que pudéssemos ter. Ao acatar uma tal tendência, a estética colocava-se ao lado do prosaísmo tradicional, agradando àqueles cuja atitude em relação à arte expressa-se na frase "Eu sei do que gosto". Uma vez separada a avaliação da cognição, a segunda tendência consistia em estreitar cada vez mais o próprio tópico em questão, até que este se limitasse à análise linguística da frase "x é belo". Prometia-se que, se a estética acatasse uma tal tendência, poderia chegar a realizações correspondentes à da filosofia moral contemporânea, que do mesmo modo havia se restringido à análise linguística das frases "x é bom" e "Deve-se fazer y".

Já não se faz necessário demonstrar como essas duas tendências reforçam uma à outra, de modo que cada uma delas faz a outra parecer natural, e tampouco em quê ambas erram de modo fundamental. É suficiente remetermo-nos à filosofia moral para mostrar o quão pouco se pode obter se a avaliação é estudada totalmente fora do contexto da compreensão, ou se o estudo feito consistir exclusivamente na análise de formas linguísticas. Entretanto, seria útil situar essas duas tendências de pensamento contra o pano de fundo de uma terceira tendência estética, mais ampla, a qual dava às duas um apoio que ultrapassava e superava o apoio que uma dava à outra, e que fora o alvo principal de *A arte e seus objetos*, na medida em que o livro apresentava uma dimensão polêmica. Tratava-se da tendência de conceber a estética primordialmente como o estudo do espectador e de seu papel: suas razões, seus interesses, suas atitudes e as tarefas características a que se propunha. Ora, a consequência dessa estética é que as obras de arte situem-se no mesmo plano que as obras da natureza, na medida em que ambas são contempladas a fim de que ao espectador seja proporcionado um cortejo sensorial de cores, formas, sons e movimentos, aos quais ele pode reagir de variadas maneiras. E isso ocorre porque aquilo que propriamente explicaria uma atitude diferenciada do espectador em relação às obras de arte – isto é, um reconhecimento dos objetivos ou intenções do artista – não pode ser admitido sem que se comprometa a primazia do espectador. Com efeito, afirma-se que o espectador, ao reagir às obras de arte, não deve ser embaraçado por qualquer respeito devido a tais objetivos e intenções. Em outras palavras, uma vez negada ao artista ao menos a igualdade em relação ao espectador, ele acaba saindo totalmente de cena. Os *Princípios da arte* de Collingwood, com todos os seus defeitos, têm a seu crédito o fato de terem sido a única obra de estética acadêmica de primórdios ou meados do século XX que não compartilhou os erros da estética orientada para o espectador.

Uma estética orientada para o espectador, como tal, não tem um compromisso fixo com qualquer ponto de vista determinado acerca da natureza da avaliação estética ou da metodologia do estudo desta. Não obstante, é fortemente atraída numa certa direção. Há uma tendência a separar a avaliação de abordagens mais cognitivas à arte, pelo simples fato de essa estética reconhecer poucos elementos que poderiam relacionar-se com a cognição. E, devido a razões muito semelhantes, uma estética orientada para o espectador não pode ver na avaliação quase nada senão a forma linguística mediante a qual a avaliação caracteristicamente se expressa. Uma vez decretada a supremacia do espectador – isto é, numa teórica ausência do artista –, a razão que justifica os juízos avaliativos, o modo como estes entrelaçam-se com as outras atitudes e disposições do espectador, a autoridade que este tende a conferir-lhes e sua disposição, ou negação, a reformulá-los, são questões cujo conteúdo é diluído até tornar-se quase irreconhecível.

Mas, mesmo quando escrevia *A arte e seus objetos*, não quis negar que a avaliação, corretamente concebida, ou adequadamente enriquecida por considerações subordinadas, tivesse um papel próprio a desempenhar tanto na atitude do espectador em relação à arte quanto – o que é muito importante – no envolvimento do artista com a arte ou com o processo criativo. Neste último contexto a avaliação tem função reguladora, controlando o modo como o artista prossegue, bem como sua decisão de prosseguir ou não. O papel que ela desempenha para o espectador não é menos óbvio, sobretudo quando não é separada de seus outros interesses. Com efeito, os leitores que receberam o texto com empatia aparentemente não encontraram dificuldades para discernir os valores substanciais que, segundo meu modo de ver, subsidiariam essas avaliações. A este propósito, parecem pertinentes as seções acerca da expressão, intenção, unidade de uma obra de arte e as *duas formas de arte*.

Neste ensaio, não colocarei em questão os valores substanciais da arte, mas farei algumas observações acerca de dois pontos limitados: a ocorrência do valor, ou a questão de saber o que tem valor estético; e o status do valor, ou como se justifica o valor estético.

Em primeiro lugar, pois, a ocorrência do valor estético. Atribui-se valor estético a três diferentes tipos de coisas: à arte em si (ou alguma arte em particular); a determinadas obras de arte; e a características da arte ou de alguma obra de arte em particular. (Evidentemente, podemos também atribuir um valor não estético a qualquer uma dessas coisas: com efeito, quando atribuímos um valor à arte em si, trata-se em geral de um valor não estético.) Se agora perguntarmos como esses três diferentes níveis de avaliação relacionam-se entre si, uma resposta natural poderia ser a seguinte: Atribuímos um valor a certas características da arte ou de obras de arte, e assim reconhecemos, escolhemos, manifestamos – de acordo com a concepção que se tenha do status do valor estético – os valores fundamentais da arte. Pois, quando atribuímos valor a determinadas obras, fazemo-lo porque elas portam uma ou mais dessas características tidas em apreço; e atribuímos valor à arte em si ou a uma arte em particular porque ela porta uma ou mais dessas características apreciadas, ou (o que é mais provável) devido ao valor que se acrescenta a ela mediante as várias obras de arte valiosas que ela inclui.

De acordo com essa resposta, a conjunção primeira entre parte e valor dá-se ao nível das características. Mas pode-se encontrar aí um problema, segundo o que nos revela o exemplo seguinte. Suponhamos – bem tradicionalmente – que a beleza seja um valor estético. Ora, para que alguém afirme isto e ao mesmo tempo reconheça seu caráter fundamental, devem-se atender a duas exigências. A primeira é que a pessoa que faz a asserção possua um conceito muito abstrato do valor estético, isto é, um conceito que não esteja amarrado a qualquer valor substancial particular; e a segunda é que essa pessoa possua um conceito de beleza que seja livre de sentido avaliativo. A menos que ela atenda a ambas as exigências, o juízo afirmado configurar-se-á como uma tautologia. Mas como atender a cada uma das exigências (continua o discurso da objeção)? Se uma pessoa está preparada para afirmar que a beleza é um valor estético, ou encontrar-se numa posição que a permite fazê-lo, é preciso que, por um lado, ela tenha em mente certos limites incidentes sobre aquilo que poderia ser contado como valor estético e, por outro lado, já tenha deixado de conceber a beleza como sendo apenas mais uma característica natural que os objetos produzidos pelo homem, bem como outras coisas, poderiam possuir.

Mas a objeção não atinge a opinião expressa acerca da ocorrência do valor estético. É certo que qualquer pessoa que considere a beleza um valor estético terá muitas outras crenças tanto acerca da beleza como acerca do valor estético, algumas das quais levam a essa crença, e outras que procedem dela. Mas não precisamos pensar que essas outras crenças fixem o conteúdo dos conceitos que ocorrem na crença original: e é isso que supõe a objeção que está em pauta. A explicação filosófica de uma crença não precisa especificar toda a estrutura de crenças dentro da qual, e tão somente dentro da qual, seria plausível sustentar a crença primeira. Não é característica peculiar da arte o fato de as crenças a seu respeito não poderem ser sustentadas isoladamente, mas, do mesmo modo, não é característica peculiar da estética o fato de ela não considerar em conjunto o conteúdo dessas crenças.

Depois, o status do valor estético. Existem várias opiniões concorrentes acerca do status do valor estético. Limitar-me-ei a enumerar aquelas que, para mim, parecem ter ao menos um grau mínimo de plausibilidade.

A primeira concepção que pode ser adotada é a do *Realismo*. De acordo com o Realismo, as atribuições de valor estético têm valor de verdade: ou são verdadeiras ou são falsas. O que caracteriza o Realismo é que o valor de verdade de tais juízos depende tão somente do caráter local daquilo a que se atribui valor. Não se condiciona à posse de qualquer outra propriedade por qualquer outro objeto, e, de modo mais específico, independe inteiramente das propriedades psicológicas dos seres humanos. Independe das experiências da humanidade como um todo e também de quaisquer experiências particulares que qualquer ser humano ou grupo de seres humanos possam ter tido – mesmo, por exemplo, o que é significativo, aquele ser humano que faz a atribuição de valor.

Segundo a concepção realista, o valor estético tem o status de uma qualidade primária.

A segunda concepção que pode ser adotada é o *Objetivismo*. De acordo com o Objetivismo, as atribuições de valor estético também possuem valor de verdade, mas o Objetivismo não exige que o valor de verdade seja totalmente independente das propriedades psicológicas dos seres humanos, embora não deva ser dependente das propriedades psicológicas de seres humanos específicos ou de grupos específicos de seres humanos. Com efeito, para simplificar a apresentação e evitar fazer do Realismo um caso especial do Objetivismo, direi que, de acordo com o Objetivismo, o valor estético depende da experiência da humanidade como um todo; assim, o Objetivismo também explica o interesse especial que o valor estético tem para nós.

A questão essencial, portanto, é esta: como devemos entender a condição de que o valor estético dependa das propriedades gerais dos seres humanos, mas independa de suas propriedades particulares?

Talvez possamos começar isolando uma propriedade psicológica dos seres humanos que tem papel importantíssimo nas condições de verdade dos juízos de valor estético. Essa propriedade é definida como aquela que acompanha e justifica ao menos qualquer reivindicação primária de uma avaliação estética; por essa razão, pode ser chamada de *experiência correlata*. O termo *experiência* deve ser entendido num sentido tão amplo que chega a ser antinatural: deve incluir uma gama muito ampla de fenômenos mentais, todos os quais envolvem uma reação, imediata ou posterior, espontânea ou cultivada, a uma obra de arte; e esta extensão de sentido é o preço que deve ser pago por qualquer filosofia do valor que deseje examinar a avaliação como assunto distinto ou separável.

A experiência correlata deve figurar em qualquer teoria não realista do valor estético; e vale observar que, embora o Realismo não lhe dê lugar como uma das condições de verdade das avaliações estéticas, é muito provável que o mesmo Realismo postule uma tal experiência como condição epistêmica das avaliações estéticas. Ao fazê-lo, o Realismo reconhece um princípio estético bastante arraigado que pode ser chamado de Princípio da Familiaridade, segundo o qual os juízos de valor estético, à diferença dos juízos de conhecimento moral, devem basear-se numa vivência imediata de seus objetos e não são, a não ser em uma medida mínima, transmissíveis de uma pessoa a outra. O defensor do ponto de vista realista, assim, interessa-se pela experiência correlata, mas apenas como elemento da epistemologia do valor estético.

Voltando-nos agora para a experiência correlata, podemos ver que uma de suas exigências mínimas é a de que os pensamentos a que ela dá origem sejam pensamentos acerca do caráter da obra de arte que está sendo avaliada, e não, por exemplo, pensamentos acerca de o espectador da obra estar numa certa condição. Dada essa exigência, uma consequência óbvia é a de que a atribuição de valor estético é objetiva se e somente se alguns seres humanos, e depois todos os seres humanos, tiverem a experiência correlata quando defrontados com a mesma obra de arte. Mas essa consequência é insatisfatória por duas razões.

Em primeiro lugar, quer a explicação que essa consequência nos proporcione seja *objetivista* quer não, não é uma explicação do valor *estético*. E isso decorre da necessária inter-relação entre a avaliação e a compreensão no campo da arte. Para qualquer experiência, como quer que a definamos, o fato de alguém, ao defrontar com certa obra de arte, ter ou não ter essa experiência não pode ser índice do valor estético dessa obra, a menos que se diga também que esse alguém tem uma compreensão da obra, compreensão à qual pode recorrer. Para ter certeza de que estamos lidando com o valor estético, faz-se necessária uma exigência cognitiva: só se devem levar em conta as experiências daqueles que entendem a obra do modo correto.

Em segundo lugar, a explicação que nos vem daquela consequência, mesmo quando emendada de modo a tornar-se uma explicação do valor estético, não é uma explicação *objetivista*. Ela não nos proporciona uma condição necessária da objetividade, e nem uma condição suficiente. A explicação não nos dá uma condição suficiente de objetividade porque, posto seja possível que todos os que corretamente compreendem a obra de arte concordem quanto ao modo de experienciá-la, essa concordância pode ser fortuita do ponto de vista do valor. A experiência pode surgir em cada pessoa devido à veneração que se tem pela obra, ou devido ao contexto renomado em que está exposta, ou devido à autoridade de um crítico da moda. A objetividade do valor atribuído não decorreria, pois, do fato de a experiência ser compartilhada. A fim de proporcionar uma condição suficiente de objetividade, a explicação deve especificar que a experiência correlata é sempre causada pela obra de arte, e, além disso, que a lei causal em virtude da qual existem ligações particulares entre a obra de arte e a experiência seja uma lei que tenha, como condição prévia, a realização de propriedades profundas, na verdade as mais profundas, da natureza humana. E, com efeito, é devido a sua incapacidade de especificar uma condição como essa que a explicação sugerida também deixa de proporcionar uma condição suficiente de objetividade. Pedir a concordância é pedir demais; pois, se alguém, por uma ou outra razão, não possui alguma das propriedades mais profundas da natureza humana, é possível que esse alguém, ao defrontar com uma obra da qual tem plena compreensão, não tenha a experiência correlata; é exatamente isso que devemos esperar. Do mesmo modo, ao defrontar com uma obra que não tenha valor, a pessoa pode ter a experiência correlata, e também isso é de esperar. Tanto num caso como no outro, a inexistência de concordância ou a divergência em nada prejudicam a objetividade do valor da obra.

Segundo a concepção objetivista, o valor estético tem o status de uma qualidade secundária.

A terceira concepção que pode ser adotada é o *Relativismo*. De acordo com o Relativismo, o valor estético não só é dependente das propriedades psicológicas dos seres humanos, mas também das propriedades psicológicas de seres humanos específicos ou grupos específicos de seres humanos. Pois não é necessário que as experiências que se correlacionam com juízos de valor acerca de uma obra em particular sejam universais, e tampouco devem elas ocorrer em conformidade com leis psicológicas gerais que vinculam objetos exteriores a estados interiores e pressupõem a profundidade do homem. No entanto, cada uma das versões do Relativismo explica de um modo diferente quais são as distribuições de experiências que bastam para se estabelecer o valor estético. Assim, em algumas versões do Relativismo, o valor estético é relativo a uma sociedade ou grupo de pessoas; noutras, é relativo ao indivíduo.

Esta formulação do Relativismo foi feita de modo a evidenciar uma ambiguidade implícita nessa explicação. Como não é de surpreender, a ambiguidade está ligada à própria noção de relatividade. Diz-se: o valor estético é relativo a ... Será que as palavras que faltam para completar essa frase nos indicam o partido de que deriva o valor, ou aquele para o qual o valor vigora? O Relativismo pode pender para ambos os lados, mas, para onde for, terá um preço a pagar: se pender para ambos os lados, como é possível, pagará um duplo preço.

Ao se inclinar numa direção, o Relativismo afirma que uma obra de arte só tem valor se e quando uma pessoa ou grupo de pessoas específicas – identificadas diversamente, dependendo da versão do Relativismo que estiver em causa – tiver uma experiência de determinado tipo quando defrontados com a obra. Em outras palavras, existe uma autoridade que define o valor estético, os outros devem fazer com que suas avaliações conformem-se às dessa autoridade para que possam ser consideradas verdadeiras; e o Relativismo nos dá alguns indícios de onde essa autoridade se encontra. No entanto, ao pender para esse lado, o Relativismo defronta com dois problemas prementes. O primeiro consiste em justificar como pode haver uma autoridade em termos de avaliação estética – isto é, em qualquer outro sentido que não o sentido *de facto* que o Objetivismo reconhece. O segundo problema é que, ao estabelecer uma autoridade *de jure*, o Relativismo viola seriamente o Princípio de Familiaridade. E isso porque, ao contrário do Objetivismo, ele não proporciona um caminho teoricamente aberto a todos e mediante o qual, pelo cultivo de sua humanidade, as pessoas todas possam vir a ter experiências que autorizem também as suas avaliações estéticas.

Para lidar com o primeiro problema, o Relativismo pode multiplicar as autoridades em estética, e, se levar essa multiplicação a extremos luteranos, de modo que cada indivíduo seja ou uma autoridade ou um membro de alguma, terá resolvido o segundo problema. Mas, ao procurar livrar-se dessas duas dificuldades, o Relativismo introduz contradições no sistema geral de valores estéticos. Se uma autoridade avalia favoravelmente uma obra, e outra autoridade a avalia de modo desfavorável, a obra fica sendo ao mesmo tempo boa e ruim, e qualquer relativista terá problemas para encontrar uma explicação para a probabilidade de ocorrência de avaliações divergentes depois de uma difusão universal da autoridade. Para eliminar essas contradições, o relativista dá um passo adiante e passa a oferecer uma análise revisionária do juízo de valor estético. Ao avaliar uma obra de arte, a pessoa, sob a aparência de estar usando um predicado de um só termo – "tem valor" –, o qual diz respeito às obras de arte, está usando na verdade um predicado de dois termos – "é valorizado por" –, o qual diz respeito às obras de arte e às autoridades. Entretanto, ao eliminar a possibilidade do predicado de um termo, o Relativismo parece ter perdido de vista o próprio valor estético, e reinterpretado a avaliação estética como ramo da investigação sociológica ou antropológica.

Ao se inclinar na outra direção, o Relativismo esquiva-se desde o princípio do problema da autoridade. Fá-lo ao designar como experiência correlata uma experiência que é acessível a todos; e, se ainda houver espaço para diferentes versões do Relativismo, as diferenças estarão somente na crença subsidiária por elas sustentada a respeito de quão amplamente a experiência designada pode ser compartilhada. Qualquer pessoa que depare com uma obra de arte, compreenda-a e tenha a experiência correta estará agora habilitada, fundamentando-se nessa experiência, a avaliar favoravelmente a obra. Qualquer pessoa que não tenha a experiência poderá, igualmente, avaliar a obra desfavoravelmente. Assim, respeita-se o Princípio de Familiaridade. Ao mesmo tempo, rejeita-se uma concepção revisionária do juízo de valor estético. Afirma-se que a avaliação estética que qualquer pessoa – ao menos as que possuem qualificação cognitiva – está autorizada a fazer com base em sua experiência empregará o predicado padrão de um termo; assim, a avaliação não degenera em sociologia ou antropologia. Mas não há dúvida de que, mais uma vez, surgirão contradições dentro do sistema de valoração estética, e em extensíssima escala. Para evitar isso, o relativista toma uma medida que coloca em perigo tudo o que ele poderia pensar ter conseguido até aqui por ter pendido para este lado em particular. Diz-se que cada avaliação estética vigora tão somente para a pessoa cuja experiência a habilita a fazer a avaliação, e mais quaisquer outras pessoas que tenham experiências concordantes. Coloca-se em risco a inteligibilidade porque não se diz nada – e afirma-se que não é possível dizer nada – acerca da pertinência que o fato de a avaliação estética de uma pessoa vigorar para ela tem, ou deveria ter, para outra pessoa que não compartilha de sua experiência. Sem dúvida, a avaliação estética não vigora para esta pessoa. Mas como esta segunda pessoa deve entender, ou que conclusões deve tirar do fato de não apenas a primeira pessoa fazer a avaliação que faz, mas também de essa avaliação ter vigor para ela?

A questão do Relativismo pode ser formulada dizendo-se que, quando o Relativismo pende para um lado, ele toma o predicado "tem valor", tal como ocorre na avaliação estética, e o reinterpreta como "é verdadeiro para".

A quarta concepção que pode ser adotada é o *Subjetivismo*. Vale observar que um Objetivismo diluído pode adaptar-se a uma ou mais das seguintes posições: que os valores estéticos são objetivos, mas não temos meios de saber se existem tais valores. Em outras palavras, a tese filosófica central do Objetivismo pode ser combinada com uma variedade de teses metafísicas ou epistemológicas negativas. Com efeito, há a tentação de pensar que, se o Relativismo tem qualquer coisa a oferecer, é uma tese negativa nesses moldes; e que, apesar das afirmações contrárias, ele simplesmente acrescenta tal tese à tese filosófica central do Objetivismo. O Subjetivismo, em contraposição, se deseja realmente ser uma concepção digna de seu nome, não pode se dar a tais ambiguidades. Precisa negar a afirmação central do Objetivismo acerca de o que são os valores estéticos.

Consequentemente, a abordagem mais frutífera ao subjetivismo consiste em concebê-lo como uma visão que nos oferece uma explicação radicalmente diferente de o que seja a experiência correlata, ou aquilo que justifica a avaliação estética. A explicação objetivista dessa experiência é revista em duas dimensões interdependentes.

Em primeiro lugar, a exigência mínima que o Objetivismo impõe à experiência correlata – a saber, que ela dê origem a pensamentos acerca da obra de arte – é suspensa. O Subjetivismo deve demonstrar que os pensamentos a que a experiência dá origem mesmo que, quando examinados, eles não se refiram sem ambiguidade à figura do espectador – são ao menos suficientemente complexos para não poderem, a essa altura, ser classificados de modo simples e direto. Em segundo lugar, a exigência causal que o Objetivismo impõe à experiência correlata deve ser modificada. É evidente que a obra de arte ainda deve figurar como elemento essencial da história causal da experiência, mas o Subjetivismo ganharia muito, em termos de plausibilidade, se conseguisse demonstrar que, em algum ponto do caminho causal, ocorre uma intervenção decisiva de um mecanismo projetivo. Haveria então boas razões para pensarmos que a experiência correlata não é simplesmente uma ocasião para o espectador tornar-se perceptivamente consciente de uma característica da obra de arte que poderia muito bem permanecer oculta a criaturas dotadas de um aparelho sensorial diferente. Ao contrário, a experiência, ou sua ocorrência, teriam então de ser concebidas como efetivamente revestindo a obra de importância; e esta importância, ou o porquê de a obra ser importante para o espectador, é algo que nos obrigaria a levar em conta muitos outros aspectos da psique além da mera capacidade perceptiva. Parece razoável pensar que aquelas mesmas partes profundas do psiquismo que, em qualquer Objetivismo plausível, servem de mediadoras na relação entre a obra de arte e o espectador, são o que, em qualquer Subjetivismo plausível, é projetado pelo espectador sobre a obra de arte. E, assim como o Objetivismo não subestima a importância da natureza humana para a avaliação, o Subjetivismo não subestima a importância da natureza da obra de arte para a avaliação.

Vale observar que o Subjetivismo é compatível com um grau de concordância na avaliação pelo menos tão alto quanto o previsto pelo Objetivismo; e isso é mais um dado a mostrar que a concordância ou discordância não devem ser invocadas pelos filósofos da arte para definir o status do valor estético. A concordância, como tal, é neutra.

Segundo a concepção subjetivista, o valor estético tem algo do status de uma qualidade expressiva.

BIBLIOGRAFIA

Não há muita coisa na literatura referente à estética que possa ser recomendada sem ressalvas ou restrições. Ao escrever *A arte e seus objetos*, as seguintes obras foram para mim sobremaneira importantes ou inspiradoras: a *Crítica do juízo* de Kant, a introdução à *Filosofia das belas-artes*, de Hegel, o *Systeme des Beaux-Arts*, de Alain, as obras de Gombrich *Arte e ilusão* e *Meditations on a Hobby Horse* e os ensaios de Adrian Stokes. Fui também profundamente influenciado pelo pensamento de Freud e Wittgenstein, embora seus escritos especificamente referentes à estética, quando julgados pelos critérios de qualidade que os próprios autores impõem, sejam decepcionantes.

Muitos dos escritos contemporâneos sobre a estética tomam a forma de artigos e, em consequência, multiplicam-se as coletâneas de tais artigos. Ao citá-los, emprego as seguintes abreviaturas para as antologias e periódicos nos quais apareceram:

Aesthetics and Language, ed. William Elton — Elton
Aesthetics To-day, ed. Morris Philipson (Cleveland e Nova York, 1961) — Philipson
Collected Papers on Aesthetics, ed. Cyril Barrett, S. J. (Oxford, 1965) — Barrett
Aesthetic Inquiry: Essays in Art Criticism and the Philosophy of Art, ed. Monroe C. Beardsley e Hubert M. Schueller (Belmont, Calif., 1967) — Beardsley

Aesthetics, ed. Harold Osborne (Londres, 1972) Osborne
Contemporary Aesthetics, ed. M. Lipman
(Boston, 1973) Lipman
On Literary Intention, ed. David Newton-de
Molina (Edimburgo, 1974) Newton-de Molina
Philosophy Looks of the Arts, edição revista,
ed. J. Margolis (Filadélfia, 1978) Margolis
American Philosophical Quarterly Amer. Phil. Q.
British Journal of Aesthetics B.J.A.
Journal of Aesthetics and Art Criticism J.A.A.C.
Journal of Philosophy J. Phil.
Proceedings of the Aristotelian Society P.A.S.
Proceedings of the Aristotelian Society,
Supplementary Volume P.A.S. Supp. Vol.
Philosophy and Phenomenological Research Phil. and Phen. Res.
Philosophical Quarterly Phil. Q.
Philosophical Review Phil. Rev.
Psychological Review Psych. Review

Seções 2-3

Para exames tradicionais da questão, ver por exemplo Platão, *A República*, Livro X; Leon Tolstoi, *What is Art?*, trad. Aylmer Maude (Oxford, 1930); Benedetto Croce, *Aesthetic*, 2. ed., trad. Douglas Ainslie (Londres, 1922); Roger Fry, *Vision and Design* (Londres, 1924); Ernst Cassirer, *An Essay on Man* (New Haven, 1944); e Jacques Maritain, *Creative Intuition in Art and Poetry* (Nova York, 1953).

Para a concepção cética, ver Morris Weitz, *Philosophy of the Arts* (Cambridge, Mass., 1950), "The Role of Theory in Aesthetics", *J.A.A.C.*, Vol XV (setembro 1957), p. 27-35, reeditado em Margolis e em Beardsley, e "Wittgenstein's Aesthetics", in *Language and Aesthetics*, ed. Benjamin R. Tilghman (Lawrence, Kansas, 1973); Paul Ziff, "The Task of Defining a Work of Art", *Phil. Rev.*, Vol. LXII (janeiro 1953), p. 58-78; W. B. Gallie, "Essentially Contested Concepts", *P.A.S.*, Vol. LVI (1955-6), p. 167-98, e "Art as Essentially Contested Concept", *Phil. Q.*,

Vol. VI (abril 1956), p. 97-114; C. L. Stevenson, "On 'What is a Poem?'", *Phil. Rev.*, Vol. LXVI (julho 1957), p. 329-60; e W. E. Kennick, "Does Traditional Aesthetic Rest on a Mistake?", *Mind*, Vol. 67 (julho 1958), p. 317-34, reeditado em Barrett e em Lipman. Esta abordagem supostamente tem origem em Ludwig Wittgenstein, *Philosophical Investigations*, ed. G. E. M. Anscombe (Oxford, 1953), por exemplo parágrafos 65-7, e *The Blue and Brown Books* (Oxford, 1958), *passim*.

Para uma crítica da concepção cética levada ao extremo, ver por exemplo J. Margolis, *The Language of Art and Art Criticism* (Detroit, 1965), cap. 3; Michael Podro, "The Arts and Recent English Philosophy", *Iahrbuch für Aesthetik und Allgemeine Kunstwissenschaften;* "Family Resemblances and Generalizations Concerning the Arts", *Amer. Phil. Q.*, Vol. 2 (julho 1965), p. 219-28, reeditado em Lipman.

Seções 6-8

Existe uma volumosa literatura acerca do status ontológico da obra de arte, parte da qual é reexaminada em R. Hoffmann, "Conjectures and Refutations on the Ontological Status of the Work of Art", *Mind*, Vol. LXXI (outubro 1962), p. 512-20. De modo mais geral, ver por exemplo Bernard Bosanquet, *Three Lectures on Aesthetics* (Londres, 1915), cap. II; R. G. Collingwood, *The Principles of Art* (Londres, 1938); C. I. Lewis, *An Analysis of Knowledge and Valuation* (La Salle, Ill., 1946), caps. 14-15; J.-P. Sartre, *The Psychology of the Imagination*, trad. anôn. (Nova York, 1948); Margareth Macdonald, "Art and Imagination", *P.A.S.*, Vol. LIII (1952-3), p. 205-26; Mikel Dufrenne, *Phénoménologie de l'Expérience Esthétique* (Paris, 1953); Monroe Beardsley, *Aesthetics* (Nova York, 1958); Jeanne Wacker, "Particular Works of Art", *Mind*, Vol. LXIX (abril 1960), p. 223-33, reeditado em Barrett; J. Margolis, *The Language of Art and Art Criticism* (Detroit, 1965), cap. IV; P. F. Strawson, "Aesthetic Appraisal and Works of Art", *The Oxford Review* Nº 3 (Michaelmas Term, 1966), p. 5-13, reeditado em seu *Freedom and Resentment* (Londres, 1974); e Nelson Goodman, *Languages of Art* (Indianápolis e Nova York, 1968).

Seções 11-13

Acerca da pretensa incompatibilidade entre as propriedades físicas e as propriedades de representação de uma obra de arte, ver Samuel Alexander, *Beauty and Other Forms of Value* (Londres, 1933), cap. III; e Susanne Langer, *Feeling and Form* (Nova York, 1953). Para uma crítica dessa concepção, ver Paul Ziff, "Art and the 'Object of Art'", *Mind*, Vol. LX (outubro 1951), p. 466-80, reeditado em Elton.

Uma variante mais sofisticada dessa concepção, que ainda assim conserva a noção de ilusão, pode ser encontrada em E. H. Gombrich, *Art and Illusion* (Londres, 1960). Sobre Gombrich, ver críticas de Rudolf Arnheim, *Art Bulletin*, Vol. XLIV (março 1962), p. 75-9, reeditadas em seu *Towards a Psychology of Art* (Berkeley e Los Angeles, 1966), e de Nelson Goodman, *J. Phil.*, Vol. 57 (1º de setembro, 1960), p. 595-9, reeditadas em seus *Problems and Projects* (Indianápolis e Nova York, 1972); e Richard Wollheim, "Art and Illusion", *B.J.A.*, Vol. III (janeiro 1963), p. 15-37, e *On Drawing and Object* (Londres, 1965), ambos reeditados (o primeiro, revisto e ampliado) em seu *On Art and the Mind* (Londres, 1973). Há uma crítica mais geral da Teoria da Ilusão em Göran Hermeren, *Representation and Meaning in the Visual Arts* (Lund, 1969).

A Teoria da Semelhança é aparentada à Teoria da Ilusão. Quanto àquela teoria, ver Monroe Beardsley, *Aesthetics* (Nova York, 1958); Ruby Meager, "Seeing Paintings", *P.A.S. Supp. Vol.*, XL (1966), p. 63-84; e David Pole, "Goodman and the Naive View of Representation", *B.J.A.*, Vol. 14 (inverno 1974), p. 68-80. A Teoria da Semelhança é criticada em Errol Bedford, "Seeing Paintings", *P.A.S. Supp. Vol.*, XL (1966), p. 47-62; Nelson Goodman, *Languages of Art* (Indianápolis e Nova Iorque, 1968); Max Black, "How do Pictures Represent?", em E. H. Gombrich *et al.*, *Art, Perception and Reality* (Baltimore, 1970); e R. Pitkänen, "The Resemblance View of Pictorial Representation". *B.J.A.*, Vol. 16 (outono 1976), p. 313-23.

Uma teoria mais sofisticada é a do *Despertar da Sensação*, ou a teoria de que uma representação imprime nos olhos de um observador o mesmo feixe de raios de luz que seria impresso pelo objeto representado. Isso pode-se encontrar em J. J. Gibson, "A Theory of Pictorial Perception", *Audio-Visual Communications Review*, Vol. I (inverno 1954), p. 3-23, e "Pictures, Perspective, and Perception", *Daedalus*, Vol. 89 (inverno 1960), pp. 216-27. A teoria do Despertar da Sensação é criticada em J. J. Gibson, "The Information Available in Pictures" , *Leonardo*, Vol. 4 (1971), p. 27-35, e em John M. Kenedy, *A Psychology of Picture Perception* (São Francisco, 1974).

Estas duas últimas obras apresentam uma nova teoria da representação que substitui a noção de feixe de raios de luz pela de informação. A teoria da Informação é criticada em Max Black, "How do Pictures Represent?", em E. H. Gombrich *et al.*, *Ari, Perception and Reality* (Baltimore, 1971); Nelson Goodman, "Professor Gibson's New Perspective", *Leonardo*, Vol. 4 (1971), p. 359-60; e T. G. Roupas, "Information and Pictorial Representation", em *The Arts and Cognition*, ed. David Perkins e Barbara Leondar (Baltimore, 1977).

Podem-se encontrar teorias semióticas da representação em T. M. Greene, *The Arts and the Arts of Criticism* (Princeton, 1940); Gyorgy Kepes, *Language of Vision* (Chicago, 1944); Richard Rudner, "On Semiotic Aesthetics", *J.A.A.C.*, Vol. X (setembro 1951), p. 66-77, reeditado em Beardsley; e Nelson Goodman, *Language of Art* (Indianápolis e Nova York, 1968). As opiniões de Goodman suscitaram muitos debates. Ver Richard Wollheim, "Nelson Goodman's *Languages of Art*", *J. Phil.*, Vol. LXXII (20 de agosto, 1970), p. 531-9, reeditado, em forma consideravelmente ampliada, em seu *On Art and the Mind* (Londres, 1973); Kent Bach, "Part of What a Picture is", *B.J.A.*, Vol. 10 (abril 1970), p. 119-37; E. H. Gombrich, "The What and the How: Perspectival Representation and the Phenomenal World", e Richard Rudner, "On Seeing What We Shall See", ambos em *Logic and Art: Essays in Honor of Nelson Goodman*, ed. Richard Rudner e Israel Scheffler (Indianápolis e Nova York, 1972); John G. Bennett, "Depiction and Convention", e Kendall L. Walton, "Are Representations Symbols?", ambos em *The Monist*, Vol. 58 (abril 1974), p. 255-68 e p. 236-54 respectivamente; resenha do *The Monist*, Vol. 58 (abril 1974) por Nicholas Wolterstorff em *J.A.A.C.*, Vol. XXXIV (verão 1976), p. 491-6; Jenefer Robinson, "Two Theories of Representation", *Erkenntnis,* Vol. 12 (1978), p. 37-53, e "Some Remarks on Goodman's Language Theory of Pictures", *B.J.A.,* Vol. 19 (inverno 1979), p. 63-75; e Nelson Goodman, "Replies", *Erkenntnis,* Vol. 12 (1978), p. 153-75.

Uma teoria interessante, que combina elementos semióticos e não semióticos e vê a representação como um caso especial de ficção, pode ser encontrada em Kendall L. Walton, "Pictures and Make-Believe", *Phil. Rev.,* Vol. LXXXII (julho 1973), p. 283-319; ver também seu "Points of View in Narrative and Depictive Representation", *Noûs,* Vol. X (março 1976), p. 49-61. Pode-se encontrar uma discussão das concepções de Walton e outros em William Charlton e Anthony Savile, "The Art of Apelles", *P.A.S. Supp. Vol.,* LIII (1979), p. 167-206.

Uma concepção que assimila a representação a um ato de fala pode ser encontrada em Søren Kjørup, "George Inness and the Battle of Hastings, or Doing Things with Pictures", *The Monist,* Vol. 58 (abril 1974), p. 216-35, e "Pictorial Speech Acts", *Erkenntnis,* Vol. 12 (1978), p. 55-71. A concepção é criticada em Nelson Goodman, "Replies" , *Erkenntnis,* Vol. 12 (1978), p. 162-4.

Para uma boa discussão acerca da fidelidade pictórica, que traça um panorama das concepções existentes, ver Patrick Maynard, "Depiction, Vision, and Convention", *Amer. Phil. Q.,* Vol. 9 (julho 1972), p. 243-50, reeditado em Margolis.

Acerca das variações da relação de representação, como por exemplo a pintura descritiva, o retrato, ver Monroe Beardsley, *Aesthetics* (Nova York, 1958); Errol Bedford, "Seeing Paintings", *P.A.S. Supp. Vol.,* XL (1966), p. 47-62; Nelson Goodman, *Languages of Art* (Indianápolis e Nova York, 1968); David Kaplan, "Quantifying ln", em *Words and Objections,* ed. D. Davidson e J. Hintikkit (Dordrecht, 1969); Göran Hermeren, *Representation and Meaning in the Visual Arts* (Lund, 1969); Robert Howell, "The Logical Structure of Pictorial Representation", *Theoria,* Vol. XL (1974), p. 76-109; Stephanie Ross, "Caricature", e Kendall L. Walton, "Are Representations Symbols?", ambos em *The Monist,* Vol. 58 (abril 1974), p. 236-54 e p. 285-93 respectivamente; Barrie Falk, "Portraits and Persons", *P.A.S.,* Vol. LXXV (1974-5),

p. 181-200; e a resenha do *The Monist*, Vol. 58 (abril 1974), por Nicholas Wolterstorff em *J.A.A.C.*, Vol. XXXIV (verão 1976), p. 491-6. O melhor estudo destes assuntos encontra-se em Antonia Phillips, *Picture and Object* (tese de mestrado em Filosofia para a Universidade de Londres, 1977; não publicada).

Ver também J.-P. Sartre, *The Psychology of the Imagination*, trad. anôn. (Nova York, 1948); Maurice Merleau-Ponty, *Eye and Mind*, no seu *Primacy of Perception*, trad. Carleton Dallery (Evanston, Ill., 1964), reeditado em Osborne; W. Charlton, *Aesthetics* (Londres, 1970); e Meyer Schapiro, *Words and Pictures: On the Literal and the Symbolic in the Illustration of a Text* (Haia, 1973).

Sobre o ver-como, ver Ludwig Wittgenstein, *Philosophical Investigations*, ed. G. E. M. Anscombe (Oxford, 1953), Livro II, xi; G. N. A. Vesey, "Seeing and Seeing As", *P.A.S.*, Vol. 56 (1955-56), p. 109-24; V. C. Aldrich, *Philosophy of Art* (Englewood Cliffs, N. J., 1963), e "Visual Metaphor", *Journal of Aesthetic Education*, Vol. 2 (1968), p. 73-86; Hidé Ishiguro, "Imagination", *P.A.S. Supp. Vol.*, XLI (1967), p. 37-56; e Robert Howell, "Seeing As", *Synthese*, Vol. 23 (1972), p. 400-22.

Seções 15-19

Acerca da primeira concepção da expressão, ver Eugène Véron, *Aesthetics*, trad. W. H. Armstrong (Londres, 1879). Véron influenciou profundamente Tolstoi, *What is Art?*, trad. Aylmer Maude (Oxford, 1930). Pode-se encontrar uma versão tardia dessa concepção em Harold Rosenberg, *The Tradition of the New* (Nova York, 1959).

Para uma crítica dessa concepção, ver Susanne Langer, *Philosophy in a New Key* (Cambridge, Mass., 1942), cap. VII, onde é traçada uma distinção entre uma referência "sintomática" e uma referência "semântica" ao sentimento; Monroe Beardsley, *Aesthetic* (Nova York, 1958); e Alan Tormey, *The Concept of Expression* (Princeton, 1971). Ver também Paul Hindemith, *A Composer's World* (Cambridge, Mass., 1952).

Acerca da segunda concepção da expressão, ver I. A. Richards, *Principles of Literary Criticism* (Londres, 1925). Para duas aplicações dessa concepção à música, uma mais sutil, outra mais grosseira, ambas cabais, ver Edmund Gurney, *The Power of Sound* (Londres, 1880), e Deryck Cooke, *The Language of Music* (Londres, 1959).

Para uma crítica dessa concepção, ver W. K. Wimsatt, Jr, e Monroe Beardsley, "The Affective Fallacy", *Sewanee Review*, LVII (inverno 1949), p. 458-88, reeditado em W. K. Wimsatt, Jr, *The Verbal Icon* (Lexington, Ky, 1954).

Uma concepção combinada pode-se encontrar em, por exemplo, Curt J. Ducasse, *The Philosophy of Art* (Nova York, 1929).

Sobre a expressão em geral, ver John Dewey, *Art as Experience* (Nova York, 1934); Rudolph Arnheim, *Art and Visual Perception* (Berkeley e Los Angeles, 1954), e "The Gestalt Theory of Expression", *Psych. Review*, Vol. 56 (maio 1949), p. 156-72, reeditado no seu *Towards a Psychology of Art* (Berkeley e Los Angeles, 1966); Ludwig Wittgenstein, *Philosophical Investigations*, ed. G. E. M. Anscombe (Oxford, 1953); R. K. Elliott, "Aesthetic Theory and the Experience of Art", *P.A.S.*, Vol. LXVII (1966-7), p. 111-26, reeditado em Elton e em Margolis; Richard Wollheim, "Expression", in *The Human Agent*, ed. G. N. A. Vesey (Londres, 1967), reeditado no seu *On Art and the Mind* (Londres, 1973); Nelson Goodman, *Languages of Art* (Indianápolis e Nova York, 1968); Alan Tormey, *The Concept of Expression* (Princeton, 1971); Vernon Howard, "On Musical Expression", *B.J.A.*, Vol. 11 (verão 1971), p. 268-80, e "Music and Constant Comment", *Erkenntnis*, Vol. 12 (1978), p. 73-81; Guy Sircello, *Mind and Art* (Princeton, 1972); e Virgil Aldrich, "'Expresses' and 'Expressive'", *J.A.A.C.*, Vol. XXXVII (inverno 1978), p. 203-17. Sobre Sircello, ver Jenefer Robinson, "The Eliminability of Artistics Acts", *J.A.A.C.*, Vol. XXXVI (outono 1977), p. 81-9.

Seções 22-3

Acerca da Teoria Ideal, ver Benedetto Croce, *Aesthetic*, 2. ed., trad. Douglas Ainslie (Londres, 1922); e R. G. Collingwood, *The Principles of Art* (Londres, 1938). Em seus escritos tardios, Croce afastou-se consideravelmente da teoria que aqui lhe é atribuída. Para um exame mais detalhado das concepções efetivas de Collingwood, ver Richard Wollheim, "On an Alleged Inconsistency in Collingwood's Aesthetic", em *Critical Essays on the Philosophy of R. G. Collingwood*, ed. M. Krausz (Londres, 1972), reeditado, sob forma ampliada, em seu *On Art and the Mind* (Londres, 1973).

Para uma crítica da teoria, ver W. B. Gallie, "The Function of Philosophical Aesthetics", *Mind*, Vol. LVII (1948), p. 302-21, reeditado em Elton; e Margaret Macdonald, "Art and Imagination", *P.A.S.*, Vol. LIII (1952-3), p. 205-26.

Acerca da importância do veículo, ver Samuel Alexander, *Art and the Material* (Manchester, 1925), reeditado em seu *Philosophical and Literary Pieces* (Londres, 1939); John Dewey, *Art as Experience* (Nova York, 1934); Edward Bullough, *Aesthetics*, ed. Elizabeth M. Wilkinson (Stanford, 1957); Stuart Hampshire, *Feeling and Expression* (Londres, 1960), reeditado em seu *Freedom of Mind* (Londres, 1972); E. H. Gombrich, *Art and Illusion* (Londres, 1960); V. C. Aldrich, "Visual Metaphor", *Journal of Aesthetic Education*, Vol. 2 (janeiro 1968), p. 73-86, e "Form in the Visual Arts". *B.J.A.*, Vol. 11 (verão 1971), p. 215-26; e Robert Howell, "The Logical Structure of Pictorial Representation", *Theoria*, Vol. XL (1972), p. 76-109.

Pode-se encontrar uma defesa da Teoria Ideal, em termos de veículo "concebido" *versus* veículo "físico", em John Hospers, "The Croce-Collingwood Theory of Art", *Philosophy*, Vol. XXXI (outubro 1956), p. 291-308.

Sobre as imagens, ver Alain, *Systeme des Beaux-Arts* (Paris, 1926), Livre I; J.-P. Sartre, *The Psychology of Imagination*, trad. anôn. (Nova York, 1948); Gilbert Ryle, *The Concept of Mind* (Londres, 1949); J. M. Shorter, "Imagination", *Mind*, Vol. LXI (outubro 1952), p. 528-42; Hidé Ishiguro, "Imagination", *British Analytical Philosophy*, ed. Alan Montefiore e Bernard Williams (Londres, 1966), e "Imagination", *P.A.S. Supp. Vol.*, XLII (1967), p. 37-56; e Bernard Williams, *Imagination and the Self* (Londres, 1966), reeditado em seu *Problems of the Self* (Cambridge, 1973).

Seção 24

Acerca da Teoria da Apresentação, ver por exemplo D. W. Prall, *Aesthetic Analysis* (Nova York, 1936); S. C. Pepper, *The Basis of Criticism in the Arts* (Cambridge, Mass., 1945), Ensaio Suplementar, e *The Work of Art* (Bloomington, Ind., 1955), cap. I; Harold Osborne, *Theory of Beauty* (Londres, 1952); e Monroe Beardsley, *Aesthetics* (Nova York, 1958).

Pode-se encontrar uma variação especial da teoria em Susanne Langer, *Feelings and Form* (Nova York, 1953), e *Problems in Art* (Nova York, 1957).

Alguns dos pressupostos da teoria são criticados a contento em Arnold Isenberg, "Perception, Meaning, and the Subject Matter of Art", *J. Phil.*, Vol. 41 (outubro 1944), reeditado em seu *Aesthetics and the Theory of Criticism*, ed. William Callaghan *et al.* (Chicago, 1973).

Seção 25

Acerca da "música da poesia", ver A. C. Bradley, "Poetry for Poetry's Sake", em *Oxford Lectures on Poetry* (Londres, 1909); I. A. Richards, *Practical Criticism* (Londres, 1929); Cleanth Brooks e Robert Penn Warren, *Understanding Poetry*, ed. rev. (Nova York, 1950), cap. III; Northrop Frye, *Anatomy of Criticism* (Princeton, 1957); T. S. Eliot, "Music of Poetry", em seu *On Poetry and Poets* (Londres, 1957); e Edgar Wind, *Art and Anarchy* (Londres, 1963).

Seção 26

Acerca da teoria de Shaftesbury-Lessing, ver Shaftesbury, *Characteristics of Men, Manners, Opinions, Times* (1714), cap. I; G. W. E. Lessing, *Laocoon* (1766), caps. 2, 3, 24 e 25.

Acerca da representação do movimento, ver também Alain, *Systeme des Beaux-Arts* (Paris, 1926); Rudolf Arnheim, *Art and Visual Perception* (Berkeley e Los Angeles, 1954), e "Perceptual and Aesthetic Aspects of the Movement Response", *Journal of Personality*, Vol. 19 (1950-51), p. 265-81, reeditado em seu

Towards a Psychology of Art (Berkeley e Los Angeles, 1966); e E. H. Gombrich, "Moment and Movement in Art", *Journal of the Warburg and Courtauld Institutes*, Vol. 27 (1964), p. 293-306.

Seção 27

Acerca das teorias dos "valores táteis", ver Bernhard Berenson, *Florentine Painters of the Rendissance* (Nova York, 1896).
As origens da teoria podem ser encontradas nos escritos de Adolf von Hildebrand, Robert Vischer e Theodor Lipps.
Acerca da versão diluída da teoria, ver Heinrich Wölfflin, *Classic Art*, trad. Peter e Linda Murray (Londres, 1952), e *Principles of Art History*, trad. M. D. Hottinger (Nova York, 1932).
Ver também Ludwig Wittgenstein, *The Blue and Brown Books*, ed. G. E. M. Anscombe (Oxford, 1958), p. 9-11.

Seções 28-31

Para a concepção de Gombrich da expressão, ver E. H. Gombrich, *Art and Illusion* (Londres, 1960), cap. XI, e *Meditations on a Hobby Horse* (Londres, 1963).
Acerca da iconicidade de "imanência" das obras de arte, ver George Santayana, *The Sense of Beauty* (Nova York, 1896); Carroll C. Pratt, *Meaning in Music* (Nova York, 1931); Samuel Alexander, *Beauty and Other Forms of Value* (Londres, 1933); Morris Weitz, *Philosophy of the Arts* (Cambridge, Mass., 1950); e Ernst Cassirer, *Philosophy of Symbolic Forms*, trad. Ralph Manheim (New Haven, 1953-7).
Existem tentativas de dar a essa concepção uma formulação mais rigorosa, em Susanne Langer, *Philosophy in a New Key* (Cambridge, Mass., 1942), e *Feeling and Form* (Nova York, 1953); e C. W. Morris, "Esthetics and the Theory of Signs", *Journal of Unified Science*, 8 (1939), p. 13-15. Tanto Morris como Langer são criticados (por C. L. Stevenson) em *Language, Thought and Culture*, ed. P. Henlé (Ann Arbor, 1958), cap. 8. Ver também Richard Rudner, "On Semiotic Aesthetics", *J.A.A.C.*, Vol. X (setembro 1951), p. 67-77, reeditado em Beardsley. Sobre Langer,

ver a resenha de *Philosophy in a New Key* por Ernest Nagel, *J. Phil.*, Vol. XL (10 de junho, 1943), p. 323-9, reeditado em seu *Logic without Metaphysics* (Glencoe, Ill., 1956); Arthur Szathmary, "Symbolic and Aesthetic Expression in Painting", *J.A.A.C.*, Vol. XIII (setembro 1954), p. 86-96; e P. Welsh, "Discursive and Presentational Symbols", *Mind*, Vol. LXIV (abril 1955), p. 181-99. Sobre Morris, ver Benbow Ritchie, "The Formal Structure of the Aesthetic Object", *J.A.A.C.*, Vol. III (abril 1943), p. 5-15; e Isabel P. Creed, "Iconic Signs and Expressiveness", *J.A.A.C.*, Vol. III (abril 1943), p. 15-21. Morris renunciou à ideia de que a arte caracteriza-se por uma classe especial de signos em *Signs, Language and Behavior* (Nova York, 1946).

A distinção entre símbolo e ícone como espécies de signo remonta a Charles S. Peirce, *Collected Papers*, ed. Charles Hartshorne e Paul Weiss (Cambridge, Mass., 1931-5), Vol. II, Livro II, cap. 3.

Acerca do estilo e do conceito de estilo, ver Heinrich Wölfflin, *Principles of Art History*, trad. M. D. Hottinger (Nova York, 1932), e *Classic Art*, trad. Peter e Linda Murray (Londres, 1952); Paul Frankl, *Das System der Kunstwissenschaft* (Leipzig, 1938), e *The Gothic* (Princeton, N. J., 1960); Meyer Schapiro, "Style", em *Anthropology To-day*, ed. A. L. Kroeber (Chicago, 1953), reeditado em Philipson; *Style in Language*, ed. T. A. Seboek (Cambridge, Mass., 1960); James S. Ackerman, "Style", em James S. Ackerman e Rhys Carpenter, *Art and Archaeology* (Englewood Cliffs, N. J., 1963); E. H. Gombrich, *Norm and Form* (Londres, 1966), "Style" em *International Encyclopaedia of the Social Sciences*, ed. David L. Sills (Nova York, 1968), e *The Sense of Order* (Londres, 1979); Leonard B. Meyer, *Music, the Arts and Ideas* (Chicago, 1967); Graham Hough, *Style and Stylistics* (Londres, 1969); Morris Weitz, "Genre and Style", em *Contemporary Philosophic Thought*, ed. Howard E. Kiefer e Milton. K. Munitz (Nova York, 1970); *Linguistics and Literary Style*, ed. Donald Freeman (Nova York, 1971); Charles Rosen, *The Classical Style* (Nova York, 1971); Richard Wollheim, "Giovanni Morelli and the Origins of Scientific Connoisseurship" , em seu *On Art and the Mind* (Londres, 1973), "Style Now", em *Concerning Contemporary*

Art, ed. Bernard Smith (Oxford, 1975), e "Pictorial Style: Two Views", em *The Concept of Style*, ed. Berel Lang (Filadélfia, 1979); Nelson Goodman, "The Status of Style", *Critical Inquiry*, Vol. I (junho 1975), p. 799-811, reeditado em seu *Ways of Worldmaking* (Indianápolis e Nova York, 1978); e Kendall L. Walton, "Style and the Products and Processes of Art", em *The Concept of Style*, ed. Berel Lang (Filadélfia, 1979). Para o argumento contra os gêneros ou categorias estéticas, ver Benedetto Croce, *Aesthetic*, 2. ed., trad. Douglas Ainslie (Londres, 1922), caps. 12 e 15, e *Breviary of Aesthetics*, trad. Douglas Ainslie (Houston, Texas, 1915). Os temas são repassados por René Wellek e Austin Warren, *Theory of Literature* (Nova York, 1949), cap. 17.

Acerca do raciocínio que pretende derivar os critérios de avaliação dos princípios da classificação segundo os gêneros, ver Harold Osborne, *Aesthetic and Criticism* (Londres, 1955). O argumento integra a apologética clássica da tradição "modernista" na pintura: ver Clement Greenberg, *Art and Culture* (Boston, 1961).

Para a defesa da crítica de gêneros, ver Northrop Frye, *The Anatomy of Criticism* (Princeton, 1957). Ver também William Empson, *Some Versions of Pastoral* (Londres, 1935); R. S. Crane, *The Languages of Criticism and the Structure of Poetry* (Toronto, 1953); Erich Auerbach, *Mimesis*, trad. William R. Trask (Princeton, 1953); Wayne Booth, *The Rhetoric of Fiction* (Chicago, 1961); e E. H. Gombrich, *Meditations on a Hobby-Horse* (Londres, 1963), e *Icones Symbolicae* (Londres, 1972). Pode-se encontrar uma discussão interessante do papel da classificação para a compreensão e a avaliação da arte em Kendall L. Walton, "Categories of Art", *Phil. Rev.*, Vol. LXXIX (julho 1970), p. 334-67, reeditado em Margolis.

Para a insistência na particularidade da obra de arte, ver por exemplo Stuart Hampshire, "Logic and Appreciation", em Elton, reeditado em Lipman; e Roger Scruton, *Art and Imagination* (Londres, 1974). As formulações exageradas dessa concepção são criticadas em Ruby Meager, "The Uniqueness of a Work of Art", *P.A.S.*, Vol. LIX (1958-9), reeditado em Barrett.

Seção 33

Para a opinião de que o conhecimento do problema para o qual a obra de arte aparece como solução é essencial para a compreensão estética, ver Erwin Panofsky, "The History of Art as a Humanistic Discipline", em seu *Meaning in the Visual Arts* (Nova York, 1955). Também E. H. Gombrich, *The Story of Art* (Londres, 1950); e Arnold Hauser, *The Philosophy of Art History* (Londres, 1959).

Para aplicações mais específicas, ver por exemplo Meyer Schapiro, "The Sculptures of Soumac", in *Medieval Studies in Memory of A. Kingsley Porter*, Vol. II, ed. W. R. W. Koehier (Cambridge, Mass., 1939), reeditado em seu *Selected Papers: Romanesque Art* (Nova York, 1977); Dennis Mahon, *Studies in Seiscento Art and Theory* (Londres, 1947); Erwin Panofsky, *Renaissance and Renascences in Western Art* (Estocolmo, 1960); Michael Baxandall, *Painting and Experience in Fifteenth Century Italy* (Oxford, 1972); e E. H. Gombrich, *Means and Ends: Reflections on the History of Fresco Painting* (Londres, 1976). Ver também Robert Grigg, "The Constantinian Friezes: Inferring Intentions from the Work of Art", *B.J.A.*, Vol. 10 (janeiro 1970), p. 3-10.

Para uma crítica dessa concepção, ver Edgar Wind, "Zur Systematik der Künstlerischen Probleme", *Zeitschrift für Aesthetik und allgemeine Kunstwissenschaft*, Vol. XVIII (1925), p. 438-86; e um artigo de Monroe Beardsley e W. K. Wimsatt Jr, muitas vezes publicado, "The Intentional Fallacy", *Sewanee Review*, LIV (verão 1946), p. 468-88, reeditado em W. K. Wimsatt, Jr, *The Verbal Icon* (Lexington, Ky., 1954), em Margolis, e em Newton-de Molina. Ver também, por exemplo, Isabel Hungerland, "The Concept of Intention in Art Criticism", *J. Phil.*, Vol. LII (24 de novembro, 1955), p. 733-42; F. Cioffi, "Intention and Interpretation in Criticism", *P.A.S.*, Vol. LXIV (1963-4), p. 85-106, reeditado em Barrett, em Osborne, em Newtonde Molina e em Margolis; John Kemp, "The Work of Art and the Artist's Intentions", *B.J.A.*, Vol. IV (abril 1964), p. 46-54; E. D. Hirsch, Jr, *Validity in Interpretation* (New Haven, 1967) e *The Aims of Interpretation* (Chicago, 1976); Anthony Savile, "The Place of Intention in the

Concept of Art", *P.A.S.*, Vol. LXIX (1968-9), p. 101-24, reeditado em Osborne; Monroe Beardsley, *The Possibility of Criticism* (Detroit, 1970); resenha de *The Possibility of Criticism* por Kendall C. Walton, *J. Phil.*, Vol. LXX (20 de dezembro, 1973), p. 832-6; Quentin Skinner, "Motives, Intentions and the Interpretation of Texts", *New Literary History*, Vol. 3 (inverno 1972), p. 393-408, reeditado em forma resumida em Newton-de Molina; Graham Hough, "An Eighth Type of Ambiguity", in *William Empson: The Man and his Work*, ed. Roma Gill (Londres, 1974), reeditado em Newton-de Molina; e Frank Kermode, *The Genesis of Secrecy: On the Interpretation of Narrative* (Cambridge, Mass., 1979).

Seções 35-6

Acerca dos tipos e amostras, ver Charles Sanders Peirce, *Collected Papers*, ed. Charles Hartshorne e Paul Weiss (Cambridge, Mass., 1931-5), Vol. IV, §§ 537 *et seq.*

Ver também Margaret Macdonald, "Art and Imagination", *P.A.S.*, Vol. LIII (1952-3), p. 205-26; R. Rudner, "The Ontological Status of the Aesthetic Object", *Phil. and Phen. Res.*, Vol. X (março 1950), p. 380-88, reeditado em Lipman; C. L. Stevenson, "On 'What is a Poem?' ", *Phil. Rev.*, Vol. LXIV (julho 1957), p. 329-60; J. Margolis, *The Language of Art and Art Criticism* (Detroit, 1965); P. F. Strawson, "Aesthetic Appraisal and Works of Art", *The Oxford Review*, N. 3 (Michaelmas, 1966), p. 5-13, reeditado em seu *Freedom and Resentment* (Londres, 1974); Nelson Goodman, *Languages of Art* (Indianápolis e Nova York, 1968); A. Ralls, "The Uniqueness and Reproducibility of a Work of Art", *Phil. Q.*, Vol. XXII (janeiro 1972), p. 1-18; Jay E. Bachrach, "Richard Wollheim and the Work of Art", *J.A.A.C.*, Vol. 32 (outono 1973), p. 108-11; Nicholas Wolterstorff, "Toward an Antology of Art Works", *Nous*, Vol. IX (maio 1975), p. 115-41, reeditado em Margolis; Nigel Harrison, "Types, Tokens, and the Identity of the Musical Work", *B.J.A.*, Vol. 15 (outono 1975), p. 336-46; J. O. Urmson, "The Performing Arts", em *Contemporary British Philosophy* (4th series), ed. H. D. Lewis (Londres, 1976), e "Literature", em *Aesthetics*, ed. G. Dickie e R. Sclafani (Nova

York, 1977); Kendall L. Walton, "The Presentation and Portrayal of Sound Patterns", *In Theory Only: Journal of the Michigan Music Theory Society*, Vol. 2 (fev.-março 1977), p. 3-16; Richard Wollheim, "Are the Criteria of Identity that hold for a Work of Art in the Different Arts Aesthetically Relevant?", Nelson Goodman, "Comments on Wollheim's Paper", e David Wiggins, "Reply to Richard Wollheim", todos em *Ratio*, Vol. XX (junho 1978), p. 29-48, 49-51 e 52-68 respectivamente; e Jerrold Levinson, "What a Musical Work Is", *J. Phil.*, Vol. LXXVII (janeiro 1980), p. 5-28.

Seções 37-9

Sobre a interpretação, ver Paul Valéry, "Reflections on Art", incluído em seus *Collected Works*, trad. Ralph Manheim (Londres, 1964), Vol. XIII.

Ver também William Empson, *Seven Types of Ambiguity* (Londres, 1930); e Ernst Kris e Abraham Kaplan, "Aesthetic Ambiguity", em Ernst Kris, *Psychoanalytic Explorations in Art* (Nova York, 1952).

Acerca da eliminabilidade da interpretação, ver Susanne Langer, *Feeling and Form* (Nova York, 1953). Esta concepção é criticada em Jeanne Wacker, "Particular Works of Art", *Mind*, Vol. LXIX (1960), p. 223-33, reeditado em Barrett.

Para a distinção entre interpretação e descrição; ver Morris Weitz, *Hamlet and the Philosophy of Literary Criticism* (Chicago, 1964), e "Interpretation and the Visual Arts", *Theoria*, Vol. XXXIX (1973), p. 101-12; Charles L. Stevenson, "On the 'Analysis' of a Work of Art", *Phil. Rev.*, Vol. LXVII (janeiro 1958), p. 33-51, e "On the Reasons that can be given for the Interpretation of a Poem", editado em Margolis; W. K. Wimsatt, Jr, "What to say about a Poem", em seu *Hateful Contraries* (Lexington, Ky., 1965); e Monroe Beardsley, "The Limits of Critical Interpretation", e Stuart Hampshire, "Types of Interpretation", em *Art and Philosophy*, ed. Sidney Hook (Nova York, 1966).

A necessidade da interpretação também é defendida a partir de um ponto de vista fenomenológico em, por exemplo, Roman Ingarden, *The Literary Work of Art*, trad. George C. Grabowicz

(Evanston, Ill., 1973), e *Cognition of the Literary Work of Art*, trad. Ruth Ann Crowley e Kenneth R. Olson (Evanston, Ill., 1973); e Wolfgang Iser, *The Art of Reading* (Baltimore, 1978). Ver também R. K. Elliott, "Imagination in the Experience of Art", em *Philosophy and the Arts*, ed. G. N. A. Vesey (Londres, 1973).

O parecer de que os dois tipos de interpretação tenham uma relação entre si figura em Margaret Macdonald, "Some Distinctive Features of Arguments used in the Criticism of the Arts", *P.A.S. Supp. Vol.*, XXIII (1949), p. 183-94, revisto e reeditado em Elton; ver também J. Margolis, *The Language of Art and Art Criticism* (Detroit, 1965).

Para a distinção entre as propriedades estéticas e não estéticas de uma obra de arte, ver Frank Sibley, "Aesthetic Concepts", *Phil. Rev.*, Vol. 68 (outubro 1959), p. 421-50, reeditado em Barrett e em Margolis, e "Aesthetic Concepts: A Rejoinder", *Phil. Rev.*, Vol. 72 (abril 1965), p. 135-59; Isabel Creed Hungerland, "Once Again, Aesthetic and Non-Aesthetic", *J.A.A.C.*, Vol. 26 (primavera 1968), p. 285-95, reeditado em Osborne; Ruby Meager, "Aesthetic Concepts", *B.J.A.*, Vol. 10 (outubro 1970), p. 303-22; e Peter Kivy, *Speaking of Art* (Haia, 1973). As opiniões de Sibley são criticadas de modo convincente por Ted Cohen em "Aesthetic/Non-Aesthetic and the Concept of Taste: A Critique of Sibley's Position", *Theoria*, Vol. XXXIX (1973), p. 113-52.

Seções 40-42

A tese de que a arte deva ser formulada em termos de nossa atitude em relação a ela é formulada do modo mais claro por Edward Bullough em *Aesthetics*, ed. Elizabeth M. Wilkinson (Stanford, 1957). Os mais importantes precursores dessa ideia são Immanuel Kant, *Critique of Judgement*, trad. J. C. Meredith (Oxford, 1928); e Arthur Schopenhauer, *The World as Will and Idea*, trad. R. B. Haldane e J. Kemp (Londres, 1883). Acerca dos antecedentes dessa ideia, ver Jerome Stolnitz, "On the Origins of 'Aesthetic Disinterestedness'", *J.A.A.C.*, Vol. XX (inverno 1961), p. 131-43; e para seu desenvolvimento subsequente, ver Michael Podro, *The Manifold in Perception* (Oxford, 1972).

Podem-se encontrar versões modernas da tese em H. S. Langfeld, *The Aesthetic Attitude* (Nova York, 1920); J. O. Urmson, "What Makes a Situation Aesthetic", *P.A.S. Supp. Vol.*, XXXI (1957), p. 75-92; Virgil C. Aldrich, "Picture Space", *Phil. Rev.*, Vol. 67 (julho 1958), p. 342-52, *Philosophy of Art* (Englewood Cliffs, N. J., 1963) e "Education for Aesthetic Vision", *Journal of Aesthetic Education*, Vol. 2 (outubro 1968), p. 101-7; Vincent Tomas, "Aesthetic Vision", *Phil. Rev.*, Vol. LXVIII (janeiro 1959), p. 52-67; F. E. Sparshott, *The Structure of Aesthetics* (Toronto, 1963); o brilhante ensaio de Stanley Cavell, "The Avoidance of Love", em seu *Must We Mean What We Say?* (Nova York, 1969); e Rogers Scruton, *Art and Imagination* (Londres, 1974).

Pode-se encontrar um interessante desenvolvimento dessa abordagem, feito a partir de um ponto de vista fenomenológico, em Mikel Dufrenne, *Phénoménologie de l'Experience Esthétique* (Paris, 1953).

Para uma crítica dessa abordagem, ver George Dickie, "The Myth of the Aesthetic Attitude", *Amer. Phil. Q.*, I (janeiro 1964), p. 54-65; e Marshall Cohen, "Aesthetic Essence", in *Philosophy in America*, ed. Max Black (Nova York, 1965).

Para a opinião de que todos os objetos podem ser vistos com olhar estético, ver por exemplo, Stuart Hampshire, "Logic and Appreciation", em Elton, reeditado em Lipman. Cf. Paul Valéry, "Man and the Sea Shell", em seus *Collected Works*, trad. Ralph Manheim (Londres, 1964), Vol. XIII, reeditado em Osborne.

Seção 43

Ver John Dewey, *Art as Experience* (Nova York, 1934). Para uma versão extrema, ou grosseira, da ideia de que a arte e a vida são coisas distintas, ver Clive Bell, *Art* (Londres, 1914). Essa abordagem é (de modo bastante ambíguo) criticada em I. A. Richards, *Principles of Literary Criticism* (Londres, 1925). Para uma ideia tão extremada ou grosseira quanto essa, mas oposta, ver C. P. Snow, *The Two Cultures and the Scientific Revolution* (Cambridge, 1959). Ver, de modo mais geral, Edgar Wind, *Art and Anarchy* (Londres, 1963); e Iris Murdoch, *The Fire and the Sun* (Oxford, 1977).

Seção 44

Sobre o conceito de arte nas sociedades primitivas, ver Yrjö Hirn, *The Origins of Art* (Londres, 1900); Franz Boas, *Primitive Art* (Oslo, 1927); Ruth Bunzel, "Art", em *General Anthropology*, ed. Franz Boas (Nova York, 1938); E. R. Leach, "Aesthetics", em *The Institutions of Primitive Society*, ed. E. E. Evans-Pritchard (Oxford, 1956); Margaret Mead, James B. Bird e Hans Himmelheber, *Technique and Personality* (Nova York, 1963); Claude Lévi-Strauss, *The Savage Mind*, trad. anôn. (Londres, 1966); *Tradition and Creativity in Tribal Art*, ed. Daniel Biebuyck (Berkeley e Los Angeles, 1969); *Anthropology and Art: Readings in Cross-Culture Aesthetics*, ed. C. M. Otten (Nova York, 1971); J. Maquet, *Introduction to Aesthetic anthropology* (Reading, Mass., 1971); *The Traditional Artist in African Society*, ed. Warren L. d' Azevedo (Bloomington, 1972); *Primitive Art and Society*, ed. Anthony Forge (Oxford, 1973); *Art in Society*, ed. Michael Greenhalg e Vincent Megaw (Londres, 1978); e Richard L. Anderson, *Art in Primitive Societies* (Englewood Cliffs, N. J., *1979*).

Acerca do moderno conceito de arte, ver P. O. Kristeller, "The Modern System of the Arts: A Study in the History of Aesthetics", *Journal of the History of Ideas*, Vol. XII (outubro 1951), pp. 496-527, e Vol. XIII (janeiro 1952), p. 17-46. Cf. W. Tatarkiewicz, "The Classification of the Arts in Antiquity", *Journal of the History of Ideas*, Vol. XXIV (abril 1963), p. 231-40; e Meyer Schapiro, "On the Aesthetic Attitude in Romanesque Art", em *Art and Thought: Issued in Honour of Dr Ananda K. Coomaraswamy*, ed. K. Bharatha Iyer (Londres, 1947), reeditado em seu *Selected Papers: Romanesque Art* (Nova York, 1977).

Seção 45

Para a noção de forma de vida, ver Ludwig Wittgenstein, *Philosophical Investigations* (Oxford, 1953).

Para a analogia entre arte e linguagem, ver John Dewey, *Art as Experience* (Nova York, 1934); André Malraux, *The Voices of Silence*, trad. Stuart Gilbert (Londres, 1954); E. H. Gombrich,

Art and Illusion (Londres, 1960); Maurice Merleau-Ponty, "Indirect Language and the Voices of Silence", em seu *Signs*, trad. Richard C. McCleary (Evanston, Ill., 1964); Mary Mothersill, "Is Art a Language?", *J. Phil.*, Vol. LXII (21 de outubro, 1965), p. 559-72; Nelson Goodman, *Languages of Art* (Indianápolis e Nova York, 1968); E. H. Gombrich, "The Evidence of Images", in *Interpretation, Theory and Practice*, ed. Charles Singleton (Baltimore, 1970); R. L. Gregory, *The Intelligent Eye* (Londres, 1970); e Roger Scruton, *Art and Imagination* (Londres, 1974).

Para a reciprocidade entre artista e espectador, ver Alain, *Systeme des Beaux-Arts* (Paris, 1926); John Dewey, *Art as Experience* (Nova York, 1934); e também (surpreendentemente!) R. G. Collingwood, *The Principles of Art* (Londres, 1938); Mikel Dufrenne, *Phénoménologie de l'Expérience Esthétique* (Paris, 1953); e R. K. Elliott, "Imagination in the Experience of Art", em *Philosophy and the Arts*, ed. G. N. A. Vesey (Londres, 1973). Podem-se encontrar muitas das principais ideias em G. W. F. Hegel, *Philosophy of Fine Art: Introduction*, trad. Bernard Bosanquet, ed. Charles Karelis (Oxford, 1979).

Seção 46

Para a ideia de um impulso artístico, ver por exemplo Samuel Alexander, *Art and Instinct* (Oxford, 1927), reeditado em seu *Philosophical and Literary Pieces* (Londres, 1939); e Étienne Souriau, *L'A venir de l'Esthétique* (Paris, 1929).

Uma versão oitocentista desta abordagem identificava as origens da arte num impulso lúdico. Esta abordagem, que deriva vagamente de Friedrich Schiller, *Letters on the Aesthetic Education of Man*, trad, Reginald Snell (New Haven, 1954), pode ser encontrada em Herbert Spencer, *Essays* (Londres, 1858-74); Konrad Lange, *Das Wesen der Kunst* (Berlim, 1901); e Karl Groos, *The Play of Man*, trad. Elizabeth L. Baldwin (Nova York, 1901).

Outra versão dessa abordagem, concebida em termos de uma *Kunstwollen* ou vontade artística específica, encontra-se em Alois Riegl, *Stilfragen* (Berlim, 1893); e Wilhelm Worringer, *Abstraction and Empathy*, trad. Michael Bullock (Londres, 1953).

Para uma crítica da abordagem como um todo, ver Mikel Dufrenne, *Phénoménologie de l'Expérience Esthétique* (Paris, 1953). Para uma crítica de Riegl, ver E. H. Gombrich, *The Sense of Order* (Londres, 1979).

Seção 47

Existem referências implícitas ao problema do *bricoleur* dispersas pela obra de Immanuel Kant, *Critique of Judgement*, trad. J. C. Meredith (Oxford, 1928); G. W. F. Hegel, *Philosophy of Fine Art: Introduction*, trad. Bernard Bosanquet, ed. Charles Karelis (Oxford, 1979); John Dewey, *Art as Experience* (Nova York, 1934). Ver também D. W. Prall, *Aesthetic ludgement* (Nova York, 1929); T. M. Greene, *The Arts and the Art of Criticism* (Princeton, 1940); Thomas Munro, *The Arts and Their Interrelations* (Nova York, 1940); E. H. Gombrich, "Visual Metaphors of Value", em suas *Meditations on a Hobby-Horse* (Londres, 1963); e Jan Bialostocki, "Ars Auro Prior", in *Aesthetics in Twentieth-Century Poland*, ed. Jean G. Harrel e Alina Wierzbianska (Lewisburg, Pa., 1973).

Seção 48

Para a ideia de que, caso uma obra de arte expresse alguma coisa, ela deva expressar algo que se possa identificar de outro modo, ver Eduard Hanslick, *The Beautiful in Music*, trad. Gustav Cohen (Nova York, 1957). Os pressupostos de Hanslick são criticados, de modo um tanto superficial, em Carroll C. Pratt, *The Meaning of Music* (Nova York, 1931), e Leonard B. Meyer, *Emotion and Meaning in Music* (Chicago, 1956). Uma discussão mais sistemática pode-se encontrar em Malcolm Budd, "The Repudiation of Emotion: Hanslick on Music", *B.J.A.*, Vol. 20 (inverno 1980), p. 28-43. Uma concepção diametralmente oposta à de Hanslick acha-se em J. W. N. Sullivan, *Beethoven: His Spiritual Development* (Londres, 1927). Ver também Virgil Aldrich, "'Expresses' and 'Expressive'", *J.A.A.C.*, Vol. XXXVII (inverno 1978), p. 203-17.

Consultar Ludwig Wittgenstein, *Philosophical Investigations*, ed. G. E. M. Anscombe (Oxford, 1953), I, §§ 519-46, II, vi, ix, e

The Blue and Brown Books (Oxford, 1958), p. 177-85, e *Letters and Conversations on Aesthetics, etc.*, ed. Cyril Barrett (Oxford, 1966), p. 28-40.

Seção 49

Os argumentos contra a possibilidade da paráfrase pode ser encontrado em Cleanth Brooks e Robert Penn Warren, *Understanding Fiction* (Nova York, 1943), e Cleanth Brooks, *The Well-Wrought Urn* (Nova York, 1947).

Essa posição é criticada em Yvor Winters, *In Defence of Reason* (Denver, 1947).

Ver também Stanley Cavell, "Aesthetic Problems of Modern Philosophy", em *Philosophy in America*, ed. Max Black (Nova York, 1965), reeditado em seu *Must We Mean What We Say?* (Nova York, 1969).

Sobre a metáfora, ver Owen Barfield, "Poetic Diction and Legal Fiction", in *Essays Presented to Charles Williams* (Oxford, 1947); Max Black, "Metaphor", *P.A.S.*, Vol. 55 (1954-5), p. 273-94, reeditado em Margolis e em seu *Models and Metaphors* (Ithaca, N.Y., 1962); Paul Henlé (Ann Arbor, Mich., 1958); Monroe Beardsley, *Aesthetics* (Nova York, 1958), "The Metaphorical Twist", *Phil. and Phen. Res.*, Vol. XXII (março 1962), p. 293-307, e "Metaphor", em *Encyclopaedia of Philosophy*, ed. Paul Edwards (Nova York, 1967); William Alston, *Philosophy of Language* (Englewood Cliffs, N.J., 1964); Nelson Goodman, *Languages of Art* (Indianápolis e Nova York, 1968), e "The Status of Style", *Critical Inquiry*, Vol. I (junho 1975), p. 799-811, reeditado em seu *Ways of Worldmaking* (Indianápolis e Nova York, 1978); C.M. Turbayne, *The Myth of Metaphor* (Nova York, 1970); Ted Cohen, "Figurative Speech and Figurative Acts", *J. Phil.*, Vol. 72 (6 de novembro, 1972), p. 669-84, e "Notes on Metaphor", *J.A.A.C.*, Vol. 34 (primavera 1976), p. 249-59; Timothy Binkley, "On the Truth and Probity of Metaphor", *J.A.A.C.*, Vol. 33 (inverno 1974), p. 171-80; Richard Dammann, "Metaphors and Other Things", *P.A.S.*, Vol. LXXVIII (1977-8), p. 125-40; e Donald Davidson, "What Metaphors Mean", *Critical Inquiry*, Vol. 5 (outono 1978), p. 31-47.

Seção 50

Para uma crítica da identificação entre a realização do artista e a elaboração de imagens mentais, ver Alain, *Systeme des Beaux-Arts* (Paris, 1926); J.-P. Sartre, *The Psichology of the Imagination*, trad. anôn. (Nova York, 1948); Henri Focillon, *The Life of Forms in Art*, trad. Charles Beecher Hogan (Nova York, 1948).

Para a distinção entre o artista e o neurótico, ver Sigmund Freud, "Creative Writers and Day-Dreaming", "Formulations on the Two Principles of Mental Functioning" e *Introductory Lectures in Psycho-Analysis*, Lecture 23, reeditado em seus *Complete Psychological Works*, ed. James Strachey (Londres, 1953-74), Vols. IX, XII e XVI respectivamente.

Ver também Marion Milner, *On Not Being Able to Paint*, 2. ed. (Londres, 1957); e Hanna Segal, "A Psycho-Analytic Approach to Aesthetics", e Adrian Stokes, "Form in Art", ambos em *New Directions in Psycho-Analysis*, ed. Melanie Klein *et al.* (Londres, 1955).

Seção 51

Para a noção de compreensão em sua relação com a arte, ver por exemplo, Susanne Langer, *Philosophy in a New Key* (Cambridge, Mass., 1942); C. I. Lewis, *An Analysis of Knowledge and Valuation* (La Salle, Ill., 1946); Richard Rudner, "On Semiotic Aesthetics", *J.A.A.C.*, Vol. X (setembro 1951), p. 67-77, reeditado em Beardsley, e "Some Problems of Nonsemiotic Aesthetics". *J.A.A.C.*, Vol. XV (março 1957), p. 298-310; Mikel Dufrenne, *Phénoménologie de l'Expérience Esthétique* (Paris, 1953); Rudolf Wittkower, "Interpretation of Visual Symbols in the Arts", em A. J. Ayer *et al.*, *Studies in Communication* (Londres, 1955); *Language, Thought and Culture*, ed. P. Henlé (Ann Arbor, 1958), cap. 9; John Hospers, *Meaning and Truth in the Arts* (Hamdem, Conn., 1964); Edgar Wind, *Art and Anarchy* (Londres, 1963); Nelson Goodman, *Languages of Art* (Indianápolis e Nova York, 1968); R. K. Elliott, "The Critic and the Lover of Art", e Mikel Dufrenne, "Commentary on Mr Elliott's Paper", em *Linguistic Analysis*

and Phenomenology, ed. Wolfe Mays e S. C. Brown (Londres, 1972); e Monroe Beardsley, "*Languages of Art* and Art Criticism", *Erkenntnis*, Vol. 12 (1978), p. 95-118.
Ver também Ludwig Wittgenstein, *Lectures and Conversations on Aesthetics, etc.*, ed. Cyril Barrett (Oxford, 1966).

Seção 53

Ver Ernst Kris, *Psychoanalytic Explorations in Art* (Nova York, 1952). Ver também E. H. Gombrich, "Psycho-Analysis and the History of Art", *International Journal of Psycho-Analysis*, Vol. XXXV (outubro 1954), p. 401-11, reeditado em seu *Meditations on a Hobby Horse* (Londres, 1963), e "Freud's Aesthetics", *Encounter*, Vol. XXVI (janeiro 1966), p. 30-40.

Seção 54

Ver Adrian Stokes, *Three Essays on the Painting of Our Time* (Londres, 1961), *Painting and the Inner World* (Londres, 1963), e *The Invitation in Art* (Londres, 1965), reeditado em seus *Critical Writings*, ed. Lawrence Gowing (Londres, 1978), Volume III.

Seção 56

Para a aplicação da teoria da informação à estética, ver Abraham Moles, *Information Theory and Esthetic Perception*, trad. Joel E. Cohen (Urbana, Ill., 1966); e Leonard B. Meyer, "Meaninig in Music and Information Theory", *J.A.A.C.*, Vol. XV (junho 1957), p. 412-24, e "Some Remarks on Value and Greatness in Music", *J.A.A.C.*, Vol. XVII (junho 1959), p. 486-500, reeditado em Philipson e em Beardsley, ambos reeditados em seu *Music, the Arts and Ideas* (Chicago, 1967). Ver também Monroe Beardsley, *Aesthetics* (Nova York, 1958), p. 215-17; e E. H. Gombrich, "Art and the Language of the Emotions", *P.A.S. Supp. Vol.*, XXXVI (1962), p. 215-34, reeditado em seu *Meditations on a Hobby Horse* (Londres, 1963), e *The Sense of Order* (Londres, 1979).

Seção 57

Para a distinção entre significado cognitivo ou referencial e significado emotivo, e para a aplicação dessa distinção à teoria estética, ver C. K. Ogden e I. A. Richards, *The Meaning of Meaning* (Londres, 1923), e I. A. Richards, *Principles of Literary Criticism* (Londres, 1925). Evidentemente, a teoria já foi bastante discutida; mas, devido à sua importância para a teoria estética, ver William Empson, *Structure of Complex Words* (Londres, 1951) e *Language, Thought and Culture*, ed. Paul Henlé (Ann Arbor, 1958), caps. 5 e 6.

Para a concepção segundo a qual a poesia é uma estrutura verbal, ver por exemplo W. R. Wimsatt, Jr, *The Verbal Icon* (Lexington, Ky., 1954). Para uma concepção mais radical, que engloba uma contraposição entre língua *(langue)* e literatura ou escritura *(écriture)*, ver Roland Barthes, *Writing Degree Zero*, trad. Annette Lavers e Colin Smith (Londres, 1967).

Seção 59

Para uma exposição histórica da concepção clássica de ordem nas artes visuais, ver Rudolf Wittkower, *Architectural Principles in the Age of Humanism* (Londres, 1949). Tentativas contemporâneas de fazer reviver a concepção renascentista ou matemática acham-se em George D. Birkhoff, *Aesthetic Measure* (Cambridge, Mass., 1933); e Le Corbusier, *The Modulor*, trad. Peter de Francia e Anna Bostock (Londres, 1951).

Uma explanação da noção de ordem em termos da psicologia da Gestalt é o que intenta Kurt Koffka, "Problems in the Psychology of Art", em *Art: A Bryn Mawr Symposium* (Bryn Mawr, 1940); e Rudolf Arnheim, *Art and Visual Perception* (Berkeley e Los Angeles, 1954), e "A Review of Proportion", *J.A.A.C.*, Vol. XIV (setembro 1955), p. 44-57, reeditado em seu *Towards a Psychology of Art* (Berkeley e Los Angeles, 1966). Esta abordagem é criticada em Anton Ehrenzweig, *The Psycho-Analysis of Artistic Hearing and Vision* (Londres, 1953); e Harold Osborne, "Artistic Unity and Gestalt", *Phil. Q.*, Vol. 14 (julho 1964), p. 214-28.

Para uma discussão crítica da noção de unidade artística, ver E. H. Gombrich, "Raphael's *Madonna della Sedia*" (Londres, 1956), reeditado em seu *Norm and Form* (Londres, 1966); e um brilhante ensaio de Meyer Schapiro, "On Perfection, Coherence, and Unity of Form and Content", em *Art and Philosophy*, ed. Sideny Hook (Nova York, 1966), reeditado em Lipman.

Seções 60-61

Acerca do caráter essencialmente histórico ou metamórfico da arte, ver Heinrich Wölfflin, *Principles of Art History*, trad. M. D. Hottinger (Londres, 1932); Henri Focillon, *Life of Forms in Art*, trad. Charles Beecher Hogan (Nova York, 1948); André Malraux, *The Voices of Silence*, trad. Stuart Gilbert (Londres, 1954); A. L. Kroeber, *Style and Civilization* (Ithaca, N. Y., 1956); Arnold Hauser, *The Philosophy of Art History* (Londres, 1959); e George Kubler, *The Shape of Time* (New Haven, 1962). Ver também Meyer Schapiro, "Style", em *Anthropology To-day*, ed. A. L. Kroeber (Chicago, 1953), reeditado em Philipson.

Seção 62

Para a teoria social da arte, os textos clássicos são Karl Marx, *Economic and Philosophic Manuscrits of* 1844, trad. Martin Milligan (Moscou, 1959); Friedrich Engels, "Ludwig Feuerbach and the End of Classical German Philosophy", em Karl Marx e Friedrich Engels, *Basic Writings on Politics and Philosophy*, ed. Lewis S. Feuer (Nova York, 1959); G. Plekhanov, *Art and Social Life*, trad. Eleanor Fox *et al.* (Londres, 1953); William Morris, *Selected Writings*, ed. Asa Briggs (Londres, 1962).

Ver também F. Antal, "Remarks on the Methods of Art History", *Burlington Magazine*, Vol. XCI (fevereiro-março 1949), p. 49-52 e 73-5; Richard Wollheim, "Sociological Explanation of the Arts: Some Distinctions", *Atti del III Congresso Internazionale di Estetica* (Turim, 1957), p. 404-10, reeditado em *The Sociology of Art and Literature*, ed. Milton C. Albrecht, James H. Barnett e Mason Griff (Nova York, 1970); Ernst Fischer, *The Necessity of Art*, trad. Anna Bostock (Londres, 1963).

Seção 64

Acerca da interação entre a arte e as teorias ou concepções da arte, ver por exemplo André Malraux, *The Voices of Silence*, trad. Stuart Gilbert (Londres, 1954); Michel Butor, "The Book as Object", em seu *Inventory*, trad. Richard Howard (Nova York, 1968); Maurice Merleau Ponty, "Indirect Language and the Voices of Silence", em seu *Signs*, trad. Richard C. McCleary (Evanston, Ill., 1964); Paul Valéry, "The Creation of Art" e "The Physical Aspects of a Book", em seus *Collected Works*, trad. Ralph Manheim (Londres, 1964), Vol. XIII; Arthur Danto, "The Artworld", *J. Phil.*, Vol. 61 (15 de outubro, 1964), p. 571-84, reeditado em Margolis, e "The Transfiguration of the Commonplace", *J.A.A.C.*, Vol. XXXIII (inverno 1974), p. 139-48; Michael Fried, *Three American Painters* (Cambridge, Mass., 1965); Harold Rosenberg, *The Anxious Object* (Londres, 1965); Claude Lévi Strauss, *The Savage Mind*, trad. anôn. (Londres, 1966); Adrian Stokes, *Reflections on the Nude* (Londres, 1967); Stanley Cavell, "Music Discomposed", em *Art, Mind, and Religion*, ed. W. H. Capitan e D. D. Merrill (Pittsburgh, 1967), reeditado em seu *Must We Mean What We Say?* (Nova York, 1969), e *The World Viewed* (Nova York, 1971); Richard Wollheim, "The Work of Art as Object", *Studio International*, Vol. 180, n. 928 (1970), p. 231-5, reeditado em seu *On Art and the Mind* (Londres, 1973); Leo Steinberg, *Other Criteria* (Nova York, 1972); Michael Podro, *The Manifold in Perception* (Oxford, 1972); e David Carrier, "Greenberg, Fried, and Philosophy: American-type Formalism", em *Aesthetics*, ed. G. Dickie e R. Sclafani (Nova York, 1977), e "Art without its Objects?", *B.J.A.*, Vol. 19 (inverno 1979), p. 53-62.

Ensaio I

A Teoria Institucional da arte, aqui considerada, foi elaborada por George Dickie em vários artigos e livros. Para a formulação mais recente, ver George Dickie, *Art and the Aesthetic* (lthaca, N. Y., 1974). Ver a resenha de *Art and the Aesthetic* por Kendall Walton, *Phil. Rev.*, Vol. LXXXVI (janeiro 1977), p. 97-101; também Ted Cohen, "The Possibility of Art: Remarks on a Proposal by Dickie", *Phil. Rev.*, Vol. LXXXII (janeiro 1973), p. 69-82. Para uma concepção aparentada, ver Arthur Danto, "The Artworld", *J. Phil.*, Vol. 61 (15 de outubro, 1964), p. 571-84, reeditado em Margolis, e "Art Works and Real Things", *Theoria*, Vol. XXXIX (1973), p. 1-34. Sobre Danto, ver Richard J. Sclafani, "Artworks, Art Theory, and the Artworld", *Theoria*, Vol. XXXIX (1973), p. 18-34. Ver também T. J. Diffey, "The Republic of Art", *B.J.A.*, Vol. 9 (abril 1969), p. 145-56, e "On Defining Art", *B.J.A.*, Vol. 19 (inverno 1979), p. 15-23. Encontra-se uma interessante variação da teoria em Jerrold Levinson, "Defining Art Historically", *B.J.A.*, Vol. 19 (verão 1979), p. 232-50. Há uma antologia dedicada à Teoria Institucional: *Culture and Art*, ed. Lars Aagaard-Mogensen (Atlantic Highlands, N.J., 1976).

As origens da teoria podem ser encontradas numa ideia proposta pelo grande antropólogo Marcel Mauss.

Ensaios II e III

Estes dois ensaios são derivados de Richard Wollheim, "Are the Criteria of Identity that hold for a Work of Art in the Different Arts Aesthetically Relevant?", *Ratio*, Vol. XX (junho 1978), p. 29-48.

A questão de saber se a arquitetura é uma arte singular ou múltipla é discutida em Christian Norberg-Schulz, *Intentions in Architecture* (Oslo, 1963). A substituição da pergunta "O que é a Arte?" pela pergunta "Quando é a Arte?" é proposta em Nelson Goodman, "When is Art?", em *The Arts of Cognition*, ed. David Perkins e Barbara Leondar (Baltimore, 1977), reeditado em seu *Ways of Worldmaking* (Indianápolis e Nova York, 1978), e "Comments on Wollheim's Paper", *Ratio*, Vol. XX (junho 1978), p. 49-51.

Ensaio IV

Ver a bibliografia dada para as seções 37-9.
A qualidade estética das falsificações é discutida em Nelson Goodman, *Languages of Art* (Indianápolis e Nova York, 1968). Ver também A. Lessing, "What is Wrong with a Forgery?", *J.A.A.C.*, Vol. XXIII (verão 1965), p. 461-71, reeditado em Lipman; Richard Rudner, "On Seeing What We Shall See", em *Logic and Art: Essays in Honor of Nelson Goodman*, ed. Richard Rudner e Israel Scheffler (Indianápolis e Nova York, 1972); A. Ralls, "The Uniqueness and Reproducibility of a Work of Art", *Phil. Q..*, Vol. XXII (janeiro 1972), p. 1-8; Mark Sagoff, "The Aesthetic Status of Forgeries", *J.A.A.C.*, Vol. XXXV (inverno 1976), p. 169-80, e "Historical Authenticity", *Erkenntnis*, Vol. 12 (1978), p. 83-93; John Hoaglund, "Originality and Aesthetic Value", *B.J.A.*, Vol. 16 (inverno 1976), p. 46-55; e Colin Radford, "Fakes", *Mind*, Vol. LXXXVII (janeiro 1978), p. 66-76.

Acerca da restauração, ver Le Corbusier, *Quand les Cathédrales étaient blanches* (Paris, 1937); e Edgar Wind, *Art and Anarchy* (Londres, 1963).

Ensaio V

Ver a bibliografia dada para as seções 11-13.
Para a ideia de que a constância na percepção dos objetos representados seja explicada por uma consciência das características materiais da representação, ver M. H. Pirenne, *Optics, Painting, and Photography* (Londres, 1970). A ideia é utilizada por M. Polyani, "What is a Painting?", *B.J.A.*, Vol. 10 (julho 1970), p. 225-36.

Ensaio VI

Na filosofia do valor estético, há dois textos que em muito sobrepujam os demais: David Hume, "Of the Standard of Taste", in David Hume, *Essays Moral, Politicai and Literary* (Oxford, 1963), e Immanuel Kant, *Critique of ludgement*, trad. J. C. Meredith (Oxford, 1928). Em meio a muitas outras virtudes, eles distinguem com elegância entre as teorias objetiva e subjetiva do valor estético.

2ª edição julho de 2015 | **Diagramação** Megaarte Design | **Fonte** Adobe Caslon
Papel Daolin 68 g/m² | **Impressão e acabamento** Yangraf